KB092075

그 이웃들

그이웃들

최성배 장편소설

도화

차례

덧붙인 말

삐딱한 그녀

밤과 낮이 뒤바뀌어진들 하루의 길이는 그대로다. 햇덩이가 기울어져 그림자들을 엿가락처럼 늘려놓았다. 불볕도 차츰 수그러들게 마련이어서 약속이나 하듯 하나, 둘 얼굴을 드밀었다. 건 듯 불어오던 산들바람마저 어디로 도망갔는지 다시 후텁지근해졌다.

차량이 서로 겨우 비껴갈 정도의 좁은 길을 따라 가게들과 주택이 뒤섞인 곳이다. 오가는 사람들이라면 누구나 거의 한번쯤 삼성유통 옆으로 눈길을 돌렸다. 셔터가 내려진 건물 앞을 막은 누런 비닐장판 깔린 평상으로! 동네 붙박이들과 생면부지인 떠돌이가 다르듯 걸터앉은 사람들의 분위기도 그때그때 달랐다. 시끌벅적한 뭇소리가 사람을 불러 앉히는 것임은 두말하면 잔소리! 이웃의 간이 쉼터가 되어버린 지 오래였으니까.

사람들의 소갈머리가 어디인들 다를까마는, 이 동네 여인들도 변덕스런 바람 같다. 아까부터 떠들썩한 여인들의 입방아도 시들했다. 한 여인이 자꾸만 집 쪽을 돌아보았다. 성큼하게 자란 푸른 감나무가 집주인인 그녀 쪽으로 길게 그림자를 드리웠다. 그녀는 아까부터 팔을 뒤로 제켜 브래지어 끈을 끌어 내리거나 민소매 옷을 잡아당기며 딴청을 부렸다. 지루함을 느꼈는지 느닷없이 생뚱맞은 말로 분위기까지 무질렀다.

"아이구, 덥다 더워!"

"자기는 벌써 가려고?"

"그럼 가지. 있으면 뭘 햐?"

"아니, 뭔 바람이 불어서 그런 겨. 아직두 해가 저렇게 남았는디…"

"저녁밥도 혀야 하고 이 냥반 올 시간이 거지 반 되얐어."

뭐든지 주도하려는 방소란은 늘 이런 투로 몰아갔다. 혼자 슬쩍 떠나면 될 일도 걸핏하면 파문으로 번지게 했다. 서른 살에 이사를 와서 쉰이 넘었음에도 소갈딱지는 그대로였다. 곤댓짓으로 남을 은근히 피곤하게 하는 그녀이고 보면, 이를 익히 아는 이웃들은 그대로 있기가 여간 거북살스럽다. 노랗게 염색한 올림머리를 손으로 매만지던 그녀는, 허벅지에 아슬아슬하게 달라붙은 하얀 반바지 차림이다. 고집을 부리면 막무가내인 그녀가 손바닥으로 하품을 막는 척하며 작은 체구를 일으켰다.

생트집 안 잡히고 자연스럽게 헤어지면 오죽이나 좋을까. 아차 하면 일어설 명분을 만들 핑계로 그리저리 눈빛을 주고받은 이발관부인과 키다리아줌마도 있다. 소란의 비뚤어진 앙갚음을 의식하여 말수가 적은 그녀들은 아니꼬워도 서로 눈치만 살폈다. 이들은 공모의 눈빛을 서로 주고받으며 무슨 생각을 품고 있는지 짐작조차 비슷했다. 이런 찜찜한 분위기에 익숙하므로 울고 싶은데 뺨 때려주면 고마운 노릇. 모두 끼니에 대한 욕망은 어찌해볼 도리가 없다. 먹어야 하는 욕망은 시들해지지 않는다. 몸의 마침표를 찍을 때까지. 모서리에 걸터앉은 이들도 배겨나지 못했다. 서로 눈치를 보며 슬금슬금 하나둘 엉덩이를 떼어 엉거주춤 서있다. 얼굴 넙데데한 거제댁은 뭔가 말할 끄나풀을 찾는 듯 단추 구멍 같은 눈을 두리번거렸다. 눈치껏 가만있다가 몇 마디쯤은 나오는 게 그녀였다. 키다리아줌마가 재빨리 알찐거리며 방소란에게 말을 건넸다.

"그 집은 뭐해 먹으려고?"

"호박 남은 거하고 멸치에다 고추볶음이나 해 볼텨."

"우리는 상추쌈이나 할까 봐."

"고기 사논 거 있수?"

"저번에 먹다 남은 삼겹살도 있지만, 한 근 뜨지 뭐."

"아이고, 부자네. 요즘 한우등심 값이 장난 아니더구먼."

"뭐라고 시부렁거리는 거야, 이 여편네가! 그런 소리 하덜 말어. 우리가 그런 것도 못 먹는 팔자란 말이여? 시방!"

"난 그게 아니라, 갑자기 저녁에 고기를 먹는다 하니까 소리지."

고기? 여인들은 약속이나 한 듯 맞은편에 시선을 돌렸다. 낡은 세로간판의 이응 받침이 떨어진 '중앙저육점'이었다. 몇 년 전만 하더라도 사람들은 평상보다 가게 안에서 시끄러웠을 터였다. 고깃간 앞은 한적했다. 시끌시끌한 이쪽으로 얼굴 한 번쯤 내밀만한 주인여자는 안 보였다. 멀대같은 몸짓으로 붕어처럼 툭 튀어나온 눈에 살가운 웃음을 띠고 나타날 법한 조지나다.

"어디 갔나? 조용하네."

"근디, 인자는 저 집의 고기 맛도 한물간 것 같어유."

키다리아줌마가 흘리는 말에 방소란이 튕기듯 받았다. 소란은 멍한 눈으로 골똘하더니 다시 평상에 풀썩 주저앉았다. 술렁거린 분위기를 의식한 듯 갑자기 독이 오른 표정이다. 한쪽 눈은 감기듯 얼굴이 굳어지면서 서늘한 눈빛이 휙 지나갔다. 다른 여인들은 안쫑잡으며 괜히 혹을 붙인다 싶어 조바심이 일었다. 키다리아줌마가 입을 열었다.

"왜? 가려고?"

"택배 올 게 있어설랑."

여태껏 나불거려놓고 슬며시 빠져나가려는 수작이다. 긴 치마를 입고 모서리에 다소곳하게 앉아있는 늙은 여인이 여럿의 눈치를 보았다. 이 평상의 주인인 전삼태의 큰형수였다. 그녀가 와서 평상이 만들어져 자리를 잡은 것이다. 그녀는 해만 뜨면 이 자리를 지켰다. 허리는 구부러져 땅에 닿을 듯하고 머리는 백발이다. 굴젓눈이마냥 침침한 눈으로 사람들을 치뜨며 보았다. 게다가 정신 줄을 놓은 일까지 있는지라 거제댁과 동갑이언만 훨씬 늙었다. 비쩍 마른 그녀는 누런 앞니가 거의 다 빠져 어금니만으로 겨우 먹이를 씹었다. 그냥 있을 땐 몰라도 입만 열면 온전치 못한 정신이 표가 났다. 처음에는 여인들도 그녀를 생각해주는 척 한두 마디 거들다가 나중에는 칠푼이 취급을 했다. 말속에 뼈있는 소리를 그녀가 알지 못한다고 생각들 했다. 몰라서 그렇지, 속없는 늙은이라고 얕보았다간 큰코다쳤다. 더러는 아랫동서에게 고자질을 하는 경우가 있는지라 여간 조심을 해야 했다. 그녀로서는 머리가 휙휙 돌아가는 여인들의 말을 좀체 이해하기가 어려웠다. 여인들의 대화가 그저 남의 흉이나 보고 자기 자신과 상관없는 일에 흥분한 일도 이상스러웠다. 늙은이도 그저 듣기만 할 뿐 나불거리는 편은 아니었다. 다 떠난 평상에는 이제 늙은 여인뿐이다.

엔진소리를 내지르며 차량들이 드문드문 지나갔다. 한낮의 쨍쨍했던 햇덩이도 차츰 기울어졌다. 평상을 가려주던 차양그늘이 비켜나가며 힘 잃은 햇빛을 불렀다. 늙은 여인은 평상 모퉁이에 앉아서 꾸벅꾸벅 졸고 있다. 그녀는 바로 평상 앞에 있는 건물지하의 어둑한 방에 살았다.

비스듬히 경사진 골목의 윗길에서 검정승합차가 후진하다가 앞으로 틀었다. 대문 가까이 바짝 붙이려는 승합차 앞으로 방소란이 튀어 나갔다. 아까 입었던 하얀 반바지 대신 어느새 꽃무늬 치마로 갈아입었다. 지나가던 여인이 빙긋 웃으며 그녀에게 아는 척을 했다.

"아이고! 바깥양반 오는 걸 어떻게 알았디야?"

그 말소리에 저만치 떨어진 평상에서 졸고 있던 늙은 여인이 눈을 떴다. 그리고 초점을 잃은 눈으로 이쪽을 멀건이 쳐다보다가 방소란을 보았다. 허우내가 큰 사내는 운전석에서 내려와 뒤로 돌아갔다. 큰 체구를 구부린 남편이 차 트렁크에서 연장통을 꺼냈다. 땀으로 범벅된 상고머리 얼굴을 팔뚝으로 문지르며 그녀를 내려다보았다. 후줄근하게 젖은 밤색 티셔츠가 몸에 찰싹 달라붙은 채 시익 웃었다. 그녀의 남편은 원래부터 말수가 적었다. 무더운 날 전신주에 올라가 배선 공사를 할 적에도 예전처럼 후닥닥 해치우지를 못했다. 고압선에 감전된 뒤부터 그런 몸놀림이 나타났다.

집 안팎은 아기자기한 물건들로 가득 차 있었다. 여름은 여름대로 겨울은 겨울대로 볼거리가 많았다. 좁은 마당은 여러 가지 화분이 들어차 더 비좁았다. 마당구석은 잎이 무성한 감나무며 포도 넝쿨이 뻗어 담장과 대문까지 휘감았다. 검정 바탕에 금빛 당초무늬가 그려진 현관문을 열면 거실이다. 거실과 부엌으로 가는 벽에 장식장을 붙여놓았는데, 별별 게 다 있다. 유리병들마다 인삼, 오가피, 상황버섯, 마늘 따위의 약재를 소주에 가득 채워놓았다. 맞은 편 벽면에는 알록달록한 사진들이 다닥다닥 붙여져 전시장이 같았다. 젊은 시절부터 키 작은 그녀의 이미지를 없애는 효과가 아닐까 싶을 정도로 상반신 독사진이 유독 많았다. 거실 오른편의 커다란 수납장은 크고 작은 그릇들과 도자기들이 빼곡하게 들어차 있었다.

부엌 싱크대 위에는 빨간 법랑냄비들이 차곡차곡 쌓였고, 휘어진 수도꼭지는 칼칼한 그녀의 성깔처럼 번쩍거렸다. 삶은 옥수수들이 쓰지 않은 4인조 식탁 위에 그녀의 치아처럼 놓여있다. 욕심 많고 부지런한 그녀의 흔적은 이뿐만 아니었다. 안방은 또 다른 그녀의 세계였다. 번쩍번쩍한 자개장롱의 손잡이에 주렁주렁 매달린 노리개들이 어지러웠다. 사극드라마에 나오는 안방마님의 흉내를 내는지, 두툼한 황금빛 보료는 그녀의 취향을 한눈에 보여주었다. 밖으로 나간 크고 작은 화분들이 거실로 들어올 겨울은, 그다지 넓지 않은 실내의 공간을 사람보다 물건들이 가득 차지할 것이다.

사람에 따라 엉너리치는 방소란이다. 동네에 처음 얼굴을 내민 이웃들은 싹싹한 그녀의 처신에 호감을 보였다. 웬만해서 그녀는 속내를 보이지 않았다. 물건에 대한 이해관계는 딱 부러졌다. 자잘한 감자 한 알조차 얻어먹었다면 뭔가로 갚았다. 나름대로 사람들의 일상적인 인사치레조차 거래처럼 해댔다. 그런 교묘한 수작은 아주 자연스러워서 얼른 들키거나 나타나지 않았다. 아무도 모르게 오랫동안 주고받는 사이에 결정적으로 한방을 맞았을 적에야, 아이고! 하며 사람들은 혀를 내둘렀던 것이다.

소란의 하루도 한가하지는 않았다. 잠에서 깨이면 삼성유통과 이발관을 건너뛰어 두어 번은 기쁨미용실에 드나들었다. 그녀는 긴 머리를 아끼고 가꾸어 브레이드 헤어스타일을 고집했다. 이마는 툭 까졌지만 머리숱이 많아 뒷머리 채를 모아 올려 핀들을 꽂았다. 그런데 그것도 변덕스럽기가 짝이 없었다. 어떤 때는 머리를 우아하게 올리는가 하면, 무슨 맘이 들었는지 느닷없이 꼬아 묶은 댕기머리로 내려뜨려 돌아다녔다. 거기에 귓불에 달린 굵은 이어링이나 엄지만 한 반짝이귀걸이는 볼수록 가관이었다. 그런 꾸밈새에는 미용실의 이명자도 한몫을 거들었다. 개업하고 나서 소란의 입소문 덕분에 손님들을 늘린 그녀로서는 뭔가 보답할 일은 그뿐이다.

방소란은 여태껏 직업을 가져 본 일이 없다. 남편이 감전 사고로 입원했던 두 해 동안만 겨우 학교 구내매점에서 아르바이트 일을 했을 뿐이다. 방구석에 박히면 죽는 줄 아는 그녀는 길고양이처럼 돌아다녀야 직성이 풀렸다. 추운 날에는 뜨개질이라도 하건만, 날 좋으면 좀이 쑤셔서 집안에서 견디질 못했다. 하릴없이 동네의 이집 저집을 빙빙 돌아다녔다. 하다못해 짬짬이 왁시글거리는 지하상가라도 다녀와야 했다.

그녀가 웃는 낯으로 말을 건네자, 남편은 무덤덤하게 대꾸했다.

"씻고 먹을 거유?"

"그래야지. 땀으로 멱을 감았어."

"오늘은 밖에서 일을 했남유?"

"전신주를 두 개나 타고 올라갔지. 조수라고 왔는데… 아이고, 뭐 그런 녀석을 다 보냈는지 애를 먹었다니까."

"왜유? 기술이 서툴러유?"

"아무리 처음 나온 거라지만 연장 이름은 고사하고 아무것도 할 줄을 몰라. 신출내기 조공을 보내니까 일을 하기는커녕, 그 녀석한테 신경을 쓰다 보니까 내 머리에서 쥐가 나더라고. 웬만하면 참으려고 했는데 도저히 못 참겠더라고. 사장한테 전화를 했더니 그냥 데리고 쓰라는 거야. 원 참 내!"

"당신 말을 들은께 증말 내가 가슴에 천불 나서 욕 나올라고 그랴. 고생했슈. 빨리 씻어유."

방소란은 거실 끝에 붙어있는 싱크대 앞으로 달려갔다. 가스레인지 위에 올려놓은 냄비가 덜그럭덜그럭 뚜껑을 건드리더니 모락모락 김이 났다. 전기밥통에서 김 내뿜는 소리가 쉬익, 들렸다.

*

뭐니 뭐니 해도 이 동네의 중심은 삼성유통이다. 유통이라니? 이름만 들어서는 무슨 회사 이름 같기도 하지만, 아니다. 딱히 회사가 아니라고 할 수도 없다. 본때 있게 지어진 2층

콘크리트 건물의 아래층은 가게이고 위층은 살림집이었다. 대형마트보다는 작지만 웬만한 물건은 다 있다. 물건이 돌면 돈도 돈다. 그러니까 유통? 가끔 가게의 상호를 가지고 말씨름하는 일도 종종 있었다.

인식과 삼태는 어차피 한 달에 몇 번씩은 마주치게 되어 있다. 이발을 하러 가거나 동사무소 주민자치회의 때문이다. 주민회의 마치고 여럿이 마산식당에서 아귀찜에다 알알하게 소주 몇 병을 깠다. 콩나물을 입속에서 우걱우걱 씹을 때만 해도 삼태의 자세는 흐트러지지 않았다. 어슥하게 마주 본 자리에서 눈을 껌벅거리며 둘만이 시선을 주고받았다. 그들은 다른 이들을 눈치껏 따돌리고 닭발집에서 다시 소주와 카스 맥주를 섞었다. 술이 웬수다. 눈빛이 게슴츠레하게 변하면서 삼태의 목소리가 조금씩 커졌다. 누가 들을세라 깍두기머리를 들이밀다시피 선인식이 바짝 대고 말했다.

"무슨 슈퍼마켓이라고 해야지 삼성유통이라고 하니까, 헷갈리는 사람들이 많더라고."

"츰 듣는 소리네유. 이러지 마셔. 괜히덜 넘이 잘 되니께 배가 아파설랑 주뎅이 놀리구 그 지랄들이여."

"그래도 사람들이 얼른 알아들어야 좋은 거지."

"모르긴 뭘 몰러? 유통이란 게 별건가. 물건을 유통시키면

다 유통이고 사장하고 직원이 있으믄 다 회산겨."

듬성듬성 머리숱이 성긋한 전삼태는 매부리코를 쳐들며 미간을 찌푸렸다. 양 눈썹이 송충이처럼 시커멓게 꿈틀거리며 희멀겋고 넙데데한 얼굴이 벌겋다. 푹 파인 검정 반팔셔츠 밖으로 나온 딴딴한 팔뚝은 부얼부얼 털이 돋았다. 성미를 빤히 알면서도 약 오르는 게 재미난 듯 선인식이 모르는 척 표정을 바꾸었다. 빨갛게 익은 닭발을 젓가락으로 집어 들며 뾰족한 입으로 다시 한번 툭 건드렸다.

"그래도 그렇지, 하고 많은 이름을 두고 하필이면 삼성이냐고?"

"이름 짓는 거 그거 별거 아녀. 우리나라 최고 부자가 누구여? 삼성이잖여. 돌아가신 우리 큰 형이 한태, 둘째가 두태, 내가 삼태 아녀? 별이 삼형제가 모이니까 번쩍거리는 거지 뭐. 으짜던지 말이여, 넘덜이 뭐라구 하건 나는 영원히 삼성유통이구먼. 아암, 그르쿠말구!"

"언제는 둘째 형이란 사람더러 개새끼라며?"

"그건 인식이 형이 잘못 들은 겨"라며 삼태는 눈을 내리깔았다.

"잘못 듣기는! 저번에 세탁소하고 소주 마실 적에도 그랬고, 자치회 모임이 끝나고 호프집에서도 그랬잖아!"

주방에서 팔짱을 끼며 그들의 수작을 듣고 있던 주인여자가 신인식과 시선이 마주치자 씨익 웃었다. 삼태는 숨을 한 박자 내리 쉬며 말을 이었다.

"열불 나니께 그런 말쓈 마슈. 번지수가 다르다 이 말이유. 내 말 잘 들어유. 개새끼가 있고 개만도 못한 놈이 있는 건디, 증말 두태는 개만도 못한 놈이지. 그눔 때문에 울 아부지가 홧빙으로 죽고 집안까지 개판 되어 버린 거여. 형만 알고 있으라고."

웬만큼 취해서는 삼태의 입에서 나올 수 없는 비밀이었다. 제 나름 동네의 지역유지 행세에 꽤나 신경을 쓰고 살았던 터. 입이 무거운 닭발집이었기 망정이지, 동네의 여느 술집 같았으면 금세 소문이 났을 법했다. 삼태는 처음으로 가정사와 돈에 대한 욕망을 뒤섞어 거침없이 내뱉었다. 아주 심각한 표정으로 듣는 인식을 단숨에 제압해버린 게 아닌가. 열을 삭이다 못해 상대방의 입을 다물게 할 정도로 큼직한 매부리코를 쳐들었다. 평소에는 능청스럽게 받아치는 삼태였다. 상대가 못마땅해도 잘 참아내는 그의 습성은 순전히 장사하면서 길들여졌다.

*

삼성유통의 셔터가 드르륵 열리고 닫히는 소리는 계절과

상관없다. 새벽 6시면 어김없이 열렸다가 닫힌다. 왜냐? 전삼태가 도매시장을 들렀다가 오는 7시에 다시 열렸다. 이때 문을 여는 사람은 그의 아내 이해실이다. 궂은 날이거나 캄캄한 겨울에도 몇 분의 차이가 없이 정확했다. 밤 12시 10분 전이면 셔터는 내려갔다. 삼태 내외의 조건반사적 문제일 뿐만 아니라, 동네사람들에게도 이미 불문의 법칙이 되었다. 오죽하면 소문을 입에 달고 다니는 방소란이, 셔터소리가 동네의 시계 알람 소리라고 했을까.

또 있다. 삼태가 1톤 트럭에 시동을 거는 소리다. 오래된 디젤엔진이라 우르릉거리는 소음이 승용차 소리보다 더 컸다. 셔터 열리는 소리에 이어 트럭의 시동을 거는 소리까지 동네의 새벽을 깨웠다. 어디로? 청과·수산물도매시장으로! 그곳으로 가도 단골도매상에게 곧장 가는 법이 아니었다. 일단, 한 바퀴 빙 돌며 싱싱하고 새로운 물건이 나왔나 본 다음에 경매가격까지 살펴봤다. 대파와 양파, 야채, 감자 따위의 기본 음식재료는 두 부류로 따로 구입했다. 하나는 대량으로 납품하는 학교, 노인복지관 등이고, 다른 하나는 가게에서 팔 물건이다. 많이 납품하는 물건은 양을 위주로, 동네에서 낱개로 파는 물건은 질을 우선시했다. 삼태는 스스로도 농수산물 보는 데는 일가견이 있다고 동네 손님들에게 으스댔다. 시골에서 비닐하우스농사를 해봤기에 모양만 척 봐도 안다고 떠벌렸다. 그 말에는 모두 이구동성으로 고개를 끄덕였다. 먹어보지도 않고 수박과 참외의 속맛을 감별하는 재주는 대단했다. 까다롭기로 정평이 난 송달수네도 과일만은 삼성유통을 이용했다. 한 발짝만 가도 구형BMW를 타는 송달수의 누나가 가게에서 엄지 척을 했으니까. 해반드르르한 얼굴로 까들막거리는 여인이 그랬다.

"그 집 과일은 너무 너무나 배리 굿이야."

삼태는 늘 아침 일찍부터 바쁘게 움직였다. 초등학교와 노인복지관을 돌아 가게로 오는 시각은 다르지 않았다. 늦어도 한 시간이면 어김없이 가게에 도착하여 가져온 물건들을 나누어 진열했다. 물론 진열이라고 해봐야 차양막이 쳐진 가게 앞이었다. 서터가 올라가고 내려가는 수고로움은 일상이다. 재고품의 과일상자며 야채, 생선 따위들이 몇 트럭 쯤 안팎으로 들락거렸다. 팔리지 않은 물건들은 다시 가게 안으로 옮겼다.

해실은 이층 안집에서 아침밥준비를 해놓고 가게로 내려왔다. 냉장고에 술병들이며 각종 음료수병들을 채워 넣고 흐트러진 물건들을 다시 정리해놓았다. 빈종이 상자들은 뜯고 접어서 뒤뜰의 한쪽에 켜켜이 쌓아놓았다. 빈 병, 종이상자도 모아두면 돈이 되었다. 그들 내외는 무엇 하나 버리는 법이 없었다. 날마다 구석진 곳의 고무장갑이며 세제 따위까지 헤아려 훑어보는 일도 만만치 않았다. 부부는 하루의 일을 순간순간 겨끔내기로 맡았다. 한 사람이 다른 일로 인하여 가게일이 소홀해지면 그만큼 과부하가 걸렸으므로. 그들은 바늘과 실이며 인생의 동업자다. 부부는 가게 안에서 거의 끼니를 먹었다. 아침은 더욱 그랬다. 아낙들이 하나둘 가게를 들락날락거릴 즘에 숟가락을 들었다. 팔다 남은 물건들은 밥반찬의 재료가 되었다. 고등어조림, 김치, 마늘장아찌, 어묵소시지볶음 따위를. 밥상은 계산대보다 낮은 바닥에 놓여서 아무나 까치발로 훔쳐보았다.

쉬는 날이 따로 있는 것도 아니다. 일 년 열두 달 내내 삼성유통의 정기휴일이라곤 없었다. 큰아들 결혼식 날 밤에도 가게를 열었다. 누군가가 쉬는 날이 언제냐고 물으면, 삼태는 손사래부터 쳤다.

"배부른 소릴랑 하지 말어유. 돈에 환장해서 문을 여는 게 아녀유. 사람들이 우리 가게를 믿고 찾아오는데 문을 닫어봐봐. 다른 디로 확 가버리면 끝이지. 시간이 돈이고 신용이니께. 무신 일이 있어도 신용을 꼭 지켜야 돼유."

눈을 휘둥그렇게 뜨며 꼭 대꾸에 덧붙였다. 그의 아내 역시 그 점에 관해서는 부창부수였다. 해실은 툭 튀어나온 눈을 껌벅거리며 엿가락 늘이듯 말을 뽑아냈다.

"아따, 누군들 쉬고 싶지 않은 사람이 어디 있겠슈. 모두가 노는 날이라고 우리 가게까지 놀아봐유, 물건을 사려고 오는 사람들이 을매나 힘들겠냐구유. 동냥질하는 것두 아니구 우리가 조금 더 힘들고 말지 뭐."

이런들 어쩌고 저런들 어쩌랴. 돈을 벌기로 한 이상, 돈을 버는 일이 이들 부부의 인생의 최대목표가 아니겠는가. 오죽하면 이해실에게 '요실금'이라는 별명까지 붙였을까만. 별명이 붙은 근저에는 입방정, 방소란의 떠벌림이 한몫을 거들었다. 여리꾼처럼 수시로 가게 앞을 얼쩡거리다 보니 그랬다. 개미구멍에 드나들 듯 가게에 불쑥불쑥 들어오는 소란이 고개를 갸웃거렸다. 뭔가 이상했다. 해실이 이맛살을 찌푸리며 묘하게 일그러져 있는 게 아닌가. 얼굴뿐만 아니라 엉거주춤 서있는 자세도 몹시 불안한 몸짓이었다.

"왜 그랴?"

"으응, 별거 아녀."

"오그라진 인상이 별거 아닌 거 아닌디."

"이 여편네가 좁쌀밥을 처 묵었나, 왜 아침부텀 시비여?"

때마침, 초등학교 급식소로 야채배달을 갔던 삼태가 들어왔다. 들어오자마자, 남편을 쳐다보지도 않고 그녀가 쏘아붙였다.

"배달 갔으면 빨리빨리 오덜 않고 어디서 뭘 한겨? 일 볼라는디 참느라고 미치고 환장하겠구먼."

얼마나 급했으면 늘 의식했던 입방정 소란의 존재까지 잊었을까. 해실은 자기도 모르게 소리를 냅다 질러놓고 후닥닥 옆 계단으로 뛰어가더니 부랴부랴 2층의 화장실까지 올라갔다. 내외의 짤막하게 주고받은 순간의 핵심을 소란은 눈치로 때려잡았다. 오죽하면 방 형사라는 별명까지 얻은 그녀가 아닌가. 음충맞은 삼태는 눈만 끔벅끔벅했다. 소란이 삼태 옆으로 오리궁둥이를 씰룩거리며 다가왔다. 역빠른 그녀는 자발없이 한마디를 슬쩍 흘렸다.

"아까부텀 울퉁불퉁헌 이유가 있었구먼. 준규아빠가 싸게 싸게 안 오니께 그랬나 벼유."

오줌을 참느라고 애쓴 이해실의 표정에 답이 있다. 가게를 비워두자니 금고가 걱정되고 이웃에게 맡기자니 불안했다. 아무리 가깝다고 해도 돈에 관해서만은 누구라도 못 믿었다.

방소란의 입장은 달랐다. 가게를 나와서 가만히 생각하면 할수록 은근히 부아가 치밀었다. 원래 그런 여편네라고 그러려니 했지만, 괘씸하기 짝이 없었다. 아니, 내가 도둑년이라도 되남? 아들들끼리 초중등학교 학부모로 친구처럼 지낸 세월이 얼마인가. 미운 정 고은 정 다든 처지에 몇 십 년의 이웃을 못 믿으면 누굴 믿나. 아무리 이해해보려고 마음을 다졌으나 분한 생각이 떠나지 않았다.

그런데, 다음다음날이었나? 해실은 큰맘을 먹고 가게를 나섰다. 농협건물 5층에 있는 비뇨기과의원을 찾았다. 웬만해서는 병원비가 아까워서 좀체 병원 출입을 삼갔던 터다. 기침만 해도 질금질금 사타구니를 적시는 통에 도저히 견디기가 힘들었다. 젊은 의사가 몸이 불편한 이유를 물었다. 그녀는 쑥스런 표정도 잠시, 용기를 내어 자글자글 볶은 머리를 쳐들고 신세한탄 비슷하게 털어놓았다.

"손님 하나가 나가면 금방 딴 손님이 들어와유. 그러다 물건 정리다 뭐다 하다보면 밥 먹을 땐 둘째 치고 화장실에도 제때 못 가유. 가게는 잠시도 비워 둘 수 없지유. 금고도 가게 안에 있구유. 이층 안집까지 가서 소변을 보자면 금방 가게가 비니까유. 가게에서 도둑을 여러 번 맞은 적이 있으니께, 동네사람들 소행 같은 디 증거도 없이 함부로 말할 수 있남유. 그래도 손님은 손님인디… 손님들 다 떨어져 나가쥬."

"아주머니 나이에는 특별한 병도 아니니, 불편하셔도 계속 약물치료를 하셔야합니다."

처방전을 받아 쥐고 승강기에서 나오다가 맞닥뜨린 여인이라니. 승강기에서 나온 그녀를, 하필이면 농협에서 나오던 소란이 먼저 발견했다. 왕방울만한 눈을 똥그랗게 뜨고 어쩔 줄 몰라 하는 해실을 소란이 놓칠 리 없다. 바로 에둘러 핵심을 찔렀다.

"준규 엄니? 어딜 그리 댕겨 와? 병원에 갔었구먼. 거긴 좀 으떠유? 의사가 뭐래?"

"아이고 별 거 아녀."

"아니긴 뭘 아녀!"

"증말로 아니래니께 그려."

"금시 있었뻐렸나베? 저번에 내 한테 그랬잖여, 비뇨기과에서 부인들도 치료 허냐구."

제대로 딱 걸린 것이다. 신문하는 형사처럼 짚어 따지는 방소란을 무슨 재주로 당하냐고! 하긴, 가게에만 붙어있어야 할 해실이 밖으로 나간 것 자체가 사건이었다. 입이 근질근질한 나팔수여편네에게 들켰으니 신신당부해본 들 헛일이다. 요실금으로 치료를 받으러 다닌다는 소문이 꼬리를 물고 금세 동네에 확 퍼졌다.

꾀죄죄한 식솔들을 이끌고 사글세로 시작한 객지생활 아니었던가. 비록 구질구질한 동네일망정 2층 상가건물을 두

동이나 소유한 부자다. 아무튼, 중앙2동자치위원장 감투를 쓴 삼태가 동네에서 행세를 하게 된 배경은 부부의 근면성에 있었다.

로또 같은

삼성유통에서 전봇대 세 개를 지나 오른편 집이다. 퇴색한 네모진 간판에 4글자가 박힌 —행복이발. 빨강과 파랑색 빗금표시등은 일주일에 여섯 번, 아침부터 저녁까지 빙글빙글 돌았다.

표시등이 살아있으면 주인이 있다는 표시다. 선인식을 첨 보는 이들은 깡마른 얼굴에 각진 턱과 깍두기머리라 좀 부담스런 느낌을 가졌다. 그러나 앉아있을 적에는 도도하게 보여도 걸어갈 때는 영 달랐다. 왼쪽 다리를 질질 끌다시피 쩔름거렸다. 젊었을 적에 교통사고로 다친 후유증 때문이었다.

서너 살 위인 인식을 삼성유통의 전삼태는 형이라고 불렀다. 그럼에도 술이라도 몇 잔 들어가면 호칭은 온데간데없이 반말 짓거리였다. 인식은 기분이 나빠도 내색하지 않았다. 구태여 그런 일까지 시시비비로 따지자면 가까워지기 어려운 노릇이다. 객지 벗은 허물이 없다지만, 뿌리가 전혀 다른 남들끼리 만났는데 어쩔 것인가. 그저 속으로 배우지 못한 상놈의 새끼라고 할 밖에. 밥벌이의 분야가 다르지만 상부상조는 필요한 한동네였다. 삼태가 혹여 다른 이발관이나 미용실에 간다 치라면, 인식은 다른 가게에서 물건을 살 테니까. 뿐이랴, 이발관에 들락날락거리는 손님이며 주변사람들에게 물건에 대한 나쁜 소문이라도 슬슬 풍겨봐야 좋을 일은 없었다. 단박에 관공서나 학교 납품의 매출에 지장이 생길 게 빤했다. 그런저런 일이 아니라도 서로 부대낀 세월이 얼마인가.

가끔 믿거라 말거라 하며 쓸데없는 말싸움으로 승강이를 했다. 동네 자치회의를 마치고 추어탕으로 늦게까지 소주를 곁들였다. 그랬으면 그만이지, 두 사람은 일행에서 따로 떨어져 닭발집으로 들어갔다. 소주를 맥주잔에 섞어 술술 마셨다. 이런저런 대화가 바닥나면 남아있는 술안주가 술을 불렀다. 목구멍까지 차오르는 술기운을 어쩌랴. 불콰해지면서 서로 속내가 드러났다.

"주민자치회장 노릇도 이제는 지겹네유. 아파트가 겁나게 솟아갈 거라니, 마니하고 개발이 됩네 안 되네, 하고 지덜끼리 지랄 허더니, 인자는 눈치를 보자허니 죄다 나헌테 눈깔질을 허는 것 같은디, 잘 되믄 제 탓 안 되면 남 탓이여. 나야 오히려 안 되는 게 뱃속이 편혀! 저런 집을 어디서 사냐구. 보상금 몇 푼 나와 봤자지 뭐. 동네에 오래 살은 게 죄지, 아무헌티나 맡기지도 못 허겠구.”

이게 무슨 자다가 봉창 두드리는 소린가. 누가 저더러 회장을 하라고 억지로 밀었나? 인식은 어안이 벙벙했다. 속이 뒤틀려 불쑥 뱉었다.

“왜, 열을 내고 그래? 그런 사람들하고 어울려 다니니까, 오해를 받는 거지. 그리고 거, 오래 산 것이 무슨 벼슬이야! 난 이 동네에서 삼십 년 넘게 살았어. 너 보단 내가 먼저 이사를 왔잖아.”

대뜸 쏟고 보니, 인식은 아차 싶었다. 하지 않아도 될 쓸데없는 말이 툭 튀어나온 거렷다. 혓바닥 안에 악마가 도사리고 있었던 게다. 아니, 술병 속에 술 귀신이 똬리를 틀고 숨어 있다가 튀어나왔다. 술에 취하면 가끔은 머릿속에서 맴돌던 생각과 달리 엉뚱한 말이 장난을 쳤다. 삼태가 지릅뜬 눈으로 인식을 보았다. 얼굴에서 분하고 어두운 빛이 스쳤다. 뭔가 못내 서운함이 표정까지 배어들었다. 술잔을 한입에 탁 털어넣은 삼태의 역습이 바로 꽂혔다. 먼저 살았다는 말본새의 꼬투리를 놓칠 리가 없다.

"이 냥반이, 우째 그리 눈이 없나 몰러! 이 동네에 말뚝을 박은 주인이 있는 것도 아니고, 먼저 온 것으로 따지자면 황 사장이지 뭐."

실실거릴 적에는 형, 형 하다가 조금이라도 언짢으면 금세 획 돌아서서 이 냥반이니, 저 사람이니 막보기 하는 말본세가 그랬다. 에둘러 말하는 건 장사를 할 때뿐이고, 이해타산이 안되면 안면몰수 하는 성깔이 본 모습이다. 자리에도 없는 황 금돈은 왜? 들먹거리느냐고. 상대방인 선인식을 얕잡아 다른 의미로 에둘러 깔아 본 것이다. 분명히 돈이 더 많고 없음의 잣대를 함축한 것일 터. 자존심이 콱 상했는데 순순히 물러설 선인식인가. 이에는 이, 눈에는 눈. 뾰족한 입으로 맞받아쳤 다.

"야! 이 자리에도 안 계시는 그 영감은 왜 들먹거려?"

"형이 그러니께 나도 그런 거. 근디 말이여, 그 냥반허고 송달수는 왜 서로 못 잡아먹어서 안달이야?"

역시 장사꾼이라 낯 두꺼웠다. 앞뒤를 가렸는지 슬그머니 한 발짝을 물러서며 치고 빠지는 데는 도저히 따라갈 수가 없 다. 확실히 순발력은 짱이다. 그럴 적에는 인식이도 못 이기 는 척 옆구리를 쿡 찌르면서 비켜나갔다.

"그래 말이야. 가까운 이웃끼리 왜 그런 줄 모르겠어. 아무리 밥그릇싸움이라도 그렇지, 몇 십 년을 날마다 쳐다보았으면, 미운 정 고운 정이 다 들었을 텐데… 식구들도 미울 때가 있는데 남들끼리 서운 한 일이 왜 없겠나. 안 그래, 동생? 그런데 말이야, 그 영감은 참 알다가도 모를 양반이더라고. 내가 동네어른이라고 붕 띄워주니까, 알찬 짓은 혼자 다 하면서 제 잇속만 챙기더라고. 남들한테는 내가 동네여론을 주도한다고 뒤에서는 흔들고, 내 앞에서는 정말 우리 동네에 꼭 필요한 사람이라고 치켜세우질 않나. 도대체 저쪽에서 하는 말 다르고 이쪽에서는 하는 말 다르니. 아니, 내가 뭘 어떻게 했다고! 나야 뭐 이발하러 온 손님들도 다양하니까, 이런 말 저런 말 나불거리면 주워듣고 한두 마디 대꾸나 하지 뭐."

따는 그렇기도 했다. 뉘 집 아저씨는 네 번이나 장가를 갔고, 뉘 집 아줌마가 시장을 다녀오다가 길바닥에 나자빠진 일까지 귀에 들어왔다. 그의 말마따나 오며 가며 직접 들은 것 말고도, 전해들은 어떤 내막을 궁금해서 캐보는 일까지 있었다. 동네 남정네들의 사랑방이니 그렇지 않겠는가. 손님들 거개가 동네이웃이며 삶에 관련된 이들이다. 호기심과 궁금증의 유발은 당연지사. 고객들이 몇 마디 뱉으면 세상사의 헛소리이자, 정보였다. 면도를 할라치면 손님들은 눈을 감았어도 입은 걸쭉하게 씨부렁거렸다. 조금 전 이웃과 헤헤거렸다가도 떠난 다음, 뭐가 마땅찮았는지 금세 그 사람의 욕지거리를 냅다 뱉었다. 비위에 거슬리는 사람이면 뒤에서 슬그머니 씹는 일이 많았다. 아주 기술적으로 표 안 나게!

두 사람을 다 아는 인식으로서는 아주 난감했다. 그럴 적에 그의 입장은 철저했다. 귀로만 듣되 입은 꽉 다물었다. 그들이 내는 돈으로 목구멍을 유지하는 형편이다. 함부로 혓바닥을 내둘러 남들의 쓸데없는 감정싸움에 장단을 맞춰 득이 될 일은 없다. 여러 차례의 정치적 변혁기가 오고 갔지만 선거판의 누구 편도 들지 않았다. 세상은 정치와 맞물렸지만, 선인식과 직접 부딪친 것은 자잘한 일상이다.

"그려요, 좋은 게 좋은 건디 말이유."

삼태의 맞장구처럼, 그렇다. 누군가가 자신을 위해 대신 살아주지는 않았다. 살기 위해 나날을 보냈던 일이 자기 자신의 역사였다. 오로지 이발가위로 찾아오는 고객들의 머리털을 깎아 밥을 먹었다. 동네사람은 누구나 단골고객이다. 사소한 감정이 쌓이면 증오가 된다. 이발사 몇 십 년 동안 터득한 세상사였다. 말도 많고 흉도 많은 동네에서 인심을 잃지 않고 살아가는 비결이었다. 입이 무거우니 손님들은 더더욱 맘 놓고 남의 흉이나 속엣 말을 꺼냈다.

아무튼 도발해온 삼태를 슬그머니 피한 것은 주효했다. 어쨌거나 집을 두 채나 갖고 있고 현금을 주물럭거리는 동네의 부자였다. 단순무식하면서 삐딱한 데다가 상황에 따라 눙치는데 선수가 아닌가. 우습게 봤다간 큰코다칠 예측 불가능한 성격이었다. 양파껍질마냥 벗겨도 벗기어도 그 속을 알 수 없는 인간이다. 겉으로 아웅다웅해본들 무슨 이득이 있으리. 어설피 건드려봐야 얻을 것 없다. 인식의 입장에서 보자면 삼태가 그저 측은하다는 생각이 들었다. 남의 슬픔이 내 슬픔이어서 울었다던가. 성장과정이나 자수성가한 모양새가 그렇고, 어려서 부모덕을 못 보고 오로지 맨땅에 박치기하며 살아온 처지도 비슷한 터였다.

*

선인식의 가위질 솜씨는 일품이었다. 손위 형들이 모두 고등학교를 마쳤고, 중학교를 졸업할 무렵 부모가 죽었다. 농토가 제법 남아있던 5형제의 막내인지라 가계를 이어받은 맏형의 그늘에서 겨우 소년기를 보냈다. 그러나 맏형은 부모의 재산을 차지하고 제 새끼들 키우는 데만 신경을 쏟았다. 팽개쳐진 어린 그는 고아나 진배없었다.

열여섯이 되던 해 인식은 무턱대고 가출을 했다. 수백 리 떨어진 이 도시였다. 그 아무도 반겨주지 않을 도시에 왔었을 적에 어린 소년은 막연한 희망과 불안을 안고 기웃거렸다. 기술도 없이 막일로 취업할 데는 그다지 많지 않았다. 여무진 그가 우선 입에 밥술만 물자고 덤벼든 곳이 이발소였다. 밤늦게까지 많은 손님들의 머리를 감기고 빗자루로 머리털을 쓸었다. 비누와 물을 만진 손등은 쩍쩍 갈라 터졌다. 맨소르담 크림을 발라 쓱쓱 문질러도 피는 마를 새 없었다. 밤늦게야 나무등치가 되어 새우잠을 잤어도 새벽부터 연탄불을 갈아야 했다. 고통스러웠지만 돌아갈 곳은 없었다. 나이 어린 시기에는 하루하루가 급급했고, 머리가 굵어졌을 적에야 비로소 그 치욕스러웠던 아픔을 느꼈던 것이다.

원래 눈썰미는 타고나서 뭐든지 빨리 익혔다. 주인이 그의 기량을 알아보는 바람에 또래의 동료보다 먼저 바리캉을 잡았다. 머리를 내맡겨보았던 고객들도 언제나 먼저 그를 찾았다. 머리털 속에 숨어있는 골격을 손가락으로 꾹꾹 눌러보고 두상을 짐작했다. 일에 대하여는 침착하고 연구했다. 손님에게 어떤 헤어스타일을 원하는지, 꼭 물어보고 나서야 가위를 들었다. 한번 머리를 내맡긴 고객들은 웬만해서 되찾아왔다. 동네를 떠나간 고객들이 일부러 찾아오는 일도 많았다.

선인식에게 아련한 추억일 뿐이다. 요즈음은 점점 세태가 달라졌다. 남자애나 젊은 남자들이 어찌하여 미용실만 찾아다녔다. 낫살이 든 지금, 이제나 앞으로도 크게 달라질 일은 없다. 몸이 견딜 때까지 가위를 잡으면 되었다. 또래의 사람들은 일선에서 퇴직을 하여 등산을 다니거나 폐지를 줍지만, 그에게 정년퇴직은 존재하지 않으니까.

그의 하루는 눈을 뜨고 안방에서 문을 열면 이발관이다. 출퇴근이 따로 없다. 의자가 달랑 셋뿐인 좁다란 이발관이 직장이고 그가 대표다. 손님이 없으면 심심했다. 그렇다고 어디 멀리 돌아다니지는 않았다. 금세 손님이 올지 모르니까. 살림을 하는 아내는 손님들의 염색이며 수건을 세탁하거나 자잘한 일을 거들었다. 인식은 가끔 아내에게 지청구를 하다가도 미안한 생각이 우쩍 들었다. 그녀를 못 만났으면 지금까지 올곧게 살아왔을까. 사람의 인연을 미리 짐작하기 어려우나 예민하고 욱하는 성질을 잡아준 사람은 아내였다. 딸만 둘을 낳았지만, 자식들 때문에 애를 끓는 적은 없었다. 큰딸은 직장생활을 하다가 결혼해서 알콩달콩 잘살고 있다. 둘째 딸은 사과과수원 하는 시부모와 함께 살고 있어도 걱정이 안 되었다.

이 모든 원동력은 오로지 아내 덕분이라고 인식은 믿었다. 삼태가 아무리 돈이 많은들 부럽지 않은 이유 중 하나였다. 그녀는 한 푼이라도 허투루 쓰지 않고 모았다. 일곱 번 남의 집살이 끝에 이 집을 장만했다. 마당은 좁았지만, 꿈꾸던 집

대문에 그의 이름이 새겨진 문패를 처음으로 달았다.

*

배동산은 밤새 아파트 경비를 하고 쉬는 날이다. 새벽에 집으로 돌아와 한숨을 자고 일어났다. 어슬렁거리며 이발관 안으로 들어갔다. 좁은 마당 쪽에서 와자지껄한 소리가 들렸다. 긴 의자에 앉으려다 귀를 쫑긋한 배동산이 인식에게 물었다.

"무슨 일이여?"

"무슨 일이 있기는 있나 보네요. 크크크크."

손님의 뒷머리를 가위로 자르면서 인식은 웃는 낯으로 대꾸했다. 밖의 일을 다 알고 있다는 듯 밑자락을 깐 표정이 영 얄미웠다. 여낙낙한 성품의 배동산은 작달막한 몸을 일으키며 되물었다.

"아따 무슨 일이냐니께?"

"조금 있다가 직접 가보셔. 나도 잘 모르니까."

인식은 손에 든 가위를 치켜들며 헤죽헤죽 웃음을 머금었다. 호기심을 참지 못한 배동산은 금세 출입문 밖으로 나갔다. 밖으로 나가면 바로 돌아서 대문이다. 밖에서 보면 대문과 이발관의 출입문이 따로따로였다. 스테인리스대문이 반짝반짝 햇빛을 튕긴 채 열려있다. 좁은 마당에 종이박스 3개가

37

놓였다. 오인숙과 신예진이 인식의 아내를 지켜보고 있다. 그녀는 종이박스 안에 손을 집어넣고 물건들을 꺼냈다. 불뚝한 배를 내밀며 배동산이 턱짓으로 그녀에게 물었다.

"뭐여?"

"이거요? 저이 아는 단골손님이 준 건데, 도매상을 하나 봐요. 가끔 씩 유통기한 지난 물건들을 가져다줘요. 동네의 불쌍한 노인네들에게 줄 수 있으면 갖다 주라고 해서… 저번에 성총복지관에도 두 박스나 보냈어요."

그녀는 고개를 돌리며 겸연쩍은 표정으로 대답했다. 배동산은 거무스름한 얼굴을 종이박스 안에 꼬나 박으며 손가락으로 물건들을 만지작거렸다. 상자 안을 휘젓던 그가 두툼하고 네모난 갈색 햄을 집어 들었다.

"날짜만 그렇지, 말짱하네 뭐."

"먹어도 아무렇지가 않지만, 아무래도 유통기한이 지난 것들이라 사람들이 께름칙하게 생각할까 봐서요."

종이박스 안에는 여러 가지가 들어있다. 포장된 게맛살, 햄, 소시지, 어묵 따위의 식료품들이다. 이것저것 만져보면서도 어쩌지 못한 그녀들을 돌아보며 느닷없이 목소리를 높였다.

"안 가져들 갈 거유? 넘보기가 창피스러워서 그려?"

두 여인은 시선만 주고받을 뿐 엉거주춤한 상태로 선뜻 나서기를 꺼렸다. 그녀들을 애써 무시하는 듯 그가 허리를 굽혀 박스 안에다 손을 드밀었다. 비닐포장 된 반듯한 햄과 소시지들이 그의 손아귀에 들렸다. 두툼한 입술을 열며 배동산이 그녀들에게 선전포고했다.

"내가 다 가져가번져도 당신들은 할 말 읎지?"

"아녀요! 아저씨, 지금 골라가려고요."

짧은 머리의 신예진이 화들짝 놀라며 손을 내저었다. 그녀들의 말을 듣는 둥 마는 둥 배동산은 대문틈바구니에서 검정 비닐봉지를 꺼내왔다. 비닐봉지 안에 햄과 소시지들을 잔뜩 집어넣었다. 눈여겨보던 그녀들도 그제야, 종이 백이며 비닐 봉지를 가져와 물건들을 조금씩 주워 넣었다. 종이박스가 텅 비었다. 누군가가 대문을 슬쩍 밀고 얼굴을 드밀었다. 뒷집에 사는 늙은이가 마당으로 슬며시 들어왔다. 그녀들이 손에 든 물건들과 종이상자 안을 번갈아 훑어보더니 무척 아쉬운 표정을 지었다. 그리고 꼬부라진 허리를 펴며 불쑥 한마디 흘렸다.

"아이고, 조금 남아있으면 우리 누렁이 갖다 줄라고 혔는디 하나도 없나 벼."

어느 틈엔가 물건봉지를 집에다 갖다놓고 배동산은 이발

관 안으로 들어왔다. 그새 그녀들도 벽에 붙여진 긴 의자에 앉아있었다. 이발의자에 앉은 손님은 머리를 감은 상태였다. 아까처럼 불쑥 배동산이 말을 꺼냈다.

"오늘은 참말루 횡재했어. 근디 증말 어디서 온 물건인 감?"

인식이 손님의 머리를 드라이기로 다듬으며 싱긋 웃으며 말했다.

"우리 집에 이발을 하러 다닌 지 한 십 년이나 되었나. 단 골이니 꽤 친한 사람이라고 생각들 하서. 중앙시장에서 도매 점을 크게 하는 사람인데, 잘 안 팔리는 물건들은 재고 때문 에 골치라느면. 특히 햄, 소시지 같은 냉동식품은 오랜 시간 을 처박혀 있대도 유통기한이 있어서 골치래야. 반품은 있을 수가 없고 언젠가는 폐기처분을 해야 하는 거래요. 그래서 먹 어도 큰 문제는 없을 것 같은 생각이 들어 내가 슬쩍 물어봤 지. 그거 상품으로 팔지는 못하겠지만, 버리기에는 너무 아깝 지 않느냐고 했더니 공감하드라고. 그래서 일단 한번 가져와 보시라고 했거든."

고개를 주억거리던 배동산은 가느다란 눈이 안 보이도록 웃으며 말의 꼬리를 달았다.

"삼성유통에는 이런 물건들 좀 안 생기나?"

"아이고, 꿈도 야무지시네요."

"우유나 요구르트 같은 거 유효기간이 빠른 거는 진열장 앞에 놔두고 늦은 날짜 찍힌 거는 뒤로 짱 박아놓은 거 아직도 몰랐어요? 그 집에 물건이 남을 일도 없겠지만, 있다 해도, 우리 몫까지는 없을 테고 어떻게든 재빨리 처분을 하겠지요."

"그럴 거여. 이 동네에 십수 년을 살았어도, 그 집에서 물건을 꽁짜로 얻은 사람이 있다면 내 손으로 장을 지지겠네."

여성들도 덩달아 꼬리를 달았다. 인식은 그냥 빙싯 웃을 뿐 손님의 머리에 빗질을 했다. 늘 그렇듯 삼태는 졸지에 오늘도 화젯거리가 되었다. 뿌린 대로 거둔다고 했던가. 동네에 오래 살았다고 누구에게나 인심을 얻는 건 아니었다.

흐릿한 뿌리

　　　　　　도청과 시청을 옮기기 전까
지만 하더라도 중앙동은 제법 이름값을 했었다. 사람들이 바
글바글 모여든 도시의 중심이었다. 그런데 광역시로 승격되
면서 관공서들이 신개발지로 가버리자 그곳은 김빠진 맥주처
럼 시들해졌다. 큰 회사들마저 덩달아 따라가는 바람에 사람
들이 뜸해져 중심상권은 움츠러들었던 것이다. 사람들이 바
글바글 모여 있을 적에 1,2,3동까지 분할되었던 동사무소는
다시 두 곳으로 모아졌다. 중앙1동에서 버스로 다섯 정류장
을 지나면 중앙2동이었다.

　일제가 교통의 중심축으로 찍어 만든 도시, 2만여 명의 읍
이었다. 해방이 되고 나서 점점 인구가 늘어나, 12만 명. 전

쟁의 폐허 된 땅에 관공서들을 중심으로 다시 집들이 세워져, 50만 명쯤. 전국 각지에서 개미 떼처럼 모여든 사람들로 판잣집들이 다닥다닥 들어섰다. 공동묘지를 깎아내고 중·고등학교가 들어설 때만 해도 이름처럼 중앙동이었다. 80만 명이었을 적에도 동네의 미래는 그런대로 괜찮았다. 달도 차면 기울고, 피는 꽃도 지기 마련. 허름한 집들이 자연스럽게 연립주택이나 다세대주택으로 탈바꿈되다가 하루아침에 멈췄다. 온 나라의 도시계획이 재개발열풍에 휩싸일 무렵이었다. 150만 명을 넘어설 무렵은 오래된 동네를 밀어내고 삐죽삐죽 올라가는 고층아파트가 대세였다.

철근콘크리트의 수명은 길어봐야 기껏 백 년도 안 된다. 시멘트가 굳으면서 풍화작용에 의해 삭아가는 구조물이 등장하면서 빨리 빨리!를, 입에 달고 사는 사람들에게도 그보다 좋은 건축 재료가 어디 있으랴. 날이면 날마다 낡은 주택들이 헐려진 곳에는 거의 아파트들로 뒤덮였다.

그리하여 웬만한 동네마다 재개발추진위원회가 생겨났다. 모두 다 아파트분양으로 연결되어 대박 나는 건 아니었다. 지도에다 도시계획의 줄만 그었을 뿐 세월만 흘러가는 곳이 더 많았다. 콘크리트구조물도 유효기간이 있다. 동네는 십여 년 동안 그 흔하디흔한 고층아파트 건축은 물론, 다세대주택의 신축까지 묶여버렸다. 갈수록 집과 좁은 길은 입주민의 나이와 함께 낡고 늙어갔다. 날로 푸르고 높아가는 것은 집집 마당에 자라는 나무들의 우듬지뿐이었다.

삼성유통을 마주 보는 단층상가건물은 미용실과 정육점이다. 연이어 사이 골목을 두고 아트막한 집은 세탁소였다. 골목길이라 해봐야 겨우 한사람이 지나다닐 만큼 좁았다. 그런 길은 언덕 위로 올라갈수록 대부분이었다. 원래 한꺼번에 모여든 사람들이 야산을 깎아 제각각 모여 사는 바람에 형성된 까닭이다.

*

평상 앞에 모인 여인들의 웃음소리가 요란하게 들렸다. 방소란이 얕보는 말투로 크게 떠들었다.

"후훗, 아니 무슨 사람이 저래. 개가 따로 없네 벼."

"호호호~ 개도 오줌을 쌀 때는 한발을 들고 누는데 바지에 그냥 철철 흘리니, 저걸 으째!"

"아이구 냄새야! 인사불성이구먼. 그런데 저이는 마누라도 없나?"

"없나 벼. 그러니까 저 모양이지. 마누라가 있다믄 저 꼴을 보고 집에 붙어있겠어."

키다리 아줌마의 대거리를, 뽀유스름하게 화장을 하고 속

눈썹을 붙인 소란이 투깔스럽게 뱉었다. 그녀는 내팽개쳐지
듯 평상에 누워있는 사내를 경멸하듯 눈을 척 내리깔았다. 쉰
줄의 사내였다. 안경은 코를 벗어나 삐딱하게 걸쳐졌고 부스
스한 얼굴로 머리칼은 뒤엉킨 산발이다. 주황색 티셔츠와 회
색바지를 입은 사내는 체구가 크지 않았다. 척척하게 젖은 사
타구니 부분이 짙게 번져있다. 지린내가 슬슬 풍겼다. 그녀들
이 두런거리는 소리를 못 듣는지, 드르릉드르릉 코를 골며 인
사불성이다.

"며칠 전에도 저러고 누워있었지. 허구헌 날 저 지경까지
되도록 퍼마시면 여편네고 뭐고 다 도망가버리겠네. 아무려
나 뱃속이 강철로 만들었어도 언제까지 술로 견딜까."

"아유, 남이야! 마누라도 아니면서 걱정도 팔자유. 그나저
나 저렇게 오줌을 싸서 바지가 잔뜩 젖었는디, 그 안에 든 물
건은 어떻게 되었남?"

"난 또 무신 소리라구. 후후후~ 그래두 소금에 절여진 오
이나 무하곤 다르겠지 뭐."

"오호호호, 남의 걸 가지고 별걱정을 다하고 있네. 영칠엄
마, 내가 깨워서 한 번 물어볼까?"

"그게 아녀, 그냥 젖었으면… 거, 그렇잖아유. 이히히, 에
라 나도 모르겠네유. 으히히히~"

소란과 키다리아줌마 옆의 세탁소아내까지 입술이 찢어지도록 자지러지게 웃었다. 사내는 여전히 다른 세상에 가 있는 모양이다. 그녀들의 입담이 하도 요란스러웠던지, 삼성유통의 해실이 다듬던 대파를 들고 이쪽으로 다가섰다. 유모차를 밀고 지나가던 반백머리의 여인이 해실을 힐긋 쳐다보며 물었다.

"어디 사는 이야?"

"저기 이발관 뒷골목 끄트머리에서 세 들어 사나 봐유."

"그런데, 무슨 돈이 있다고 날마다 저렇게 술타령이야?"

"그럼 어쩐대유. 돈 들고 와서 술을 달라는데, 안 돼유 할 수도 없는 일이고."

해실이 겸연쩍게 웃으며 대꾸했다. 여인은 술을 마신 이유가 궁금한 것이지, 술을 팔았다고 추궁하는 게 아니었다. 해실은 자기 자신도 모르게 빙충맞게 뱉어버렸다. 그녀는 아차 싶었는지, 무슨 말을 덧붙일 듯하더니, 슬그머니 가게 안으로 들어가 버렸다. 남아있던 여인들도 사내를 뒤돌아보더니 하나둘 사라졌다. 어디선가 갑자기 개 짖는 소리가 들리자, 다른 개들도 덩달아 큰소리로 짖어댔다. 컹 컹 컹.

*

평상이 있는 삼성유통의 옆 건물은 삼태가 이곳에 처음 와서 야채장사를 했던 곳이다. 큰길 건너 아파트단지가 들어선 지금의 그 자리에 커다란 섬유공장이 있었다. 자그마치 수천 명의 여공들이며 종업원들이 밤낮 2교대로 근무했던 호황기 시절이었다. 주변의 상권이 늘 북적거렸고, 셋방은 나오기가 무섭게 사람들을 채웠다. 수요가 부족해서 후닥닥 지은 집들은 무질서하게 늘어났다. 이발관 뒷길에서 올려다보이는 코딱지만 블록집들은 다닥다닥 붙었다. 시유지에 늘어선 무허가주택들이었다. 따라서 골목길들도 시멘트담벼락을 따라 가로 세로로 마구 뻗어나 미로를 형성했다.

영원한 국가도, 도시와 마을도 없다. 사람들이 사람을 꼬여 만들어진 마을은 더욱 흥성하거나 폐허가 되기도 했다. 오래된 마을도 사람들이 떠나면 폐허가 된다. 꽃을 따라 옮겨 다니는 꿀벌 떼처럼 모이다가 흩어지는 흥망성쇠.

세상만사 좋은 일만 계속될 수는 없는 노릇. 진즉부터 아파트가 들어선 공장 터 말고는 주변이 차츰차츰 썰렁해갔다. 그러나 몇 년 전 재개발구역으로 지정되면서부터 주민들은 마음이 들떴다. 낡고 허름한 집들을 사그리 쓸어버리고 우뚝우뚝한 고층아파트단지가 들어선다는 것이다. 그런데 시일이 지날수록 소리만 요란했지, 되는 일도 없었다. 뒤숭숭한 소문이 휩쓸고 간 동네는 더욱 낡아져 우중충했다. 희망이 절망으로 변하는 변곡점은 순간이었다.

높다란 축대 위에 얹혀있는 허술한 집들의 블록 벽은 곰팡이 이끼로 얼룩졌다. 골목길 위로 얼기설기 쳐진 전깃줄들이 거미줄처럼 금을 그었다. 땅거미가 짙어지면 볼썽사나운 언덕 위의 집들은 어둠이 삼켜버렸다. 그랬을 적에 동네는 드문드문 켜져 있는 가로등 불빛으로 어둠과 빛의 적당한 연출로 오히려 신비로움을 자아냈다. 냄새만큼은 어쩌지 못했다. 냄새는 눈이 아니라 콧구멍과 타협해야 하므로. 음식물쓰레기에서 흘러나온 침출수가, 마른 길바닥에서는 지린내가 떠돌았다. 고양이들조차 핥지 않은 그 냄새는 겨울이 되어야 겨우 숨을 죽였다. 그곳에도 사람들은 살고 있었다. 밤이면 좁고 가파른 길을 올라온 미화원이 아무렇게나 던져 뒤엉킨 쓰레기봉투들을 치웠다.

전삼태는 중학교를 마치고 농촌에서 일했었다. 한태, 두태, 형들과 끝순이까지 4남매였다. 아버지의 아버지가 물려받은 방식대로 살아왔다. 봄이면 씨앗 뿌리고 가을에는 알곡을 거두는 일이었다. 그는 결혼하여 땅뙈기나 얻어 마을 가까이 분가했다. 농사를 지어봤자, 뾰족한 수가 없을 무렵에 아내는 첫아들을 낳고 나니 도시로 나가 살자고 슬슬 졸라댔다. 아내의 말을 못 들은 척 흘려도 닦달하면 이길 재간이 없었다. 가무잡잡한 살갗의 말대가리처럼 길쭘한 얼굴에 눈이 툭 튀어나온 여자였다. 아내는 배운 것에 비해 머리가 빨랐다. 베개머리는 어설퍼도, 매사에 억척스러운 그녀였다.

하여 땅마지기를 정리하고 고향을 떠나 이곳으로 왔던 것이다. 가시버시는 처음 평상이 있던 곳에다 조그만 구멍가게를 내어 월세로 살았다. 마누라 등쌀에 못 이겨 가게를 차렸으나 삼태 역시 돈 욕심은 더하면 더했다. 그는 표가 안 나게 은근히 밀어붙이는 성격이었다. 이왕 차린 거 돈을 벌려고 눈에 쌍심지를 켜고 자정 이전에는 절대로 가게 문을 닫지 않았다. 애오라지 안 쓰고 살면서 돈을 모았다. 몇 해 안 가서 비실비실하던 옆집가게까지 인수했다. 나중에는 있던 가게건물을 헐고 새로 지었다. 옆집까지 사서 헐고 지금의 건물을 지어 동네의 부자가 되었다. 돈이 돈을 번다는 게 삼태의 믿음이다. 목돈으로 기회다 싶으면 가게를 늘리고 물건을 잔뜩 채워놓았다. 부부는 오로지 돈에는 이견이 있을 수 없어 똘똘 뭉친 찰떡궁합이었다.

섬유공장이 다른 곳으로 이전하면서 주변상가들은 하나둘 사라졌다. 상가들이 떠난 자리에는 집 없는 사람들이 개조하여 들어왔다. 재개발구역으로 고시되면서 동네는 더욱 찬바람이 불었다. 삼태 역시 요즈음에 이르러 풍선처럼 부풀었던 희망이 한계점에 이른 것을 느꼈다. 부부간에 불화가 생기면 불똥은 엉뚱하게 튀었다. 진즉 눈치 빠르게 이사를 갔어야 했다고 서로 책임을 전가했다. 값싸고 편리한 대기업의 대형 마트가 여기저기 생겨나서 그나마 오던 손님들조차 코빼기를 보기가 어려웠다. 단골손님들도 와서는 손가락으로 고등어 대가리만 들쑤시고 그냥 가버리는 참이 많았다. 신선한 과일, 채소와 생선 따위를 떼어오지 않으면 단골마저 놓칠 게 빤했다.

부부간 다툼에도 본질이 있다. 요즘 해실의 입장으로는 남편의 어설픈 행태를 콕 집어 말하기는 애매모호해도 뭔가 미심쩍었다. 예전과 사뭇 다르게 느껴졌다. 전에는 바쁜 와중에도 수시로 통화가 되었건만, 가끔은 불통이다. 어딜 쏘다니는지, 물어보면 '통화불통구역이라느니, 배터리가 닳았다거니 변명이 앞을 가렸다. 덧붙여 이맛살을 찌푸리는 못된 버릇까지 생겼다. 누구의 잘잘못을 따지는 싸움에 종착역이 없다. 언젠가부터 알 수 없는 남편을 못마땅해 한 그녀의 짜증이랄까. 가난했을 적에는 모든 목표가 돈이었다. 벌 만큼 번 지금에야 서로의 마음에 괴리가 생겼다. 술 마시고 도박에 빠져든 큰아들의 엇나가는 행위까지 한몫을 거들었다. 세상에 자식을 이기는 부모가 어느 있으랴. 가족이란 게 모두 합심하여

죽을 둥 살 둥 발악을 해도 어려운 판인데, 옆으로 자꾸 삐져
나가는 식구들은 보자니 그녀는 힘이 빠졌다. 삼태 역시 요즘
들어 혼자만 아등바등해봐야 별 볼일이 없다고 느꼈다.

벌써 옛날

기쁨미용실의 주인은 동혜
엄마다. 주인이라고 해봤자, 조수도 없이 혼자였다. 앙바틈한
그녀는 입술과 턱 주변이 울룩불룩한 닭살이 더뎅이져서 흉
했다. 어려서부터 피부에 두드러기처럼 번진 고질병이었다.
남들 보기에만 그렇지, 정작 당사자는 생활하는 데에 아무렇
지도 않았다. 소갈딱지 없는 여편네들의 성질머리는 알다가
도 모를 일이다. 뒤에서는 못생겼다면서 앞에서는 개성 있다
고 소곤거렸다. 눈치가 빠른 그녀의 깜냥으로 짐작 못 할 바
아니다. 애면글면했던 그녀로서는 하도 오랫동안 그래왔기에
오히려 덤덤했다.

개업을 했던 처음에는 손님이 뜸했었다. 마흔의 그녀는 딸

둘과 동네로 온 지 반년 밖에 안 되었고 살살거리는 성격도
아니었다. 남편은 변두리의 주물공장에 다녔다. 허우대는 멀
쩡한데 고집불통으로 한번 입이 튀어나오면 답이 없었다. 교
회를 열심히 다니며 착실하다는 측면을 너무 강조한 바람에
넘어간 그녀의 탓이다. 부부를 맺게 해준 하나님만 아니었다
면 몇 번 갈라섰을지도 몰랐다. 남모르는 그녀만의 고민이다.

그녀가 시골에서 종합고등학교 다닐 적에는 제법 공부를
잘했다. 집안형편이 어려워 대학대신에 일찍이 미용기술을
배웠다. 이웃 아줌마들은 마음씨가 착한 그녀를 보며 늘 이구
동성으로 칭찬했다.

"너는 좋은 데로 시집을 갈 거야."

"참한 신랑을 만날 것이구면."

시아버지가 미용재료 도매상을 했다. 미용실의 보조원인
그녀는 잔심부름으로 자주 가게를 오갔다. 시아비는 내심 교
회의 전도사였던 그녀를 며느릿감으로 점을 찍었다. 일이 되
려고 그랬는지 교회에 다니는 집안이었던 게 결정적이었다.
말 없고 해반지르르한 시어미의 모습도 퍽 마음에 닿았다. 막
상 결혼을 하고 보니 시댁은 생각보다 경제적으로 훨씬 어려
웠다. 시어미는 젊어서부터 병색이 있는 데다가 집안 살림이
라곤 전혀 할 줄 몰랐다. 마음씨가 착하다는 말도 달랐다. 아

무짝에도 쓸데없는 시어미는 늙어가면서 점점 이기적으로 변했다. 집안 내막을 모르는 남들은, 시어미의 마음씨가 좋을 것 같다고 한마디씩 흘렸다.

몇 달 전 시아비는 위암으로 입원을 했다. 엎친 데 덮친 격으로 시동생은 결혼날짜까지 받아 놓았다. 그녀는 안절부절못했다. 미용실 일이며 줄줄이 어린 딸들을 챙기랴, 시어머니 수발까지 그녀의 몫이었다. 병원에 입원 중인 시아비의 간병은 시동생과 그녀의 일이었다. 남편은 주물공장에서 밤늦게 퇴근했다가 새벽에 출근했다.

엊그제만 해도 그랬다. 근처 임대아파트에 사는 시어미의 말은 정말이지, 쾌씸 그 자체였다. 털어봐야 달랑 천만 원짜리 보증금이 전 재산인데, 한다는 말.

"아가, 나는 말이다. 네 시아버지가 죽으면 몰라도 살아서 다시 집에 온다 해도 밥해주고 수발들기 어렵겠구나."

며느리더러 어쩌라고! 그게 백년해로를 약속했던 남편에게 할 소리인가. 보아하니 평생을 귀부인 모시듯 아내를 고생 안 시키고 살아온 시아비였다. 말년에 사업의 실패로 병색이 짙어진 남편이었다. 그렇다면 누가 당신의 남편을 수발해야 합니까? 그녀는 목구멍까지 기어오르는 대꾸를 꾹 참았다. 하도 말 같잖아서 아무 소리도 않고 병원을 나서버렸다.

그녀는 가게로 돌아와 문을 닫고 집에서 애들에게 밥을 먹였다. 마음 같아서는 딸년들을 몽땅 떼어놓고 가출해버리고 싶었다. 아무 데나 가도 미용사가 밥술이야 못 얻어먹겠는가. 요즘에는 그런 생각이 수십 번 머릿속을 들고 났고 했다. 그래, 마귀가 날 시험하는 게야. 교회의 목사님이 말씀하신 것처럼 자기 자신이 하나님의 시험에 들고 있다는 생각마저 들었다. 정말 하나님이 계시기는 하는 걸까. 가끔 삶이 힘들어 믿음에 대한 의문이 들 적이 있었다. 아니야! 그녀는 고개를 도리질했다. 자꾸 의심하면 벌 받을 것 같았다.

친정아버지 기일에 갔을 때 비닐하우스에서 나온 엄마는 그녀를 토닥거렸다.

"네 팔자인데, 어쩔 거여. 살다 보면 애들 크고 좋은 일도 생길 거구먼. 김 서방이 마음 하나는 착하니까, 그거 믿고 살어."

청상과부가 된 엄마는 그렇게 삼남매를 키워냈다. 지나놓고 보니, 고향 아줌마들의 말은 모두 입에 바른말 같았다. 세상에 대한 희망은 현실과 달랐다. 아무리 달라도 너무 다른 번지수였다. 그녀는 눈물이 왈칵 솟아났지만, 다시 가위를 잡고 파머약 냄새를 맡았다.

늘어났던 손님들의 발걸음이 줄었다. 파머와 염색하는 손님은 줄고 커트손님으로 겨우 유지했다. 경기불황의 그림자가 드리운 탓일까. 새로 이사를 온 까닭에 기존 미용실의 텃세도 한몫을 했다. 가난한동네의 미용실이란 그랬다. 고객들의 안면을 익히고 신뢰를 쌓아가기가 그리 쉬운 일은 아니었다. 손님들의 입과 입으로 전해져 자리를 잡으려면 석삼년은 족히 걸렸다. 남편의 벌이는 시원찮은데 한참 커가는 애들의 먹성과 과외비 걱정으로 애가 탔다.

*

중앙정육점은 기쁨미용실 옆이다. 안으로 들어서면 붉은 형광등 불빛이 비치는 진열장이 버티고 뒤로 대형 냉장고가 있었다. 푸줏간의 갈고리에 매달렸을 법한 고깃덩어리들은 죄다 냉장고 안에 숨었다. 회색 아스타일 바닥에는 드문드문 검붉은 핏물이 얼룩졌다. 얼룩들은 또 다른 핏자국에 겹쳐져 다양한 커피색문양들로 그려졌다. 눈여겨 본 손님들이 있거나 말거나 하루에 한 번 정도 막대자루에 매달린 젖은 물걸레가 바닥을 쓸고 지나가도 그 문양은 변하지 않았다.

작달막한 남편은 도축장에 다녔다. 실질적인 주인은 그의 아내 조지나다. 그녀의 이름은 꼭 무슨 영화배우의 이미지를 떠올렸다. 이름과 사뭇 다른 생김새였다. 흰 살갖의 그녀는 훤칠하다 못해 키다리였다. 밋밋하게 껑충한 몸에 잠자리대가리처럼 머리가 둥글게 붙었고 눈이 똥그랬다. 옆 사람도 들리지 않을 정도로 조곤조곤하게 말하는 그녀를 두고, 방소란은 '왕 내숭'이라고 붙였다. 그러나 별명은 그다지 널리 퍼지지 않았다. 누구나 처지에 따라 한 자락을 깔고 있으면 내숭스런 사람이기 때문이다.

마흔 중반인 그녀는 술만 마셨다 하면 전혀 딴사람이 되었다. 붕어눈처럼 툭 튀어나온 눈은 붉어지며 말수가 많아졌다. 일을 할 때는 전혀 달랐다. 긴 모가지를 내려뜨리며 버려진 식칼로 벌건 고기를 쓱쓱 자를 때는 자못 심각했다. 양파껍질처럼 까고 까도 알맹이가 드러나지 않은 그녀였다. 말은 많아도 두꺼운 눈꺼풀 사이에 감춰진 그녀의 비밀스런 집안 내막을 아는 이 드물었다.

가끔은 생뚱맞은 행동으로 주위를 의아하게 만든 적도 있었다. 친목계에 참석하여 곗돈을 탔을 때만 해도 그랬다.

"언니들, 나 오늘 돈 많이 벌었어. 밥값은 내가 낼 테니 실컷 먹어요"라고 해놓고 나서, 술기운을 핑계로 빈정거리는 말을 끌어왔다.

"난 식탐을 부리면서 뱃살이 나온다고 걱정하는 인간들이 제일 싫더라"는 따위의. 그러다가 방소란이 눈을 흘기면서 여지없이 한 마디 지청구를 했다.

"근디 그러는 당신은 왜 남들처럼 못 살아?"

주둥이가 튀어나오는 조지나는 입을 꽉 다물었다. 물에 젖어 바들바들 떠는 생쥐 같았다. 이상하게도 방소란에게는 그랬다. 여자들은 그녀가 방소란에게 돈을 빌렸거나 무슨 약점을 잡혔을 거라고 뒤에서 수군 수군거렸다.

술을 퍼마셨다 하면 개만도 못한 그녀의 남편이었다. 남편을 만난 것은 조그마한 유통회사였다. 경리 사원이었던 그녀는 짝으로 부지런한 영업사원을 택했다. 도박에 빠진 남편은 다니던 유통회사를 때려치웠다. 도축장에 취직을 한 것은 한창 한우고기 바람이 불 때였다. 남편의 도축장에서 고기를 가져온 그녀는 팔자에도 없는 정육점을 차렸었다. 칼을 들고 검붉은 고기를 도려내는 푸줏간의 주인이 되리라곤 꿈엔들 생각조차 못 했다. 가끔은 남편이 도축장에서 몰래 뒷고기를 빼내오면 싼값으로 동네에서 처분을 했다. 그런 날이면, 방소란을 비롯한 이웃들의 고기 지지고 굽는 냄새가 골목길에 가득 풍겼다.

그러나 웬걸, 남편은 잊을만하면 그녀의 삶을 팍팍하게 만들었다. 자식 둘을 낳고 살면서 철이 들기는커녕 남편은 점점 달라졌다. 아들이 축구시합을 하다가 허리를 다쳐 불구가 된 후부터는 더욱 그랬다. 맨날 술에 찌들어 온 동네가 떠나갈 듯 고래고래 소리를 지르기 일쑤였다. 심지어 혼자 사는 여자들에게 빠져 연분이 난 게 한두 번이 아니었다. 도박에도 손을 대어 월급을 안 가져올 때도 있었다. 조지나는 부부싸움에도 이골이 났다. 그러나 무슨 까닭인지 몰라도 남편은 혼자된 팔순 장모를 친어머니처럼 모시는 일만큼은 지극정성이다. 그래서 무남독녀인 그녀는 팔자려니 하고 마음을 고쳐먹었다.

그녀의 어미는 여든둘이다. 늙었어도 기품이 있어 보였다. 동네의 늙은이들과는 잘 어울리지 않고 소주를 홀짝홀짝 마시거나 먼 하늘만 올려다보았다. 작년부터는 아파트가 갑갑하다며 나와서 푸줏간에 딸린 작은 골방에서 혼자 살았다. 아니, 조지나의 귀찮음이 노인의 별거를 종용했다고나 할까.

소주병이나 들고 와 살살거리는 방소란에게 푸념처럼 까발린 과거는 이렇다. 반반하고 곱게 생긴 시골처녀가 다닌 곳은 요정이었다. 고급술집에서 어찌어찌 만난 사내가 유부남이었는데, 원하지 않은 임신이었다. 출산을 꺼렸지만, 맘대로 되지 않았던 모양. 그게 노인에게는 일생일대의 실패이자 성공이었다. 노인은 마흔을 넘겨서 부산에서 딸을 낳았다. 1차 군부쿠데타가 끝난 무렵에 유부남인 딸의 아비를 따라 서울로 갔다. 겨우 본처 몰래몰래 생활비를 얻어 쓰다가 남자가 갑자기 죽어버린 탓에 그마저 끊겼다. 살길이 팍팍하여 함께 요정에서 일하던 언니를 따라 이곳까지 밀려왔던 것이다.

고깃점을 움찔움찔 씹는 늙은이들에게 푸념처럼 그녀가 던졌던 말.

"내 팔자에 저년이라도 없었다면 어땠을까, 생각하면 캄캄했다우."

그래도 말년에 기댈 언덕이라도 있잖은가. 노인은 가끔 정육점에 들른 또래의 늙은이들에게 고기를 구워냈다. 동네의 그 누구도 조지나의 아버지에 자세한 내막은 듣지 못했다. 그들 모녀 말고는 사위조차 장인에 관한 말을 듣지 못했다니까. 어림짐작으로 말의 꼬리를 다는 여인들도 있다. 아무리 약삭빠른 방소란이라도 상대방에 관하여 다 알 수는 없는 노릇이었다.

"그렇다면, 요정에 다닐 적에 난봉꾼의 자식을 낳았다고 봐야 하남?"

"그거야 모르는 일이고, 시상에 아비 없는 자식은 없으니께, 그 냥반 호적에 올리는 게 어려웠을 겨."

키다리아줌마와 입방정 방소란의 우문현답이었다.

*

─왜 자꾸 전화하고 그래용!

─뭐라구!? 아까도 그런 식으로 말해놓고 겨우 두 시간도 안 되었구먼. 또 전화질이니까 그렇지.

─시끄러워. 그렇게 못 믿을 거면 집에 와있던지.

오인숙은 휴대폰에다 소리를 빽 지르곤 꺼버렸다. 그녀는 안경 낀 눈을 내리깔면서 아주 씁쓰레한 표정을 얼른 펴지 못했다. 함께 어울려 칼국수를 먹던 친목계 회원들도 혀를 끌끌 차며 동정 어린 눈길을 보냈다.

그녀의 남편 지남철은 동해안 속초에 가 있었다. 지방에서 밤낮으로 매달려야 하는 건축 일이었다. 원래는 반년을 약정했으나 시행사가 설계변경을 한 바람에 석 달을 더 연장했다.

오인숙은 펑퍼짐한 얼굴에 생머리를 뒤로 묶었다. 골격이 크고 튼실하게 생긴 편이다. 작은 체구와 달리 큼직한 코가 얼굴을 덮은 남편은 아홉 살이나 더 먹었다. 딸만 둘이었다. 대학생인 큰딸 가영과 달리 작은딸 나영은 지적장애자였다. 막 낳을 적에는 그냥 못생긴 줄로만 알았다. 날이 갈수록 턱이 점점 길어지고 삐뚤어져 기형적인 얼굴이 되었다. 병원에 갔더니 선천성 장애라는 결과를 내놓았다. 딸은 열 서너 살이 되어도 변화는커녕 더 흉한 모습이었다. 따돌림을 받은 아이는 다니던 중학교도 안 갔다.

오인숙은 다니던 대형마트의 계산원 자리를 그만두었다. 우선 아이를 혼자 놔둘 수 없었다. 한 달이면 두서너 번은 모녀가 병원에 다녔다. 오인숙은 특수반이 있는 중학교로 딸을 전학시켰다. 특수반이 모여 있는 하얀 건물은 학교운동장의 맨 끝 별관이었다. 날마다 치근덕거리며 따라오는 햇빛에 쫓긴 그림자처럼 학교를 들락거렸다. 그녀는 거의 날마다 학부모가 학교에 들어가 도우미로 참여하는 봉사활동을 했다.

겉모습으로 사람을 판단하는 세상에서 소수의 아이들은 별종 같았다. 남의 아이들도 내 자식이었다. 인숙은 내 자식의 부족한 자리를 다른 아이들이 채울 수 있다는 마음이 들었다. 교실 문을 열자마자 떠도는 퀴퀴한 냄새와 무질서한 아이들 속에 나영이도 있었다. 팔다리가 뒤틀린 아이, 커다란 몸뚱이를 못 가누는 아이, 뇌성마비로 묘하게 비틀린 아이들의 얼굴은 딸과 다름없었다. 저들끼리 웃고 떠들던 아이들은 호기심 있는 눈망울로 그녀를 엄마처럼 따랐다. 맑고 순진무구한 영혼들이 모였다. 시일이 지날수록 아이들의 행동거지는 정상인과 다르지 않았다. 아이들 모두 다 내 자식 같았다. 진즉 이런 학교로 보낼걸. 창피함과 허영심에 매몰되었던 후회가 밀려왔다. 과연 내 뱃속에서 나온 아이를 진정으로 이해했던가? 세상의 편견에 휩쓸려 차별하려고 하지는 않았나? 잘못된 생각들이 똬리를 틀어 아이를 바라보았던 기억들이 스쳤다.

남편은 애들에 대하여 도무지 관심이 없었다. 나영이에 관하여는 숫제 남의 아이처럼 대했다. 보통의 아비가 장애 아이에게 관심을 더 쏟는 상식과는 달랐다. 심지어는,

"내 아이가 아닌 게 확실해! 아무리 뜯어봐도 나처럼 생기지 않았으니까"라고 남편이라는 작자는 그렇게 말했다든가.

장래가 불확실한 아이에게 아비라는 작자가 할 소리인가. 그녀로서는 눈물로 지새웠다. 아이로 인해 부부의 마음은 소통이 막혀 더욱 삐걱거렸다. 무책임한 남편의 탓도 있지만, 그녀의 고집도 문제였다. 그녀는 절망을 어찌할 수 없다며 술로 풀었다. 술을 마시면 얼얼해지고 고통은 잠시 싱크대 밑으로 기어들어갔다.

그런 일과 달리 지남철은 자신의 일에는 착실했다. 건축일을 하는 여느 사람들과 남달랐다. 술은 조금 마시나 여자문제나 도박 따위에는 일절 손을 안 댔다. 원래 목수였던 자기 자신의 아버지가 노름꾼이었던 때문이다. 그는 동료들이 술추렴을 하자고 해도 손사래 치며 숙소에서 뒹굴었다. 꽁생원이라는 별명까지 붙여졌으나 개의치 않고 일에만 매달렸다.

요즈음 부부간에 문제가 생겼다. 그가 아내에게 하루에도 여러 차례 전화질을 한 탓이다. 동네 여인들은 아내에 대한 집착증이라고 했다. 강짜를 만들어 아내를 힘들게 하는 일종의 정신병으로 해석도 했다. 어쩌면 사업실패에서 오는 강박

신경증이 아닐까.

지남철은 원래 인테리어사업자였다. 대여섯 명의 직원을 승합차에 싣고 전국을 누볐던 터. 물론 아내의 뒷바라지가 크게 작용을 했다. 오인숙은 손이 커서 남편의 사업방향을 뒤에서 거들었다. 그 무렵에는 일을 한 건만 따내도 돈을 두둑이 만졌다. 언제나 시작처럼 끝이 있게 마련이다. IMF가 닥쳤고 사업은 금방 시들해졌다. 사업수완이 별로 없는 사람이 일을 크게 벌여 뒤처리를 못 한 게 화근이었다. 다 날리고 다행히 아내의 이름으로 된 집만 겨우 남았다. 목구멍이 포도청이고 배운 게 목수 일이라, 남을 따라 다시 건축공사판을 기웃거렸다. 그곳이 독도이건 연평도이건 다녀야 했다.

남편이 돈을 넉넉하게 갖다 줄 적에도 오인숙은 일을 했었다. 이제 아이 때문에 꼼짝없이 묶여있자니 남편의 수입으로는 빠듯했다. 선인식의 알선으로 주민센터의 일용직 근로자로 나섰다. 정부에서 경기부양을 한답시고 한시적으로 만든 일자리였다. 서로 하려고 경쟁이 치열했다. 일거리는 그때그때마다 달랐다. 요즘에는 복지비가 지급되는 독립세대주이거나 불우한 노인들의 환경실태를 조사하는 일이다. 집집을 방문하여 설문양식지에 기입하고 업무일지를 제출했다. 한 달 급료인 80만 원을 모두 전통시장 상품권으로 받았다. 동네 재래시장에서만 쓸 수 있는 구매권이다. 주로 시장이나 삼성유통에서 찬거리와 일용품을 사는 데 썼다. 그 수입이나마 연말이면 땡이다.

남편은 시간만 났다 하면 아내에게 전화질로 달달 볶았다. 단순히 안부를 묻는다면 뭐가 그리 문제겠는가. 수사관이 피의자를 다루듯 꼰질꼰질 시비를 걸었다. 몇 시에 무엇을 했으며 누구와 만났는지 꼬치꼬치 물었다. 만약 아내가 퉁명스럽게 엇나가는 대답이라도 하면 난리였다. 자기 자신이 추정하는 알리바이에 어긋나도 욕지거리부터 마구 퍼부었다. 가끔은 예고도 없이 일터가 전국 어디에 있건 수시로 불쑥불쑥 집에 들어왔다. 그리고 들어오자마자 허리띠를 풀며 그 짓부터 서둘렀다. 빼빼마른 체격에도 물개거시기를 처먹었는지 그 짓만은 끈질겼다. 처음에는 오죽 굶었으면 그러랴싶어 대낮에도 엉키며 진땀을 뺐다. 남편이 외지에서 딴 여자들과 놀아난다는 상상은 해본 적도 없다. 그럴 위인이 못되기 때문이다.

딴 사람의 애도 아니고, 둘의 합작품이 분명할진대 작은딸에 대한 죗값은 혼자 뒤집어쓴 것은 너무나 억울했다. 불량품으로 나온 딸 때문에 속이 상한 오인숙은 불만의 풍선이 부풀었다. 불평불만을 뱃속에 꾹꾹 누르지 못하는 성격이다 보니

65

터질 때가 많다.

"가영엄마도 성질 좀 죽이고 신랑한테 맞춰봐."

"우린 단순히 나이 차이뿐만 아니라, 성장배경과 생각부터 너무 다르다구요."

"누군 첨부터 같나? 애새끼들 낳고 살다 보면 같아지는 거지."

"모르는 소리 마세요. 한 번 데리고 살아보든지!"

여인들은 이쯤 해서 남편의 이야기만 나오면 불끈거리는 그녀의 심기를 다독거리지 않았다. 오히려 동네 여인들은 그녀를 툭툭 건드렸다. 제 입으로 떠드니 따따부따하는 여자들에게 핑곗거리를 주기 마련이다.

"먼 길을 마다하고 꽃밭에 물 주러 오는 양반 정성도 좀 생각은 해야지, 안 그래?"

"또 무슨 말을 하려고 그래요?"

"꼬박꼬박 할 건 다하면서 무슨 딴소리야."

"너무 좋아서 괜히 엄살 부리는 거 아냐? 가영엄마."

"으이구, 누구 염장을 지르냐! 착실한 신랑한테 그러면 죄받는다."

깔깔대며 하회탈처럼 웃어대는 그녀들은 도대체 뭔가. 동네의 언니들이라고 부르며 친하게 지낸다고 하지만, 결국은 남의 일이다. 오인숙은 한 귀로 듣고 한 귀로 흘렸다. 어른 노릇 하느라고 괜히 지껄이는 헛소리지 뭐.

오인숙은 시장에 다녀오다가 가끔 씩 이발관에 들렀다. 시장과 집까지 걸어가는 길에 이발관은 중간쯤이었다. 그래서 지나가다 잠깐씩 들렀다. 요즘은 남편과 싸우고 나면 머리가 어지럽고 심신이 피곤하여 집에 들어가자니 심란했다. 이제는 바깥으로 빙빙 돌아다니는 게 버릇처럼 되어버렸다. 선인식의 부인이 친언니처럼 느껴지는 건 다독이는 마음이 한결같았기 때문이다. 어쩌면 신체장애가 있는 선인식이 작은딸과 겹치는 부분도 있다. 남편과 딸을 각각 장애인으로 둔 여인들의 동병상련일까. 딸아이에 대하여 선인식 내외가 이해하는 마음은 오래되었다.

어설픈 관계

창대부동산은 시장 입구 모
서리에 있다. 부동산거래가 찬 서리를 맞건만 아직은 월세 소
개로 버텼다. 직원은 단둘이다. 구한술의 곱슬머리는 빗지 않
아도 반듯했다. 거무스름한 얼굴에 뭉툭한 코와 두툼한 입술
이 부조화되어 묘하게 보였다. 웃음기를 머금은 표정은 꼭 누
굴 비웃는 듯 오해마저 불렀다. 올해 쉰 중반의 그는 땅땅한
체구를 자전거에 싣고 아침부터 골목길을 누볐다.

투덕투덕하고 가무잡잡한 얼굴의 여인은 마흔 후반이다.
그녀는 사무실에서는 있는 듯 없는 듯 조용하지만, 검정지프
를 몰고 전국 어디든 누볐다. 그녀가 실질적으로 창대부동산
의 주인이다. 그런데도 사무실의 속사정을 모르는 고객들은

호칭을 잘못 짚곤 했다. 두 사람의 업무는 각각 달랐다. 아파트매매, 전세 따위는 구한술이다. 변두리 공장과 임야같이 매매대금이 큰 물건은 강 여사가 전담했다. 가끔은 월세나 전세가 한 두어 건 성사되는 경우도 있었다. 기간이 만료되어 거래가 잘 이루어지는 것도 동네의 위치가 시내와 가까운 까닭이다. 지하철 역세권이면서 버스의 노선이 많이 통과했다. 다만, 너무나 오랫동안 동네를 방치했던지라 낡은 집이 수두룩했다.

오후에도 문을 빠끔하게 열어보며 슬며시 들어온 노랑머리 여인이,

"사장니임?"하고 한술에게 눈길을 보냈다. 컴퓨터 검색을 하던 강 여사를 힐긋 보더니 안중에도 없다. 얼른 분위기를 파악한 구한술은 얼굴이 붉어졌다. 빨간 입술연지를 바른 노랑머리 여인이 구 씨 옆으로 다가가 코맹맹이 목소리로 다시,

"아이, 사자앙님?"

"아니…뭘."

여인이 호들갑을 떨었다. 구 씨는 두꺼운 입술을 헤 벌리며 어쩔 줄 몰랐다. 순간, 강 여사의 매서운 눈빛을 의식하고 재빨리 일어났다. 아무래도 안 되겠다 싶었는지 여인을 상담용 둥근 테이블로 안내했다. 저번에 다세대주택의 전세를 소

개하여 들어간 손님이다. 무슨 볼일이 또 있다고 계속 들락날락거리는지 모를 일이었다. 이런 경우는 하도 많았다. 그러나 강 여사는 부글부글 끓어도 모르쇠로 제 할 일만 했다. 손님들이야 그 까닭을 알 리 없다. 뭐로 보던지 낫살이 더 든 남성이 주인이거니 짐작했을 터. 한번 부동산에 다녀갔던 손님들도 나중에 꼭 구한술만 찾았다. 구 씨가 소개소의 대표가 아닌 것을 안 다음에도 그랬다. 친절하고 싹싹한 구한술의 언변 탓일까. 손님들의 말로는, 시간약속이 철저하고 매수자나 매도자의 예민한 부분을 잘 조정한다고 칭찬까지 늘어놓았다. 늦은 밤이라도 귀찮은 물음에도 내색을 안 한다는 말까지 붙였다. 가끔은 고객들에게 덤으로 선물이나 팁을 받았다. 속 모르는 사람들이 바라보는 구 씨는 행복한 사람으로 보였을 것이다.

"구 사장님은 세상에 고민이 없을 분 같아요."

"아이고, 밥 한 끼만 얻어먹어도 꼭 갚아야 직성이 풀리는 사람이니까."

늘 듣는 말이었다. 그의 내밀한 사정을 알고 나면 절대로 입에 발린 말을 못 할 것이다. 지금 함께 살고 여인은 3년 전에 만났던 터였다. 호적에 올린 재혼도 아니고 그냥 동거였다. 아니, 집 없는 구 씨가 그녀의 아파트에 얹혀살고 있으니

딱히 뭐라고 해도 어설펐다. 그녀는 청상과부로 딸 셋을 몽땅 출가시킨 후 혼자였다. 코가 큰 구 씨의 마력 때문이었는지, 그럭저럭 푹 빠져 살던 여인이 요즘은 차츰 변했다. 살갗이 흰 여인은 신경질적으로 생긴 얼굴을 누그러뜨리지 않았다. 수시로 불평을 늘어놓으며 누가 있거나 없거나 찬바람 씽씽 나게 구 씨에게 마구 소리를 질렀다.

구 씨는 아파트에 얹혀사는 비용으로 다달이 50만 원을 여인에게 내놓았다. 말이 좋아 명목은 생활비였다. 가끔 큰 건의 부동산소개비를 받으면 100만 원을 줄 때도 있었다. 그런데도 여인은 종종 볼멘소리를 입에 달았다.

"한 달에 몇백을 번다고 큰소리치더니 겨우 이럴 거면 갈라서자구요. 뭐하러 순진한 나를 꼬셔가지고 살림을 차려! 차리길. 아이구, 내 팔자야."

돈 나갈 구멍은 여러 군데였다. 임대아파트에 혼자 사는 팔순노모의 생활비며 종손으로 집안의 대소사를 챙기는 것도 그의 몫이었다. 요즘처럼 부동산경기가 폭삭 주저앉은 시기에는 용빼는 재주가 없다. 한 달이면 전세 한 두 건을 계약시키기도 어려웠다. 겨우 사무실임대료와 관리비를 대기에도 벅찼다. 배운 게 도둑질이라고 자전거를 타고 전신주나 담벼락에 매물정보라도 붙여야 했다. 다행히 빚 없이 목구멍에 풀칠할 돈만 어찌어찌 만들면 달을 넘겼다.

*

구한술은 십여 년 전에 본처와 이혼을 했다. 가끔 떠오르는 그 일은 생각하기조차 싫었다. 그런 생각이 들면 강박상태에 사로잡혔다. 그럴수록 처자식을 먹여 살리느라 인생을 보낸 죄 밖에 없다는 억울함이 사무쳐 헤어나지 못했다. 애들이 어렸을 적 중동에 건설기술자로 다녀왔던 터였다. 벌어온 목돈을 아내에게 맡겼다. 놀지 않고 어떤 연고로 자동차부품하청업체에서 근무할 무렵이었다. 애들이 클수록 쓸 돈이 부족하다 하여 아내는 식당이라도 해볼까 한다고 자꾸 뜸을 들였다. 아내가 수더분한 성품이었는지라, 스스럼없이 맡겼던 것이다. 하긴, 아내가 고집을 부린다고 그의 동의가 없었다면 가능한 일이겠는가. 돈을 움켜쥐려는 그의 욕심도 식당을 인수하는데 한몫을 했다. 식당과 집은 멀리 떨어져있어 부부의 출퇴근 시간은 따로따로였다.

하루는 법원에 들렀다가 바로 식당에 왔다. 친구의 보증을 섰던 일로 법정에 나갔다가 돌아온 오후 서너 시쯤 웬 여자 셋이서 식당 문을 밀치고 들어섰다. 때 지난 손님들이겠거니 했다. 왠지 아내의 표정은 낭패감이 스치며 먹구름이 낀 듯했다. 일순간, 앗! 여자들이 우르르 달려들어 다짜고짜 아내의 머리채를 낚아채며 패대기를 치는 게 아닌가! 정작 당황한 사람은 그였다. 우선 아내의 머리채를 잡은 여자들의 손을 떼어냈다.

"이거 보세요! 남의 집에 와서 지금 뭐 하는 짓들입니까?"

"뭐하다니요? 저 더러운 년한테 물어보세욧! 아니! 남편 되는 분 같은데, 마누라 간수나 제대로 하세요. 세상에 이런 창녀만도 못한 년하고 사는 분이 누군가 했네."

눈을 흘기며 앙칼지게 쏘아붙이는 여자는 누구인가. 여자가 뱉은 말이 비수처럼 가슴에 푹 박혔다. 잘못 들었는가? 한술은 자기 자신의 귀를 칼로 후비고 싶었다. 이건 분명히 현실이었다. 함께 따라온 여자들이 툭툭 던진 두서없는 말들로 미루어 대략 짐작은 되었다. 서너 살 아래의 남자와 몹쓸 짓을 한지가 꽤 되었다는 것. 구 씨가 야간근무 때문에 집에 못들어온 날밤에는 식당 방에서 둘이 뒹굴었다는 것. 그 남자에게 돈을 후려냈다는 것. 남자는 식당을 들락날락거리던 단골손님이었다. 구한술은 가끔 멋쩍게 아는 체하던 남자를 기억했다.

아내는 구 씨에게 변명할 여지도 없었다. 정황이 딱 맞아떨어지는데 어쩌랴. 모든 증좌는 구한술 자신이 본 것만으로도 충분했다. 기가 막혔다. 불륜이라는 게 그저 남의 일로만

치부했다. 정작 자신의 발등에 불이 떨어진 현실이었다. 오장육부가 뒤집힐 노릇이다. 아내는 애들의 학원비 때문에 그랬다는 변명을 애써 늘어놓았다. 훨씬 뒤에야 알게 된 아내의 비행은 더 드러났다. 구 씨가 중동에서 일을 할 적에도 춤바람이 나서 돌아다녔다는 것까지.

부부란 무촌수이며 갈라서면 남남이다. 그는 가끔 전처의 모습이 떠올라도 제 딴에 고개를 도리질해버렸다. 고향에서 첫사랑으로 만나 아들딸 낳고 살았건만, 이제 얼굴조차 가물가물했다. 아들 녀석의 결혼식에서 못 이기듯 봤으니 벌써 삼년도 넘었다. 언뜻 들리는 소문에는 여태까지 그 근처에서 설렁탕집을 하는 모양이었다.

한술은 원래 특별한 종교가 없다. 시월시제에는 문중선산에 머리를 조아렸고, 사월초파일이면 절에 가서 산채비빔밥을 얻어먹었으며, 성탄절에는 동거녀를 따라가 교회에서 떡국을 먹었다. 동거녀는 다닌 지 몇 년도 채 안 되는 교회에 푹빠져 모든 일에 우선이었다. 생활비는 주는 족족 예배당의 헌금함으로 빨려갔다. 하도 답답해서 한마디 했더니 되돌아오는 말에 차마 입을 다물었다.

"돈 몇 푼이나 준다고 이래저래 간섭이에요. 교회헌금에 대하여 그런 식으로 말하면 죄 받아요. 당신은 천국에 가려면 아직 너무너무 멀었어."

하나님을 믿고 있는지 목사를 믿는지, 그녀의 마음을 도저히 측량하기 어려웠다. 십여 년 전부터 팔순노모도 교회에 다닌 지라 이해를 하려 했다. 그녀를 신뢰하지 못한 그의 마음도 어수선했다.

시름겨운 어둠

　　　　　　　　　불빛들이 어둠을 몰고 왔
다. 시장골목은 조용했다. 사람소리와 차량소음이 뒤범벅되
어 와자지껄했던 낮과 달랐다. 시침 떼듯 조용하다 못해 고요
했다. 초이틀 밤은 간간히 내민 가로등불빛이 상가건물들의
윤곽만 보여주었다. 어둠 속에서 반짝 불빛이 났다가 꺼졌다.
가로등불빛 아래서 작달막한 여인이 그림자로 나타나더니 실
루엣으로 걸어왔다. 여인은 사위를 두리번거렸다. 그녀는 왼
손에 핸드폰을 들었다. 오른손에는 담뱃불이 걸려있다. 여인
은 손을 올려 담배를 깊이 빨았다. 담뱃불이 고양이의 눈처럼
크게 빛을 발했다. 몇 발자국을 샛골목으로 걷던 여인은 캄캄
한 신발가게 앞 쇼윈도 앞에 섰다. 고개를 갸웃거리며 두리번

거렸다. 그녀는 저만치에서 덜 멀어진 가로등불빛을 피하여 더 안으로 들어갔다. 아무도 보이지 않았다. 여인은 다시 한 번 신발가게건물의 모퉁이를 경계했다. 그리고 핸드폰의 화면을 들여다보았다. 화면에서 나오는 빛이 그녀의 심각한 얼굴을 비쳤다. 그녀는 손가락을 움직여 화면을 조작했다. 글자들이 움직였다. 물음표 없는 의문문의 문장들이 몇 분 간격으로 찍혀졌다.

—계속 안 받을 거야

—내가 그리로 갈까

—무슨 답이라도 해봐

여인은 잠시 생각하듯 가만있다. 손을 옮겨 쥐었던 담배를 다시 빨았다. 불빛이 빠끔 외눈을 떴다. 여인의 씁쓸한 표정이 얼굴에서 묻어났다. 여인은 핸드폰을 바지주머니에 넣었다. 다시 한번 담배를 빨더니 꽁초를 던져 발바닥으로 비벼버렸다. 그녀의 손가락에는 하루에도 세 갑쯤 담배가 끼워져 있었다. 골초였다. 일하거나 음식을 조리할 때를 빼놓고는 거의 그랬다. 잠자는 시간 말고는. 아무 일도 없었다는 듯 여인은 건물에서 떨어져 나와 아까의 반대방향으로 걸었다.

빈터 옆 가게에서 밝은 불빛이 새어 나왔다. 호호닭발집이었다. 장수심의 가게간판은 낮고 초라한 지붕보다 더 크게 붙어있었다. 주인이 들어오자마자 걸걸한 목소리가 날아왔다.

"어디 갔다 와요? 막걸리 달라고 한 것도 까먹었나."

찌죄죄한 작은 홀 안에는 탁자 세 개가 놓여있었다. 방금 여인이 들어온 출입문 옆 탁자에는 구레나룻을 한 사내를 비롯한 젊은 사내 셋. 안쪽 탁자에는 마흔 줄의 남성과 여성이 무슨 말을 소곤거렸다. 주방 가까운 조그만 탁자에는 주인여자 또래의 여인이 혼자서 식어버린 두부두루치기를 내려다보았다. 구레나룻의 째진 목소리가 크게 들려왔다.

"아! 막걸리 달라니까, 씨팔!"

"야! 조용히 못 해. 너, 네가 우리 집 전세 냈어?"

오글거리는 성깔을 참다못해 장수심은 단추 구멍만 한 눈을 치뜨며 허스키한 목소리로 냅다 맞받아쳤다. 한없이 너그럽다가도 아니다싶으면, 어느 누구라도 두려움 없이 대드는 성깔이었다. 조금 전까지 목소리를 높이던 구레나룻이 금세 두런거리며 움츠러들었다. 그녀는 아무 말 없이 두부두루치기 접시를 들고 주방에 가져갔다.

"그냥 놔둬. 다 먹었는데…"

장수심은 볼멘소리로 말을 흘렸다. 늙은 그녀의 붉은 얼굴을 사내들의 게슴츠레한 눈들이 더듬었다. 그녀는 사내들의 탁자에서 짜부라진 주전자를 들고 왔다. 주방 안으로 들어가

우그러진 알루미늄주전자에 막걸리를 퍼 담았다. 언제나 그러하듯 그녀는 사내들을 보며 시익 웃으며 주전자를 탁, 소리가 나도록 갖다 놓았다. 사내들은 막걸릿잔을 놓고 우두둑우두둑 깍두기를 씹었다. 좁은 홀은 소란스러웠다. 밤늦은 시간이면 단골손님의 그런 일은 다반사였다.

호호닭발집의 메뉴는 빈대떡이나 돼지고기두루치기, 어묵탕 따위였다. 주로 손님들이 찾는 건 간판 이름처럼 닭발구이다. 뼈있는 닭발과 뼈 없는 닭발을 한 접시에 팔천 원 받았다. 뼈있는 닭발은 쫀득쫀득하여 손가락에 달라붙었다. 매운 고춧가루를 버물어 구워진 거라 젓가락질도 쉽지 않아 비닐장갑을 끼고 뜯었다. 뼈 없는 닭발은 뼈를 발라내어 구웠기 때문에 젓가락으로 집었다. 간판만 보고 들어온 젊은이들은 달콤하고 혓바닥이 얼얼한 닭발을 더 좋아했다. 단골술꾼들은 닭발보다는 빈대떡이나 돼지고기두루치기 쪽을 찾았다. 포만감이 더 있어서 그랬다. 술이나 안주로 배 속을 채우는 손님들도 많았다. 어쨌거나 좁은 공간이라 손님들이 많이 올 적에는 바로 옆의 여벌천막까지 꽉 들어찼다.

블록으로 지어진 식당과 고깔처럼 세워진 흰 천막 뒤로는 빈터였다. 호박잎이 빽빽하게 돋은 텃밭은 고추와 상추가 심어져 푸른 공간이다. 밤에는 취객들이 지퍼를 내리고 물줄기를 냅다 쏟아냈다. 조금 더 멀리에는 무허가촌을 밀어내고 들어선 주공아파트였다. 밤에는 이십여 층의 높이일지라도 캄캄한 이쪽은 전혀 안 보였다.

이튿날에는 비가 주룩주룩 내렸다. 어둑한 저녁이고 궂은 날임에도 아직 손님들이 안 왔다. 바깥으로부터 습기가 몰려와 축축한 기운이 들었다. 커다란 선풍기가 고개를 좌우로 돌리며 센바람을 가져왔다. 가게 안의 음향기에서 이미자의 '동백아가씨'와 '기러기 아빠', '울어라 열풍아'가 연거푸 흘러나왔다. 닳은 듯 청승맞은 노랫소리는 바깥스피커를 통해 천막 안에도 울렸다. 그녀는 CD를 여러 장 모았으나 이제는 낡은 것들뿐이다.

장수심은 출입문 쪽에서 담배를 피우다 말고 하늘을 쳐다보았다. 시장의 상가건물들에 가려 병원건물은 보이지 않았다. 치매에 걸린 친정아버지가 입원한 것은 넉 달째였다. 친엄마가 죽고 나서 아버지는 금방 새 장가를 갔다. 배다른 자식은 셋이다. 젊었을 적에는 그런 아버지가 무척 싫었지만 이복동생들을 친누나처럼 대했다. 그녀에게 미안해하며 귀여워해주는 아버지에게 반항하며 가출까지 했었다. 시집가고 나이가 들어서야 아버지에 대한 안쓰러움이 조금씩 묻어났다. 자기 자신의 치사하고 누추함이 그런 계기를 만들었을지도 몰랐다.

남편이란 작자는 바람을 피우고 딴살림을 차려 나갔다. 아이들만 없었어도 그녀는 대폿집을 하지는 않았다. 허우대가 멀쩡한 남편은 그런 점에서 친정아버지와 닮은꼴이었다. 그래서 남편의 외모를 쏙 빼닮은 아들은 제발 그런 사람이 되지 말라고 부처님께 빌고 또 빌었다.

까만 고양이새끼 한 마리가 담배연기를 날리는 그녀 앞에 쪼그리고 있다. 장수심은 문득 자기 자신이 전생에 무엇이었을까 생각하며 피식 웃었다. 시장거리는 드문드문 하나둘 불빛이 반짝였다.

*

선인식은 잠이 안 와서 초등학교운동장을 돌아다녔다. 가끔 답답할 적에도 마찬가지였다. 차를 몰고 멀리 가기는 어중간하고 집에 있자니 울화증이 도지는 느낌이다. 걷기가 불편한 그로서는 달리 방법이 없다. 어떤 사람들은 비아냥거리듯,

"얼마나 금슬이 좋아서 일 년 삼백육십오 일을 하루 내내 함께 지내느냐"고 했다. 그럴 때마다 인식은 그쪽에다 침이라도 뱉어주고 싶은 심정이었다. 직업이 직업인지라 대놓고 말하지 못 할 뿐. 하루 내내 손님이 없다가 어느 때는 한꺼번에 여럿이 몰려왔다. 그때에는 아내가 머리를 감기거나 염색

을 도왔다.

언젠가는 우연히 거울에 비쳤던 장면이 스치며 괴롭혔다. 늙수그레한 손님이 머리를 감기던 아내의 젖가슴을 팔꿈치로 툭툭 치는 모습이었다. 아내는 말 못 하고 자꾸만 뒤로 몸을 젖혀 피하려 들고 늙은이는 더욱 얄궂게 대들었다. 아내가 참는 게 힘들었는지, 물젖은 수건을 냅다 던지며 바깥으로 나가 버렸다. 아내에게 무슨 말로 위로할 것인가! 인식은 혼자 끙끙 앓으며 자기 자신을 한탄했다. 속 깊은 아내의 마음을 다치게 하는 건 자신에게도 치명적인 상처라는 것을 알기 때문이었다. 직업과 집안일의 구분이 애매모호함으로 부부간의 피로가 쌓였다. 서로 간의 마음까지 다 알아챈 탓인지 소통은 좋아 탈이었다. 사소한 일로 부부의 다툼도 만들었으니까.

손님들이 오는 시간은 들락날락 고르지 않았다. 인식은 밥 먹는 시간을 휴식으로 여겼다. 그의 아내도 가급적 식사를 할 적에는 함께 하며 그들만의 시간을 가졌다. 인식은 다른 일은 빠른 편인데, 이상하리만치 밥은 천천히 꼭꼭 씹어 먹었다. 물론 얼근덜근한 김치를 씹으며 땀방울이 맺히도록 젓가락질을 해대며 집중하는 모습은 경이로웠다. 먹는다고 하기보다는 즐긴다고나 해야 할까.

단골손님은 결혼식장에 빨리 가야 한다며 재촉을 했다. 손님 때문에 초조한 건 아내였다. 평소 남에게는 좋은 남편이지만, 그녀에겐 까탈을 부리는 존재였다.

"밖에 오래 기다린 모양이에요."

인식은 못 들은 척 젓가락으로 갈치토막을 헤집은 다음, 숟가락으로 국을 떠먹었다. 바쁘게 여기자면 국에다 밥을 말았어야 했다. 누구보다 깨작깨작 내씹는 그의 습성을 아내는 익히 알고 있었다. 그녀의 재차 말 한마디가 폭발의 도화선이 되었다.

"결혼식에 빨리 가야 한 대요."

"밥 좀 먹고!"

"기다리니까, 그렇지."

"밥 먹을 땐 개새끼도 안 건드리면 법이라고 그랬지."

탁 던져버린 숟가락이 밥그릇에 빗맞아 바닥에 툭 떨어졌다. 인식은 손님의 머리 손질을 마쳤어도 방에 다시 안 들어왔다. 반쯤 남은 밥은 그대로 있다가 음식쓰레기통에 들어갔다. 또 냉전이었다. 말수가 적은 아내는 아내대로 기다려야 하고, 인식은 화해의 명분을 찾아야 했다. 그게 이틀인가 지나 황금돈이 다녀간 뒤였다.

"아까 세탁소 여편네를 삼성유통 앞에서 봤는데, 뜬금없는 소릴 해."

"뭐라고 그랬는데?"

"황 사장이 우리 집에서 나오는 걸 봤다며, 재개발 때매 그랬냐고…"

"암튼 이눔의 동네에는 모두가 간첩이여."

"우리야 개발되면 아파트나 한 채 얻지만, 자기들은 땅이 좁아서 이도 저도 못하여 큰일이라는 거요."

"우리라고 별수 있겠어. 목구멍이 포도청인데, 아파트를 얻으면 이발관은 어디다가 차릴 건대?"

내외는 합창이라도 하듯 한숨을 푹 내쉬었다. 이런 상황은 부부에게 오랜 타성이 되어버렸다.

과거란 현재의 원인이다. 부부에게 똬리를 튼 뭔가가 있었다. 선인식이 이발관에서 조수 노릇을 했을 적에 그녀를 만났다. 시장에서 잃어버린 지갑을 주워준 인연이었다. 콧날이 선 반듯하게 생긴 총각과 통통하지만 야물게 생긴 처녀였다. 조실부모하여 형들 밑에서 고아처럼 자란 총각과 몰락한 집안의 셋째 딸은 첫눈에 서로 꽂혔다. 중앙극장 언저리에서 둘은 짬짬이 만났다. 빵집에서 수시로 만난 그녀는 섬유공장의 직공으로 다녔다. 그들은 우유와 단팥빵을 먹었고, 사이다 한 모금과 붕어빵 하나에도 고마워했다. 그리고 자신들의 새로운 희망과 미래를 그렸다. 인식이 일류 이발관을 그만두고 섬유공장이 있는 이곳으로 옮긴 까닭이다.

일 년쯤 지나 처녀의 뱃속에 생명이 움틀 무렵이었다. 어떻게 알고, 처녀의 집안에서는 난리가 났다. 어디서 굴러 온 지도 모르는 고아나 진배없는 자에게 딸을 보내지 못하겠다는 것이었다. 비록 몰락은 했지만, 한때 시골면장이었다는 처가의 옹고집적 발상이 그녀를 들들 볶았다. 하여 처녀는 빼빼 마를 정도로 수척해졌다.

이 무렵 총각은 주인댁 옥탑방을 떠나 모아둔 돈으로 방을 얻었다. 처녀 역시 공장근처의 자취방에서 새로운 곳으로 옮겼다. 동거를 하게 되었을 거라는 추측으로 그녀의 집은 발칵 뒤집혔다. 수소문 끝에 처녀의 언니들이 총각이 근무하는 이발관에 들이닥쳤다. 여러 사람의 앞에서 그의 멱살을 잡고 따귀를 때리는 소동을 벌였다. 만약 처녀의 볼록한 몸이 새 생명을 가지지만 않았더라면 부부의 지금은 없었을 것이다.

인식은 운동장의 외곽을 따라 돌았다. 텅 빈 고요가 적막을 불러냈다. 이곳에 와서 학교를 다녔던 아이들은 엄마가 되었고, 아이들이 낳은 아이들은 이제 초등학생이다. 그제나 저제나 변함없는 수양버드나무는 더욱 굵어져 가지들을 휘휘 늘어뜨렸다. 그는 정문을 나섰다. 길을 건너면 시장골목으로 통했다. 절름거리며 휘적휘적 걸었다. 문이 닫힌 가게들을 한

집한집 훑어보았다. 집집마다 오래된 가게들이다. 웬만한 집은 가정사까지 알았다. 캄캄한 밤은 시끌벅적한 시장거리를 잠재웠다. 노래방까지 문을 닫았으니 자정을 훨씬 지났다.

어럽쇼? 저만치 한집에서 불빛이 흘러나왔다. 가끔 들르는 호호닭발집이다. 이 시간까지 취객이 술잔을 붙잡고 있을까. 아무리 술집이지만, 떼돈을 버는 일도 아닌데 너무 늦은 시간이었다. 술집의 문은 살짝 열려있어 틈으로 안이 엿보였다. 아무리 둘러봐도 손님은 없고 여주인의 뒤태만 보였다.

*

호호닭발집 몇 집 건너 뾰족탑이 하늘을 찌르는 교회가 있었다. 교회 바로 옆은 조립식건물의 가게 〈산닭집〉이다. 흰 아크릴 간판의 '산'자는 검정색이고 '닭집'은 빨강색이었다. 삼복더위가 맹렬할수록 활기가 넘쳤다. 여느 가게들은 파리만 날리는데, 그 가게는 들떠있는 분위기였다.

오후라선지 가게는 조용했다. 투덕투덕하게 생긴 거제댁이 한발 다가섰다. 모기망창 문의 고리를 누르자 찍하고 열렸다. 비릿한 지린내가 그녀의 콧속으로 빨려들었다. 사람이 안 보이고 인기척도 없다. 거제댁은 가게 안을 두리번거렸다. 분명히 보여야 할 닭들도 안 보였다. 그녀는 주인을 불렀다.

"계십니꺼?"

뒤통수에서 뭔가가 와락 닿는 느낌이었다. 자신도 모르게 고개를 돌렸다. 가게 문 바로 옆 후미진 곳에 아파트처럼 층층이 지어진 닭장이었다. 철망사이로 갈색 토종닭들이 일제히 대가리를 내밀고 있지 않은가. 붉은 벼슬이 톱니처럼 난 수탉도 섞였다. 피둥피둥한 몸통은 좁은 곳에 갇혀 옴짝달싹 못 하는 것들이 눈꺼풀을 껌벅거렸다. 그것들의 눈에는 물기가 어린 듯했다.

"누구 왔어요?"

"예, 닭 한 마리 살라꼬예."

주인인 듯 늙은 여자가 반대편에서 문을 열고 나왔다. 대가리를 잘래잘래 내밀었던 닭들이 동시에 안으로 쑤욱 감추었다. 주인과 손님의 짓거리가 심상치 않음을 안 것일까. 닭장에 갇힌 자신들의 운명을 모를 리 없을 것이다. 주인의 손아귀에 목숨이 달렸으니까.

"얼마 받아요?"

"크기에 따라 달라요."

"한 마리 부탁합니데이."

주인여자는 그녀를 위아래로 훑어보더니 닭장 쪽으로 성큼성큼 걸어갔다. 닭들은 꼬꼬거리며 주춤주춤 어둠 뒤로 숨었다. 구석으로 숨어봤자 벽은 막혔다. 주인여자는 닭장을 아래서 위로 눈초리를 쏘더니, 이내 마음을 정한 듯 억센 손을 중간층에 쏙 집어넣었다. 순간이 선택이 다가올 죽음의 차례였다. 생물로 한날한시에 세상에 나왔다고 같은 시각에 떠나는 건 아니다. 후다닥후다닥 날개를 치는 소리가 금세 잠잠했다. 짧은 볏의 갈색 털을 날린 한 마리가 억센 손아귀에 잡혀 철망 밖으로 끌려 나왔다. 체념하듯 눈알을 굴리던 닭은 그녀를 쳐다보았다.

여자는 모가지를 쥔 왼손에 힘을 주더니 식칼로 푹 찔렀다. 닭은 핏방울이 털들 사이로 배어들기 전에 버둥거릴 틈도 없이 맥을 놓았다.

"아줌마, 나 좀 다녀올 테니 해 놓랍니꺼."

"염려 말아요"라고 여자는 무표정하게 대답했다. 마치 못 볼 것을 본 것처럼 거제댁은 닭장 쪽을 외면하면서 서둘러 밖으로 나왔다. 한참을 걷다가 뭔가 잃어버린 듯 머리를 도리질하던 그녀는 아차 싶었다. 주인여자에게 죽은 닭은 값이 얼마냐고 물어볼 걸 하는 후회가 스쳤다. 금방이라도 죽은 닭이 있었다면 싼값에 살 수 있었으리라는 생각이 들었기 때문이다. 땡볕이 이글거리며 그녀를 사정없이 내리쬐었다. 그러자 이미지들이 겹쳐 그녀를 혼란시켰는데, 건축공사장에서 일하는 늙은 남편의 모습과 조금 전의 고개를 쳐든 닭대가리가 어른거린 게 아닌가. 인삼과 약재를 사러 건어물가게로 걸어가는 그녀의 발걸음이 무거웠다.

거제댁은 등짝에 끈끈하게 흐르는 땀을 아랑곳없이 생각에 잠겼다. 주인여자의 손모가지에 의하여 그것들의 삶과 죽음이 오락가락할 것이다. 그렇다면 저 닭들과 내 운명이 뭐가 다른가. 이미 목숨을 내놓고 있는 닭은, 주인여자의 손아귀가 바로 저승사자인 셈이다. 억센 손아귀에 잡히거나 눈초리에 찍히지 않았어도 목숨은 잠시 유예될 뿐이다. 닭이 모이를 쪼는 순간과 자기 자신의 끼니가 이어지는 시간이 크게 다르지 않다고 여겼다.

건어물가게에서 대추, 인삼, 황기, 당기를 사들고 와서 그녀는 다시 가게의 문을 열었다. 빙빙 돌아가는 통돌이의 뜨거운 물에 뜯기어졌을 깃털 몇 개만 보일 뿐, 검정비닐 봉지는 묵직했다. 혹시 방소란 같은 동네사람들에게 들킬까 두려워 샛골목으로 발걸음을 조르르 돌렸다.

그녀는 싱크대에 봉투를 풀었다. 발가벗긴 채 죽은 닭을 씻었다. 빈 뱃속에 찹쌀과 한 움큼의 마늘까지 채웠다. 남편에 대한 미운 정 고운 정까지 담뿍 넣었다. 한약재들은 주검의 제찬이었으리라. 압력솥에 토종닭을 집어넣었다. 그녀는 오로지 땀을 흘리고 돌아올 남편을 그리며 흐뭇한 표정을 지었다. 히죽 웃으며 백숙의 두툼한 다리를 두툼한 입술로 뜯어 먹는 늙어가는 사내를! 시도 때도 가리지 않고 무지막지하게 덤벼드는 사내를!

불붙은 쓰레기

한여름의 날씨는 호락호락
하지 않았다. 게릴라성소나기가 몇 차례 지나갔지만 달궈진
그대로 후텁지근했다. 공중전화부스가 있는 초입에서 이발관
을 넘어선 오르막길까지 한산했다. 길바닥에는 아이들이 먹
고 버린 빙과류포장지가 굴러다녔다. 주택들의 담장을 따라
승용차 대여섯 대가 바짝 붙어있다. 방소란의 슬래브대문 지
붕에는 풀죽은 달맞이꽃화분이 얹어있었다. 좁다란 마당 구
석에는 포도나무넝쿨이 뱀처럼 담장으로 기어 올라갔다. 무
성한 푸른 잎에 가려진 감들이 매달렸다. 구름마저 벗겨지니
햇볕은 사나워졌다. 무더위는 태양이 내뱉는 뜨거움을 배가
시켰다. 복사열 때문에 더욱 기승을 부렸다. 달궈진 콘크리트

구조물이며 심지어 집집에서 내뿜는 에어컨의 열기까지 아스팔트바닥으로 나왔다. 길거리에 다니는 사람들의 수효는 줄어 오후가 되자, 개새끼 한 마리도 구경하기 어려웠다.

구한술은 손수건으로 목덜미에 흐르는 땀을 닦았다. 조금만 걸어도 온몸이 물걸레처럼 젖었다. 어슬렁어슬렁 걸어서 이발관 앞에 섰다. 평소 같았으면 반쯤 열려있어야 할 문이 닫혀있다. 구 씨는 문을 당겼다. 구석에서 에어컨바람의 찬 기운이 왈칵 밀려왔다.

"우와! 천국이 따로 없네요."

"바깥은 엄청 더울걸요?"

인식이 왼쪽 다리를 길게 뻗친 채 인사를 건넸다. 이발하러 온 손님은 안보였다. 긴 의자에 앉았던 거제댁, 오인숙과 인식의 아내까지 고개를 길게 빼어 구 씨를 쳐다보았다.

"아이고, 푹푹 찌네요."

"우리도 마찬가지예요. 손님도 없는데 에어컨 덕을 톡톡히 보고 있는 셈이에요"라며 오인숙이 대꾸하자, 모두 소리를 내어 웃었다. 그들은 삶은 옥수수를 식혀 먹으려는 중이다.

"아직 점심들 안 드셨나들?"

"아뇨. 이 댁에서 콩국수를 말아줘서 한 그릇씩 뚝딱했죠."

인숙이 선인식의 아내를 보며 샐쭉 웃었다. 그녀가 구 씨

에게 옥수수를 건네주었다. 모두 하모니카 불 듯 씹어 먹었
다. 에어컨 바람을 선풍기바람까지 보태었다.

"재개발 소식 좀 들어온 거… 없지요?"

구 씨는 여인들의 눈치를 살피며 인식에게 슬며시 물었다.

"아직은 뭐."

인식의 대답이 끝나기도 전에, 구 씨는 그녀들을 아랑곳하
지 않고 남의 말을 하듯 내뱉었다.

"저번에 주민들이 재개발구역을 해제해달라는 서류가 구
청에 접수된 후부터는 손님이 뚝 끊겼어요. 아예 개미새끼 한
마리도 얼쩡거리지 않아요."

"재개발하는 주민들의 입장이 제각각 다르니…이래도 골
치, 저래도 골치. 이놈의 동네는 갈수록 문제로구먼."

구 씨는 어느새 옥수수 한 개를 마파람에 게 눈 감추듯 먹
어치웠다. 그리고 슬쩍 쟁반에 든 옥수수 한 개를 집어 들었
다. 그가 하는 양을 물끄러미 바라보던 인식의 아내가 덧붙였
다.

"그거 말고 더 큰 거 먹어요. 그 옆에 있는 까만 거."

두툼한 손으로 옥수수를 바꾸어 집은 구 씨가 씹으면서 말
했다.

"어디 옥수수인지 맛이 좋네요. 옥수수도 한철인데, 지금

맛이 제맛이지요."

그때 문이 열리며 빡빡머리를 한 사내가 들어왔다. 인식이
먼저 일어났다. 그리고 벽걸이에 걸어놓았던 흰 가운을 걸쳤
다. 염색된 머리의 밑 부분이 하얗게 드러난 사내는 이발의자
에 앉았다.

"벌써 깎을 때가 되었나?"

"어제 왔더니 휴일이던 걸요."

"아, 그랬어? 온 동네가 다 아는 휴일을 자네만 몰랐다고?"

인식이 반문하면서 이발의자를 수건으로 털었다.

"내가 깜빡했지요. 더위 먹었나, 씨."

"그래그래, 더위를 먹으면 컴퓨터도 간다더라. 헤헤헤."

인식은 사내의 머리에 전기바리캉을 댔다. 사내의 까만 머
리털이 한 줌씩 타일바닥에 툭툭 떨어졌다. 오인숙은 무슨 생
각이 들었는지 슬그머니 바깥으로 나갔다. 그걸 못 참고 거제
댁이 기어코 한 마디 뱉었다.

"무더운데 그냥 있지, 뭘 하러 나가삐나?"

*

골목 윗길에서 좌회전으로 미끄러져 오던 그랜저승용차가
멈췄다. 선인식이 흰 가운을 입은 채 열린 문밖으로 나갔다.
운전석에서 입술이 툭 튀어나온 늙은이가 고개를 내밀었다.

인식이 고개를 꾸벅거리자 거들먹거리던 늙은이가 대뜸 말을 뱉었다.

"어떻게 된 거요? 저쪽 사람들은 또 집집마다 쓰레기 같은 찌라시를 돌린다던데."

"나도 조금 전에야 알았습니다. 신경 쓰실 일이 뭐있어요. 그 사람들 늘 하던 짓인걸."

"그렇지만, 이번에는 서울에서 내려온 도우미들까지 동원하여 물질공세까지 장난이 아니라는데?"

늙은이는 심통 난 표정으로 내뱉었다. 별일 아니라는 듯 선인식이 손을 내저으며 되물었다.

"어디 가세요?"

"구청에 좀 가 보려고. 재개발지역고시 난지가 언젠데, 가타부타 추진한다만다 말도 없고… 아예, 차라리 해제를 해주던지 말든지 할 일이지. 주민들 재산을 이렇게 꼭 묶어놓고 말이야. 바보 같은 놈들, 무슨 행정을 이따위로 하는지 원."

그때 승용차 옆으로 탈탈거리며 달려오던 오토바이가 속도를 줄였다. 오토바이를 탄 세탁소의 대머리주인이 황금돈에게 고개를 끄덕였다. 인사를 받는 둥 마는 둥 눈길조차 주지 않은 늙은이를 겸연쩍은 얼굴빛으로 지나쳤다. 늙은이는 거만한 표정을 감추지 않았다.

누가 보아도 칠십 후반이라고는 믿지 않을 만큼 당찼다. 짜리몽땅한 체구의 늙은이 황금돈은 무슨 기업체의 대표도 아니건만, 동네에서는 그냥 황 사장으로 불렀다. 하다못해 삼성유통의 전삼태처럼 가게가 있는 것도 아닌데 말이다. 동네에서 그는 전설이었다. 빈손으로 동네에 들어와서 한몫의 돈을 거머쥔 사람으로.

황금돈은 원래 토박이가 아니었다. 십여 년 전 뉴타운 붐이 한참일 적에 어디선가 굴러온 사람이다. 서울 본사의 현지 행동대겸 연락책임자 노릇을 했던 터였다. 주택공사와 연이 닿아 철거민을 쫓아내는 앞잡이로 공동개발에도 간여했다. 큰길 건너 무허가판자촌을 밀어내면서 주공아파트로 재개발할 적에 그는 단단히 한몫을 챙겼다. 아파트 1채와 상가 옆 자투리땅을 얻었고 보상비까지 타냈다. 무슨 명목으로 챙긴 현금을 무기명채권으로 바꿨다는 소문까지 떠돌았다. 그래서 얻은 아파트는 씨가 다른 딸네에게 전세로 내주었다. 자투리땅에는 빌딩을 지어 배가 다른 아들에게는 마트를 차려주었다. 소문난 구두쇠였다. 이웃 간에 무엇 하나 나눠 먹는 법이 없었다. 본처가 죽고 나서 후처와 살고 있으나 경제권만은 확실히 쥐고 있다. 아들은 전처소생이고, 딸은 후처가 데려온 의붓자식이다.

도시재정비촉진지역으로 지정되자마자, 맨 먼저 설레발을 쳤던 황금돈이다. 한번 꿀맛을 본 중독성이 있는지라 그냥 포기하지 못했다. 딱히 무슨 업체를 경영하는 것도 아닌데 돈벌 속셈으로는 따를 자 없다.

두껍아, 두껍아? 헌집 줄 게 새집 다오! 동요처럼 그랬으면 얼마나 좋으련만. 서울에서 뭉글뭉글 피어오른 뉴타운 열풍이 한동안 로또복권의 환상을 심어주기에 이르렀다. 사람들은 들떠서 환상의 열망은 욕망으로, 욕망은 탐욕의 풍선으로 부풀었다. 마치 땡볕에 쇠똥구리가 둥글게 말아 똥을 앞으로 뒤로 옆으로 굴려 가는 일처럼.

오르막이 있으면 내리막도 있기 마련. 수요와 공급에는 돈이 따라야 했다. 경기불황의 깊은 늪은 문제를 불러왔다. 서울의 물 좋은 동네 뉴타운개발을 빼놓고는, 온 나라의 재개발 공사판은 거의 멈췄다. 전국 곳곳에 주택공사가 공사판을 벌여놓은 어디라도 비슷한 상태였다. 자금이 부족한 주택공사가 감당하기 벅찼다. 대운하공사를 4대강으로 이름만 바꿔서 추진한 토목공사비용을 덤터기로 쓴 주택공사는 빚만 늘어났다. 이미 계획되어 발주한 공사조차 아예 엄두를 못 냈다. 뿐인가! 재개발계획의 해제와 지정이 되풀이되면서 지역공동체의 갈등은 깊어졌다.

황금돈의 승용차가 떠나고 금세 오토바이소리가 나더니 멈춰 섰다. 세탁물을 걷어 싣고 다시 휙 돌아온 것이다. 선인식은 밖을 내다보니 오토바이에 탄 채 얼굴을 찌푸린 대머리가 말문을 텄다.

"인사를 해도 본체만체 우거지상이야. 왜? 또 재개발타령이우?"

"그 양반 하는 거 잘 알면서 왜 물어요?"

"세상일이 제 맘대로 되나? 그러면 나 같은 넘도 금방 재벌 되겠다, 시벌! 저러다가 저 영감, 화병 나서 죽지, 죽어."

세탁소주인은 마치 선인식이 황금돈이라도 되는 듯 혼잣말로 내뱉고 사라졌다. 그런 일이 한두 번도 아니어서 그는 어이가 없어 헛웃음만 튀어나왔다.

세계 어떤 나라건 도시의 형태는 비슷하다. 대저 사람들이 모여 사는 공간의 구조는 크게 다를 바 없다. 공간을 활용하려는 욕망이 고층빌딩을 만들었다. 벌집을 모방한 구조다. 빌딩을 짓기 위한 구조물도 땅을 필요로 했다. 인간이 아무리 뛰어봤자 땅속 아니면 고층구조물이다. 아무리 좋은 집이라도 사람이 들어가 살지 않으면 쓸모가 없다. 사람의 욕망을 꼬드기는 사람의 유혹은 시나브로 진화해 갔다. 도시가 커질수록 사람들의 먹이사슬도 다양했다. 인간은 서로가 서로를 비교하며 우쭐한 자만심이 발전을 유도했다. 비교우위에 강한 욕망이 거침없이 자랐다. 욕망은 부풀어 **빵빵한** 탐욕의 풍선이 되었다. 탐욕이 개입할수록 아수라장은 점점 커졌다. 마치 피라미드처럼 건물의 상층부와 하층부가 존재하듯 사람살이도 그랬다.

지구의 구면체에서 수없이 뻗어난 길과 도시들은 돌고 돌았다. 모든 길들은 시작과 끝없음이다. 사람의 생명은 유한하다. 길을 가다가 피곤하면 쉬고 잠든다. 아무리 넓은 방이나 독서실의 비좁은 방이라도 눈을 감으면 똑같다. 눈을 떴을 때에만 현실의 인식, 아我와 타他의 비교로 느낀다. 남들이 내 인생을 살아주지 않건만, 남과 나를 비교함으로써 목표를 착각한다. 잘잘못의 싹은 거기에서 움튼다. 주거는 살아있는 동안 쉼터일 뿐이다. 그러므로 살아있는 몸의 의지도 지표면에서 생명을 마감할 때 까지다.

*

한 장의 종이가 집집마다 뿌려졌다. 황금돈과 송달수의 전쟁은 드디어 제2막을 열었다. 안내문 같은 광고지, 광고지 아닌 욕망의 소문이 또다시 온 동네를 들쑤셔대기 시작했다.

─주민여러분, 토박이 송달수입니다. 어두운 동네를 밝고 행복한 뉴타운으로 만들어드리겠습니다. 시청에서 우리 구역

을 재정비촉진계획에 포함한 것을 알고 계시지요? 관할 구청에서도 대대적으로 협조를 한다고 합니다. 이 계획대로라면 우리 동네는 옛날의 그 방직공장 시절의 찬란했던 명성을 다시 찾을 수 있으며, 부동산의 가치를 창출하여 중심지의 면모를 다시 가질 수 있습니다. 재개발구역으로 시급히 등록하여 사업을 추진해야 합니다. 동사무소에 빨리 동의서를 제출해야 합니다. 혹시 늦게 동의하면 조금이라도 이익이 있을까? 절대로 아닙니다. 미루면 미룰수록 전체 주민에게 피해를 줄 뿐이며 나에게도 손해입니다. 뒤늦게 동의하여 불이익을 받는 일이 없도록 이웃에게도 권하십시오. 우리 추진위원회는 용적률 등을 대폭 올려 최대한 조합원의 이익을 도모할 것을 약속드립니다. 주민을 존경하고 사랑하는 송달수 올림.

도시정비촉진지역고시 전에도 그랬다. 송달수가 건설업체와 결탁하여 꿈지럭거린다는 소문을. 황금돈은 열이 뻗쳐 부아가 났다. 눈가에 주름이 잔뜩 잡혀 울퉁불퉁한 얼굴로 며칠을 보냈다.

"어느 놈이 남의 밥그릇에 숟가락을 꽂아!"

나이로 보나 이 바닥의 경력으로 보나 송달수는 자신의 상대가 아니라고 생각했다. 젖비린내 나는 젊은이에게 당할 순 없다고. 사람살이가 밥그릇 더 많다고 결정되는 건 아니다.

송달수가 조폭조직과 연결되어 있다는 소문을 모르는 바 아니었다. 선불리 접근할 일은 아니다. 궁리를 하다 보면 뭔가 해답이 있을 거였다. 지금은 비록 늙었어도, 자신 역시 소싯적에는 한가락쯤 했던 터. 주택공사 아파트 공사 때에 용역깡패를 동원하여 철거민 내쫓는 일을 했다. 주먹도 실정법을 알고 써야 된다고 황금돈은 뇌까렸다.

잇속으로 치닫는 그들과 휘둘리는 동네사람들은 계산법이 달랐다. 두 사람의 내막을 대충 알고 있는지라 그들의 싸움에는 넌덜머리가 났다. 물론 주민들이야, 이 낡은 동네가 우뚝우뚝 아파트로 솟아서 으스대며 살아보는 꿈인들 왜 없을 소냐. 이런 이중적인 작태가 주민들의 마음에 똬리 튼 원인을 제공한 것도 그들 스스로이다. 송달수이건 이미 톡톡히 재미를 보았던 황금돈이든 간에 주민들은 알 바 아니다. 누가 중앙동의 아파트 꼭대기에 깃발을 꽂던 간에 선수들의 싸움이다. 둘 다 몽니로 맺힌 데가 있고 모진 사람들이다. 어차피 승자는 두둑한 사례금을 챙길 것이고, 패자는 쓰리 고에 광박, 피박을 쓸 게 확실하니까.

*

송달수는 동네토박이였다. 외지로만 떠돌던 그가 요즘처럼 동네 안팎을 돌아다닌 지는 얼마 안 되었다. 앞머리가 이

마를 가렸지만 길쭉한 주걱턱으로 강한 얼굴은 썩 밝은 인상
이 아니다. 그가 재개발추진위원장을 하겠다고 설치면서부터
중앙동사람들의 욕망은 들썩거렸다. 반면에 동네는 더욱 낡
아갔다. 왜냐하면, 개발계획이 발표되기 전 이미 서울의 건설
업체들에게 찜을 당했기 때문이었다.

　모든 바람은 서울에서부터 지방으로 불어왔다. 뉴타운의
이름으로 포장된 재개발은 사람들에게 욕망의 풍선을 부풀렸
다. 욕망들이 변질되어 거대한 탐욕의 탑을 쌓았다. 벌집을
쌓아 올린 아파트가 부와 과시의 잣대가 되어버린 지 오래였
다. 몇 평의 땅을 주고 소형아파트를 거저 얻을 수 있다는 사
탕발림 또한 그럴싸했다. 공사비를 메꾸는 방법으로 분양가
격을 높게 받아 채운다는 발상에 모두 속았다. 주민동의라는
법절차를 행정당국이 계획으로 고시했다. 결국 10년 동안 주
민들의 재산을 꽁꽁 묶어두어 눈 가리고 까꿍한 셈이다. 그
사이에 동네사람들은 집을 새로 짓지도 못하고 수리조차 하
지 못했다. 세상에 사그리 헐려야 할 집을 고치려 들 멍청이
가 어디 있으랴. 공공의 이익을 위해 개인의 재산이 묶인다는
법의 잣대에 꼼짝 마라 였다.

　세상에 공짜는 없다. 재개발사업이 도시정비촉진사업으로
또 바뀐 내막도 어지러웠다. 개발업자가 얻어먹을 이익금을

높이다 보면, 분양가격은 점점 올라갔다. 숫제 투기지역을 지정해서 공시지가로 묶어버렸다. 건설업체들이 돈을 버는 동안에도 땅값은 몇 년 전 아니, 더 아래로 빠져있었다. 세월은 가는데 코딱지만 한 집을 가진 주민들은 건설업자의 숫자놀음을 앞세운 농간으로 놀아났다.

건설업체로부터 타낸 자금으로 용역업자들이 버티고 있었다. 부동산중개업자도 아니고 주민의 이름표를 단 개발업체의 현지 앞잡이였다. 그들은 커다란 사무실을 차려 직원들을 고용하여 집집마다 방문했다. 과일바구니와 홍삼제품으로 설득이 안 되면 현금을 건넸다. 주민들을 설득시키며 인감증명을 받아냈다. 그 사무실에서 쓴 돈이 과연 어디서 나왔겠는가.

주제파악이 안 되는 인간이 간혹 있다. 송달수가 바로 그런 부류다. 고교를 중퇴하고 건달세계에서 배운 거라곤 잔머리를 굴려 몸으로 때웠다. 힘깨나 쓴다고 소문났지만, 몸싸움은 위태로웠다. 송달수가 실제로 싸워본 건 그다지 많지 않았다. 패거리들과 함께 몰려다니며 우쭐한 게 전부였다. 도박원정을 다니다가 시들했던지 뭔가를 만들어야겠다고 궁리를 했다. 가만히 있어 봐야 호주머니가 불룩할 일은 별로 없었다. 원래 이런 부류의 인간은 머리가 돌아가는 방향조차 그런

쪽으로 발달되어있다.

송달수를 보자면, 세상일이 꼭 권선징악으로 매듭지어지는 것도 아니다. 로또복권에 맞지도 않았음에도 쥐구멍에 볕들 날이 찾아왔다. 어찌어찌 서울의 건설회사와 연결된 것이다. 우선 착수금조로 일억 쯤 챙겼다. 주머니가 두둑해지니 금세 달라졌다. 제 버릇 개 못준다더니, 그 본새가 어디로 갔겠는가. 하는 일로 보아 주민들에게 굽실거려도 시원찮을 인간이 오만방자하기 이를 데 없었다. 늙은이들이 지나가도 인사는커녕 모르쇠로 지나갔다. 빳빳하게 고개를 쳐들어 팔짱을 끼고 눈을 치뜨면 위압감마저 느껴야했다. 주민들에게 돈백 만원씩 얹혀주고 인감증명서를 받아낸 후부터 그랬다.

빛과 어둠은 공존했다. 하나가 빛나면 다른 하나는 어둡다. 약육강식의 세계에서는 잃는 자가 있으면 얻는 자도 있다. 당장 황금돈에게는 비상이 걸렸다. 재개발사업의 꿀맛에들어 오매불망 눈 빠지게 기다렸던 터. 인생의 막차를 황금노다지를 캐는 심정으로 얼마나 공을 들였던가. 자식뻘 밖에 안된 애송이에게 밥그릇을 빼앗길 수 없는 노릇. 죽기 아니면살기였다. 아무튼 맞불을 놓아야 어정쩡한 주민들의 이탈을막을 수 있다. 일단은 저쪽의 논리 확산을 저지하고 무력화시켜야 했다. 그는 부랴부랴 대학생 손자를 시켜 호소문을 만들었다. 아무리 읽어보아도 그럴싸했다. 하여, 밤늦게 복사한 안내문 수백 장을 집집마다 돌렸다.

　－주민 여러분 안녕하십니까? 중앙동의 마지막 지킴이 황금돈입니다. 요즘에 추진위원회라는 가짜 사설업체를 만들어 주민들에게 허위정보를 유포한 자들에게 절대로 속지 마십시오. 우리가 살고 있는 주택은 전 재산과 같습니다. 지금까지 인감을 잘 간수하여 재산을 지켜 오신 주민들께는 정말로 감사드립니다. 신문이나 방송을 통해 뉴타운 재개발의 문제점을 너무나 잘 아실 것입니다. 지금 이 시간에 조합의 승인을 받고도 사설정비업체들이 장난을 쳐서 사업 중단된 곳이 전국적으로 얼마나 많습니까. 과일바구니나 상품권에 속아서는 절대로 안 됩니다. 가짜 홍삼제품을 받고 인감을 찍어주는 순간, 내 재산을 팽개치는 일과 같습니다. 조금만 참으시면 정부가 보증하는 알짜배기 아파트가 기다리고 있습니다. 저는 이미 낡은 동네를 말끔하게 재개발한 경험이 있습니다. 중앙동 지킴이 황금돈을 믿고 따르시면 절대로 후회하지 않으실 겁니다. 언제나 저를 성원해주시는 주민 여러분 대단히 감사드립니다.

*

　시장 길 한쪽으로 차량들이 외틀 비틀 줄지어있다. 검정색

그랜저가 세워진 활어횟집은 중간쯤이었다. 횟집에서 까만 바탕에 흰줄이 쳐진 양복을 입은 송달수가 막 나왔다. 뒤따라 웬 여인이 비틀거리며 따라 나왔다. 초록색민소매에 분홍색 짧은치마차림의 여인은 노랑염색머렸다. 술이 취해 얼굴은 붉고 혀 꼬부라진 목소리로 찡얼거렸다.

"한 잔만 더 하고 가자니까."

"그만 먹자고!"

송달수가 불콰한 얼굴로 여인의 청을 큰소리로 무질렀다. 빨강 입술연지를 칠한 여인이 주춤거렸다. 그녀는 그랜저 조수석 문을 열려는 송달수의 허리를 잡으려다 제풀에 휘청거렸다.

"아이 씨! 더 한 잔 더하자니까 그러네."

"빨리 타! 못 타?"

그의 서슬에 여인이 마지못해 조수석 문을 열고 들어갔다. 오가는 사람들이 그들의 승강이 하는 모습을 슬쩍슬쩍 엿보며 지나갔다. 송달수를 잘 아는 천막집주인이 팔짱을 끼고 그를 무시하듯 비웃음을 흘리며 눈여겨보았다. 시동 걸리는 소리가 나는가싶더니, 차가 급히 출발했다. 시장 안쪽으로 달리는 승용차의 엔진소리가 더욱 요란했다. 승용차는 백여 미터도 못가서 왼편으로 갸우뚱했다. 어럽쇼! 주춤하던 승용차가 갑자기 신발가게 유리문을 '쿵'하고 들이받는 게 아닌가. 차는 가게 안으로 반쯤 들어가 멈춰 섰다.

여기저기에서 사람들이 우르르 달려 나왔다. 사람들은 휘둥그런 눈으로 가게 문턱에 반 쯤 걸려있는 승용차 안을 살폈다. 탄 사람은 다행히 멀쩡했다. 엔진룸은 형편없이 쭈그러져 버렸다. 한참 지났을까. 운전석 바깥으로 허우대를 구부려 얼굴을 내민 송달수가 엉기적거리며 기어 나왔다. 사람들 속에서 누군가가 소리를 쳤다.

"옆에 탄 여자는 어떻게 되었어요?"

그제야 그는 조수석으로 슬슬 걸어가 여인을 살펴보았다. 조수석 문을 열고 게슴츠레하게 눈을 뜬 여인이 몸을 구부리며 나왔다.

"저 여자 처음 보는데 누굴까? 송 사장 여자는 아닌데…"

"저건 분명히 음주운전인데, 누가 신고 안 하나?"

서로 서로 귓엣말을 속삭였다. 여기저기서 구시렁대지만, 안하무인격인 그의 위세에 눌려 잠잠해졌다. 가겟집 주인이 넋을 잃은 모습을 고치며 송달수를 쳐다보았다. 주인을 내려다보며 송달수가 비열하게 반말로 지껄이며 큰 소리로 내뱉었다.

"별 거 아니구먼, 내가 변상할게. 견적 뽑아 보내라고!"

해뜩발긋하던 볕이 힘을 잃었다. 그 여인은 농협 앞 버스 정류장의 긴 의자에 앉아있었다. 늘어진 가로수의 그늘이 그녀를 덮쳤다. 송달수는 어디로 갔는지 보이지 않았다. 긴 의자 옆에 서있는 사내들이 끈끈한 눈빛으로 여인을 흘끔흘끔 훔쳐보았다. 나이키운동모자를 삐뚜름하게 쓴 사내는 지나가는 버스를 보다가 고개를 다시 돌렸다. 그러자 대머리가 약간 벗어진 사내가 음흉하게 헤죽헤죽 웃으며 뭐라고 시부렁거렸다. 손에 든 담배를 입에 문 나이키가 야릇한 눈짓으로 여인을 내려다보았다.

여인은 오른손 검지에 돋은 거스러미를 입으로 물어뜯었다. 그녀는 문득 생각난 듯 핸드백을 열고 콤팩트를 꺼냈다. 립스틱으로 입술을 칠하자 분홍색 꽃이 피어났다. 버스가 두 대나 지나갔다. 여인은 멍한 눈으로 한참 동안 앞만 바라보았다. 선글라스를 꺼낸 여인은 주위를 둘러보더니 핸드백의 지퍼를 닫고 선글라스를 꼈다. "어라, 해는 저서 어두운데, 뭐하자는 거야?" 사내 중 한명이 내뱉은 소리를 들었음에도, 여인은 모른 척 일어섰다. 궁둥이를 얄기죽거리며 걸어가는 뒤태가 점점 멀어졌다. 그녀가 안 보일 때까지 사내들은 못내 아쉽게 바라보았다. 땅거미가 밀려왔다.

*

이발관 문이 열리며 떠도는 비누 향 냄새가 빠져나갔다. 누군가가 고개를 불쑥 드밀었다. 들어온 사내는 두리번거렸다. 기다란 대기의자에서 선인식이 벌떡 일어섰다. 빨간 티셔츠를 입은 사내는 인식에게 오른손을 내밀려다 제풀에 거두었다. 자신의 악수를 피하려는 이발사의 표정을 읽었기 때문이다. 그의 손을 내민 악수를 받아주면 아무에게나 힘껏 쥐는 버릇이 있어 상대방은 기겁을 할밖에. 사내는 이발기구들이 놓인 커다란 거울에 얼굴을 요리저리 비쳐보며 거무데데한 얼굴을 찡그리며 뱉었다.

"아 씨바알, 날씨 드럽게 더웁네."

그러더니 큰 허우대로 안락의자에 털썩 주저앉았다. 빨간 셔츠 밖으로 기어 나온 용의 문신은 검푸른 선들로 복잡하게 이어졌다. 몸통을 감추며 대가리를 쳐든 용은 사내의 굵은 팔뚝을 휘감고 수염과 이빨을 사납게 드러냈다.

인숙과 예진은 서로 카카오톡을 보여주며 키득키득 웃는 중이었다. 그의 서슬에 그녀들도 비스듬히 앉았다가 움찔 놀라며 자세를 고쳤다. 사내는 누가 있거나 말거나 무시하는 눈빛이다. 얕잡아보는 눈으로 큰 목소리를 이었다.

"나 물 한 잔만 줘."

길쭉한 턱을 쳐든 사내는 미간을 찡그리더니 안방을 향해 목소리를 높였다. 숫제 명령조였다. 몸을 의자에 집어넣은 사내는 잘 해야 쉰쯤이나 되었을까. 선인식보다 한참 아래였다. 야코죽은 인식이 이발가위를 들고 주춤주춤 다가섰다. 사내는 커다란 거울에 비친 자신의 얼굴을 요리저리 돌려보더니 퉁명스럽게 내뱉었다.

"하던 대로."

"면도는요?"

면도거품 통을 흘깃 내려다보며 주눅이 든 표정으로 인식이 반문했다.

"냅 둬."

인식은 그저 아무 말 없이 빗과 가위를 들었다. 그의 아내가 쟁반에 받쳐 온 물 컵을 가져나왔다. 사내는 냉큼 받아 꿀꺽꿀꺽 마셨다. 누구한테 하는 말인지 내뱉은 말.

"아 씨바알, 시원하다."

단추 풀린 셔츠 안에서 부얼부얼한 가슴털이 고개를 내밀었다. 선인식이 목에 천을 두르자 사내는 눈을 감았다. 인식은 가위질로 귀밑과 뒷머리를 다듬었다. 몇 분이 채 지나지 않았는데도 그는 불쑥 일어섰다. 그리고 주머니에서 미처 준비라도 해온 양 오천 원짜리 한 장을 쑥 빼주곤 밖으로 나갔다.

처음이나 지금이나 사내가 달라진 것은 없다. 선인식의 마음자세만 달라졌을 뿐이다. 지금 이런 달관한 듯 맹한 상태를 치유해준 것은 시간이었다. 이제는 사내가 아니고 누구여도 그러려니 했다. 몇 번인가 지나 사내가 들어와서 안락의자를 재치고 누웠을 때의 기억이 떠올랐다. 비누 거품을 면도솔에 잔뜩 묻혀 사내의 턱과 구레나룻을 칠하며 치미는 분노의 충동을 삭이며 손이 떨렸었다. 손에 든 종잇장보다 얇은 면도날이 얼마나 그의 심사를 유혹했던가. 눈을 감고 누워있던 사내의 튀어나온 목젖을 단박에 박을 수 있는 면도칼. 그랬을 적에도 증오보다 인간에 대한 믿음을 지녔다. 선인식은 세월의 나이테만큼 다양한 사람들로부터 참을성을 배웠던 것이다.

섬쩍지근한 마음을 지그시 누른 신예진이 인식을 바라보며 낮은 목소리로 물었다.

"어머, 이발을 다 하지도 않았는데, 가버리네. 금방 또 오려고 그러나?"

신예진은 둥그렇게 눈을 뜨며 선인식과 그의 아내를 둘러보았다. 인식이 무심한 표정으로 대답했다.

"다 마쳤으니까, 갔겠지요."

"정답이네, 땡!"

오인숙이 깔깔 웃으며 그의 말에 동조했다. 인식은 대수롭지 않다는 듯 시익 웃어 보이며 빗과 가위를 제자리에 놓았다. 그는 아니꼬운 표정으로 한 마디 붙였다.

"늘 저렇게 이발하고 가니까 나야 편해서 좋지만."

"뭐하는 사람이에요?"라고 신예진이 물었다. 인식은 귀찮다는 듯 퉁명스럽게 대꾸했다.

"재개발추진위원장! 말하자면 길어요."

"들어오면서부터 웬 짜증? 별꼴이야."

"세상 일이 자기 맘대로 안 되니까, 그런 지도 모르지. 첫단추를 잘못 끼우면 당연히 마지막 단추는 끼울 자리가 없을 텐데, 그냥 밀어붙이니까 그런 것을…쯧쯧쯧."

"우리 연립주택단지 사람들도 재개발 한다고 붕 떠 있더라고요. 스무 평짜리 고물을 서른 평짜리 고층아파트로 바꿔준다나 뭐라나."

"아이고, 말이야 그렇지 뭐. 꿈들 깨시라고 해요. 나도 그런 줄 알고 있긴 하지만, 하는 짓들을 보니 아무래도 물 건너간 것 같은 생각이 들어요."

송달수는 동네가 내려 보이는 집에서 늙은 어미와 함께 살았다. 그러던 것이, 따로 살았던 딸과 큰아들이 합류했다. 딸이 친정으로 온 시기가 십년 전쯤이었다. 딸이 친정으로 들어오면서부터 집안은 확 달라졌다. 비좁은 마당을 파서 차고를 지었다. 좁은 길을 따라 고급승용차가 3대나 드나들었다. 백화점이 쉬는 날에는 삼성유통이 수지맞았다. 과일과 찬거리를 왕창 거덜 냈으니까. 그녀가 어디서, 어떻게, 목돈을 벌었는지에 관하여는 확실치 않다. 일본인 현지처였다는 둥 사채업으로 떼돈을 벌었다는 둥 소문이 구구했다. 아무튼 누나의 힘으로 회사원이던 그의 형까지 비슷한 그 무렵에 집으로 모였다.

마당이 없는 2층 집의 옥상은 조립식으로 한 층을 더 올려졌다. 1층에는 늙은 어미와 큰 아들이, 2층에는 둘째아들인 송달수가, 3층에는 딸과 동거 남자가 살았다. 그러니까, 송달수의 누나는 벌써 공식적으로만 세 번째 짝꿍이었다. 비공식적 동거인이 많았고 언제 또 다른 남자로 바뀔지 몰라서 딱히 부부라고하기에도 그랬다.

누나가 자본을 댄 사채업으로 그들은 먹고살았다. 가끔 사채업이 시들해지는 시기에는 송달수가 밖으로 떠돌았다. 활동영역을 아는 사람은 그 자신뿐. BMW를 타고 전국 어딘가를 며칠씩 돌아다니다가 어김없이 집으로 왔다. 돌아온 그는 꼼짝 않고 사나흘을 두문불출하고 잠에 푹 빠졌다. 목돈을 들고 온 거라는 소문이 떠돌았다. 방소란은 그가 큰 노름판을 벌여 구전을 먹거나 뒷돈을 대주고 이자를 받아 챙겼을 거라고 조심스레 흘렸다. 오래된 이웃들도 짐작만 할 뿐 섣불리 묻거나 아는 체 할 수 없었다. 그것마저 재개발사업에 뛰어들면서부터는 발을 뺐던 것 같았다.

동네에서는 송달수의 집을 '삼촌네'라고 불렀다. 왜냐? 송달수를 마땅히 부를 호칭이 옹색하던 차에 누나가 이혼하고 데려온 딸이 그를 삼촌이라고 불렀으므로.

가끔 송달수를 찾아오는 사람들이 있긴 했다. 서너 명씩 한꺼번에 찾아온 그들도 고급승용차를 좁은 길에 세워두었다. 깔끔한 정장차림이었지만, 어딘지 모르게 눈초리가 사납고 거칠게 보였다. 그들끼리의 호칭도 '형님'아니면 '야' '너'였고, 깍두기머리를 한 사내도 섞였다. 조직폭력배 냄새가 담배연기처럼 폴폴 났다.

송달수는 뭐든지 제 맘 대로였다. 늙은이건 아녀자건 가리지 않고 욕지거리부터 내뱉었다. 말에는 접속사대신 '씨발'이 빠짐없이 들어갔고, 그게 빠지면 오히려 말의 리듬이 낯설 지경이었다. 버르장머리라곤 눈곱만큼도 없는 그를, 눈여겨보는 이유도 무슨 해코지나 하지 않을까 때문이다. 동네사람들은 그가 나타나면 그냥 살살 피했다. 무슨 덤터기를 쓸지 몰라서였다. 그 이유는 누구의 잘잘못을 떠나 송달수의 일방적 시각이 기준이었으니까. 법의 사각지대에는 늘 무법천지가 존재한다. 법의 잣대는 인간적 환경이 공정할 때만 가능한 일이다. 경찰에 고발해본들 금방 빠져나올 게 뻔했다. 나중에 교묘한 방법으로 해코지나 손찌검이라도 한다면 당한 사람만 억울했다. 사람들은 송달수와 부딪치지 않은 일이 상책이었다. 법보다는 주먹이, 배려와 이해보다 큰 목소리가 우선인 그였다.

*

흰 살결의 훤칠한 젊은 여자는 긴 머리를 뒤로 묶어 화장기 없이 수수했다. 가끔 길을 나다니는 송달수의 동거녀였다. 그러나 동네사람들은 시선으로 말하고 소곤거릴 뿐 그녀를 송달수의 아내라고 칭하지는 않았다. 흔하디흔한 신랑이라는 호칭조차 송달수가 별로 달갑지 않은 눈치어선지 사람들은 알아서 입을 다물었다.

그녀는 원래 송달수가 잘 아는 사람의 회사경리직원이었다. 긴 속눈썹아래 총명하게 생긴 눈빛이며 누구나 호감을 갖는 모습이다. 더구나 회사에서도 빈틈없이 사무 처리를 잘하는 직원이었다. 나이 든 이들이 보면 좋은 며느리 감이고 젊은 남자들이 알면 신부 감으로 딱이었다. 신발도 제 짝이 있는 법이다. 둘은 아무리 이리저리 맞춰 봐도 제짝은 아니었다.

그 방면으로는 머리회전이 빠른 송달수다. 웬만한 여자는 눈에 차지도 않았다. 건달 생활 수십 년이니 술집여자나 발랑 까진 계집쯤이야 신물이 나도록 건드려 본 사내였다. 아무리 건달깡패라도 여자를, 자기 자신의 아내로 생각한다면 깐깐하게 볼 수밖에.

그녀를 몇 번 본 후로 송달수는 잠을 못 이루었다. 눈에 삼삼하게 아른거렸다. 무슨 핑계라도 만들어 그 사무실로 쥐구멍 드나들 듯 드나들었다. 그러나 고무신짝도 맞아야 되는 일. 여자의 입장은 전혀 달랐다. 그녀는 집안형편이 어려워 전문대학을 중퇴하고 취직을 했다. 소녀가장으로 가족을 부양하는 처지였다. 비록 조그만 회사의 경리직원으로 다니지만 나름대로 분홍빛 꿈이 없을 소냐. 꿈이란 현실과 딱 맞아떨어지기 어려웠다. 허우대가 멀쩡해도 그렇지, 아무런들 마흔 중반의 남자가 스물 후반의 아가씨와 맞는 짝은 아니었다. 그것도 날건달 아닌가. 이름만 들어도 아는 정도의 폭력배 송달수를 한입 건너 모를 사람이 없었다. 이십 년 차이를 극복한다 치더라도 그렇지, 그녀의 맘에 들리 있겠는가. 송달수의 고퇴 학력은 그렇다 치고 성질머리도 좋지 않은 사내에게 무엇을 바랄까. 잘못하다간 평생을 위태롭고 조마조마하게 살아야 하며 과부 되기 십상이라는 생각조차 들었던 것이다.

그렇지만 열 번 찍어 안 넘어가는 나무가 있던가. 송달수로서는 그녀가 자기 자신을 싫어한다는 것쯤은 이미 충분히 알고도 남았다. 룸살롱 여자도 아니고, 닳고 닳은 유부녀도 아니다. 그는 한번 찍은 목표물을 절대로 포기 못 했다. 어떤 방법이든 거기에 맞는 수법으로 접근하여 격파했다. 건달세계의 생활에서 터득한 체험이 어디 한둘인가. 오직 목표물에 대하여 넓고도 깊이 생각했다. 그는 사무실에 나타날 때는 전혀 다른 사람처럼 처세했다. 그녀가 스스로 손안에 들어올 때까지는 긴장하고 꼼꼼하게 살폈다. 거들먹거림도 천박한 쌍소리도 내뱉지 않았다. 오히려 이를 눈여겨보던 사장이라는 작자가 사무실에서 커피를 마시며 느물거리며 슬슬 반문했던 터였다.

"아이고, 자네가 웬일이야? 요즈음 계룡산에서 도를 닦고 있어? 자네답지 않게 별일이네. 으흐흐흐."

"에이 참, 뭘 그래요. 형도…"

"어어! 얼굴 빨개진다, 빨개지네. 천하의 송달수 어디로 도망갔나?"

그는 전혀 다른 모습으로 그녀에게 접근을 하며 시간을 녹여냈다. 그녀의 집안을 살펴서 뒤에서 도와 부모의 환심을 샀다. 우선 좁고 허름한 아파트의 개보수작업을 해줬다. 남동생의 대학등록금까지 내주었다. 병석에 누운 장인어른의 치료비까지 몽땅 댔다. 티가 안 나는 작은 일부터 야금야금 공략하고 자연스럽게 접근하여 감동을 주었던 것이다. 명품일수록 손아귀에 넣자면 그만큼 공들여야 함을 그는 누구보다 더 잘 알고 있었다. 더구나 그 대상자가 여자이며 제대로 찾는 짝임에랴.

*

송달수가 만 원짜리 한 장을 놓고 간 후였다. 까만 에쿠스 승용차의 엔진소리가 멈췄다. 문이 열렸다. 구의회의원 박병동이 감색신사복차림으로 불쑥 까마반지르한 머리를 드밀었다. 그의 옷깃에 붙어 반짝이는 오각형 금배지가 오히려 국회의원처럼 보였다. 단정히 깎아 염색한 머리로 보아 이발을 하러 온 것 같지는 않았다. 성큼 들어선 동글한 얼굴이 눈웃음을 치며 그녀들을 스윽 훑어보더니 선인식에게 도톰한 손을 내밀었다.

"오랜만이오."

"어디 회의에 갔다 오신 길이세요? 재개발 일로 바쁘신가 봐요?"

박병동의 악수를 받던 선인식은 습관처럼 그의 머리를 바라보았다. 흰 와이셔츠에 붉은 넥타이를 맨 반듯하게 다듬은 머리스타일이었다. 두 여성들도 그냥 앉아서 목례를 했다. 박병동은 그녀들에게 눈웃음치더니 툭 던졌다.

"어? 반짝이 아줌마는 안 보이네?"

"글쎄요, 며칠 동안 출근을 안 하셨는데, 불러올까요?"

"아니, 그냥… 안 보여서."

반짝이 아줌마는 방소란을 지칭했다. 손가락에 긴 호박반지, 금반지, 모조다이아반지, 시도 때도 없이 걸고 다니는 양식진주목걸이며 브로치 따위의 말고도 인조보석들이 다닥다닥 붙은 옷을 좋아했다. 민소매셔츠에도 빨강, 노랑, 파랑, 보랏빛 나는 유리알맹이들이 붙인 옷을 입고 다녔다. 그녀의 반짝이는 겨울옷들은 그야말로 현란하기 그지없었다. 뿐이랴, 색색 가짜보석들이 알알이 박힌 핸드백은 물론 손지갑까지 지녔다. 어느 사이엔가 남들끼리는 방소란을 반짝이, 또는 아줌마를 덧붙이고 가리켜 일컬었다. 심지어 그녀는 그런 호칭을 듣고도 오히려 으쓱하니까, 이제는 모두에게 통용되었다.

한동안 소란은 이발관에서 살다시피 했다. 그녀의 핑계는 너무나 단순했다. 심심하니까! 여름철에는 에어컨바람을, 겨울에는 훈훈한 공기 속에서 텔레비전 화면을 맘대로 본다는 것. 선인식의 아내가 반찬을 만들라치면 거들어주고 얻어온다는 것. 덤으로는 손님들과 인식이 대화하는 와중에 얘깃거리를 듣고 와서 동네여인들에게 확대재생산 하는 일 따위였다.

남편이 일을 하러나가기 무섭게 이발관의 긴 의자를 차지하니, 오가는 손님들까지 그녀의 존재를 모를 리 없었다. 그런데 언젠가부터 요상한 소문이 떠돌았다. 그녀가 짧은 치마를 입거나 반바지차림으로 긴 의자에 비스듬히 기댄 모습이 맞은편 커다란 거울에 비친다는 것. 더구나 고의성인지 아닌지는 몰라도, 그녀가 무릎을 곧추세우고 드러낸 허벅지를 이발의자에 앉은 손님들이 힐끔힐끔 훔쳐보는 일이 많다는 것이다.

박병동은 구의원이므로 자주 돌아다녀야 의정활동에 도움이 되었다. 그저 동네를 한 바퀴 둘러보고 인식에게 들러 탐문이나 할 뿐, 어지간해서 이발관에 고객으로 오지 않았다. 그가 단골로 다니는 아파트 상가 안의 미용원 주인은 과부댁이다. 선거철만 되면 그의 수족처럼 운동을 해주었다.

"오늘은 이쪽에 무슨 일루 바람이 불었습니까?"

"이제 재개발바람이 불기 시작한다니까, 그냥 바람 따라왔시다. 크으하하하."

박병동의 징글징글한 웃음소리가 이발관에 가득 찼다. 헛웃음 소리가 섬뜩했는지 신예진은 뜨악한 표정을 지으며 고개를 돌렸다. 그는 출입문 앞에 서서 신예진과 오인숙을 슬쩍 훑어보며 으쓱했다.

황금돈과 손을 잡고 주택공사의 재개발사업에 뛰어들었던 그였다. 그때부터 주민들에게 얼굴을 알리고 활동하면서 구의원에 3선을 내리 당선되었다. 그의 인간관계는 섣불리 예단할 수 없었다. 가령 A와 B의 관계를 C에게 노출시키지 않고, C와 B의 관계도 A가 모르는 식이다. 그러나 자신의 이해관계와 상관없는 타인들의 이야기를 떠벌리는 터라, 웬만해서 사람들은 그의 진면목을 몰랐다.

인식은 그가 들이닥치면 내심 긴장했다. 은근슬쩍 음흉한 박병동이 말끝에는 잘 벼려진 칼날이 숨겨져있다. 농담 반 진담 반이, 사뭇 애매모호한 말장난 속의 함정이며 덫이다.

인식이 안에 들어가 냉장고에서 야쿠르트 한 병을 꺼내왔다. 빨대를 꽂아서 병동에게 건네주었다. 빨강루비가 박힌 누렇고 굵은 금반지를 낀 손으로 다 빨아마시던 박병동은 빈 의자에 털썩 주저앉았다. 팔걸이에 걸쳐져 손목이 삐져나와 금장롤렉스시계가 드러났다. 가들먹거리던 그는, 누가 묻지도 않았는데 말문을 열었다.

"아이구 왕년에 도청, 시청에서 국장까지 했던 친구들의 꼬라지를 보니 남의 일 같지가 않아요. 현직에 있을 적에는 쩌렁쩌렁하든 목소리가 으째 이제는 목구멍으로 기어들어가는 것은 둘째 치고, 몸을 추스르기도 어려운지 비실거리드라고. 짜식들! 저번에는 우리 아파트로 들어가는 길목에서 우연히 녀석들을 만났지. 등산복에다 운동모자를 푹 눌러쓰고 놀이공원에서 운동을 하고 있더라고. 그래서 내가, 야? 뭐, 이렇게 이른 아침부터 난리들이냐! 느이들이 언제부터 몸을 챙겼다고 그래. 그러자, 요놈들이 그러는 거요. 뭐 우리가 운동하러 나온 줄 알아, 수십 년 출퇴근했던 습관을 하루아침에 고칠 수 있간디. 갈 데가 없어서 이렇게 시간을 보내는 거다. 골프는 돈이 많이 들어 못 가고, 추우니까 등산 가면 미끄러져 낙상할까 두렵고, 콜라텍에 가자니 남들의 눈이 성가시다. 너처럼 의원회관이나 관공서에 돌아다닐 핑계도 없으니 뭘 하겠어. 그렇다고 당장 노인당에 가기에는 아직 나이가 어리고…그 옆에 있던 녀석이 대꾸하는데 웃기데. 그놈은 경찰서 수사과장까지 했던 놈인데 그러는 거야. 난 담배 피우려고 여기에 온다. 그래서 내가 무슨 소리냐고 그러니까, 집에서 담배를 한 대라도 빨게 되어 들키면 쫓겨나기 십상이라 여기서 마누라 몰래 피운다고. 그러더니 공원 한구석에 있는 화장실로 슬금슬금 다가가더라고. 궁금해서 나도 따라 가보았지. 건물모서리 구멍 속에 손을 쑥 집어넣더니 담뱃갑을 꺼내지 뭐야. 물론 그 속에다 일회용 라이터까지 감춰 놨드라니까. 그 래도 경찰간부까지 지냈던 놈인데, 하도 황당해서 웃기지도 않더구면. 그래서 내가, 야! 짜식아. 그걸 지금까지도 못 끊고 있냐? 요즈음 담배 피는 사람들은 간덩이가 배 밖으로 나온 거야. 그랬더니, 죽을상을 하며 너도 우리 입장을 생각 좀 해 봐. 아무런 재미도 없이 세월만 흘러가는데, 담배까지 끊으면 우리더러 죽으라는 거지."

박병동은 불쑥 일어나 옆 이발의자에 옮겨 앉았다. 그리고 커다란 거울 속에 비친 여인들을 흘깃흘깃 훔쳐보았다. 누구 하나 대꾸가 없이 침묵이 흐르자, 그는 좀이 쑤신 지 참지 못 하고 또 할랑거리며 말을 이었다.

"이제 세상이 요동을 치게 생겼어. 모두 해방된 민족이여."

"그건 또 무슨 말이에요?"라고 선인식은 뜨악한 표정으로 받았다. 능글능글한 박병동의 행태를 간파라도 한 듯 그녀들 은 눈을 내리깔았다. 이미 '아이고 별꼴이 반쪽이야'라는 눈 짓을 선인식에게 보냈던 터. 신예진이 지루한 듯 오른손으로 하품 나오는 입을 막았다.

"이제 반공법이 풀렸다는 말이지."

"반공법이라니요?"

"뉴스도 안 보나? 이제는 제 맘대로 바람을 피워도 된다는 거여."

능청스럽게 말장난을 하며 박병동은 또 한 번 흘깃 거울 속의 그녀들을 바라보았다.

"육이오 후부터 몇십 년이 된 반공법이나 간통법이나 그거 그거니까. 으흐흐흐~."

듣고만 있던 인식이 새로 온 동장을 만나봤냐고 화제를 돌렸다. 으스대며 박병동이 말을 받았다.

"여자 동장이어도 일은 잘할 거라고 말 해줬지. 거기다가 얼굴까지 예뻐서 더욱 좋다고 칭찬해주니까, 아주 좋아죽는 표정이더라고."

"참, 의원님도! 일만 잘하면 된 거라고 하지, 여자가 예쁘다는 말씀은 왜 들먹거렸어요."

인식은 병동을 은근히 치켜세우면서 툭 건들었다. 상대방에게 못마땅한 마음을 들키지 않고 은근슬쩍 까대는 버릇은 강한 자에게 더했다.

"내 얘기는 예쁘니까, 더 좋다는 그런 취지로다…"

박병동은 여인들을 휘휘 둘러보며 겸연쩍은 표정이었다. 자기 자신의 말을 추려 담듯이 말꼬리를 슬쩍 흐리며 고개를 들어 의자 발걸이를 툭툭 건드렸다. 그러면서 그녀들을 게슴츠레한 눈으로 훑어보았다. 긴 의자에 앉아있던 오인숙과 신예진이 함께 몸을 움츠렸다. 송충이처럼 느물느물한 그의 눈빛을 요리조리 피하는 일도 신경이 쓰였다. 서로 빠른 눈짓으로 그녀들만이 아는 신호를 주고받았다. 동시에 얼른 일어나 문을 향해 나가려고 했다. 박병동이 능갈맞은 얼굴로 대뜸 물었다.

"아니, 왜들 벌써 가시려구?"

"예, 말씀들 나누셔요. 저희는 오래되어서 그만 가보아야 돼요."

그녀들이 문을 획 닫고 나갔다. 박병동은 아쉬운 얼굴로 입을 쩍쩍 다셨다. 인식은 여인들이 자리에 없는 그제야 말문을 열었다.

"의원님은 아직도 그게 잘 돼요?"

"뭔 소리여? 그럼 되지, 안 돼!"

병동이 괜히 짜증난 목소리를 높였다. 언젠가 새로 개업한 내과의사가 줬다며 파란알약을 자랑한 적이 있었다. 그때 비아그라를 보여줬던 사실을 금세 잊은 모양이다. 인식은 고개를 돌려 싱긋 웃었다. 거울 속 또 다른 모습의 선인식이다. 박병동은 이발관 안을 휘휘 둘러보더니 표정이 자못 엄숙해졌다. 이제와는 전혀 다르게 낮은 목소리로 깔았다.

"선 사장, 재개발 소식 뭐 좀 들은 것 있어요?"

"그거야 의원님이 더 잘 아시면서 뭘 그래요."

"왜 그래, 부끄럽게. 나야 뭐 관공서 쪽 정보는 그렇지만 동네 쪽이야 우리 선 사장님이 확실하지. 으흐흐흐~ 참, 그건 그렇고, 요즘에도 황 영감 가끔 옵디까? 그 둘이 싸움질만 안 했어도 이 모양으로 질질 안 끌고, 진즉에 좋게 끝날 일을… 이렇게 세월만 흘러가는구먼. 암튼 황 영감이나 송 사장이나 하는 짓들은 똑같아. 아, 서로 좀 타협해서 양보할 건 양보하고 얻을 건 얻어서 빨리빨리 일을 진행해야지. 도대체 이눔의 동네가 어떻게 되려고 그러는지 원. 골칫덩어리들이야 골치!"

그의 속내가 빤히 보였음에도 인식은 짐짓 모른 척했다. 떫거든 시지나 말아야지. 양다리를 걸쳐놓고 저울질을 해가며 질질 끌어온 장본인이 누군가. 삼태에게 귀띔으로 들어서만도 아니다. 이제껏 박병동이 했던 짓거리와 하고 다니는 꼴만 보더라도 깜냥으로 알았다. 인식은 표정의 변화는 없으되 속으로는 마음을 다졌다. 말조심해야지! 어떤 의도로든 말이 튀어나간 순간부터 요물처럼 변화무쌍하게 변질되는 것이므로.

아니꼬울수록

　　　　　　　낮에는 찜통더위더니 캄캄
해지자 마른바람이 산들산들 불었다. 집에서 저녁을 먹고 나
온 몇몇 여인이 평상으로 모여들었다. 방소란과 아기를 안고
나온 키다리아줌마와 거제댁이다. 삼성유통에서 막 나온 젊
은이가 이쪽을 힐끔 보더니 샛길로 내달았다. 손에 든 검정비
닐봉투 안에서 유리병 부딪치는 소리가 깨질 듯 짤그랑짤그
랑 들렸다.

　"술인가 벼."

　"누가 마시려고 저렇게 많이도 사가나?"

　"아이고 걱정도 팔자유. 마시고 죽던 말든… 우리가 하는
말을 준규네가 알기라도 하면, 한 소리 듣겠다."

"집안은 더운데, 그래도 바깥은 지낼만해서 집에 들어가기 싫어지네."

이런 말, 저런 말, 그녀들은 그저 입이 가는 대로 말의 꼬리를 이었다. 말복을 지난 산들바람이 간헐적으로 불어왔다. 그때 어디선지 삐오삐오~하고 구급차 사이렌소리가 들렸다.

"삐, 삐."

키다리아줌마가 내려놓은 아이가 골목입구 쪽으로 손가락질을 했다. 모두 그쪽으로 시선을 돌렸다. 초록경광등불빛이 번쩍번쩍거리던 구급차가 멈추었다. 차에서 모자를 쓴 대원들이 우르르 내렸다. 문구점 앞이다. 휘둥그렇게 눈을 뜬 그녀들이 일제히 눈을 돌렸다. 그리고 수군수군 대며 하나둘 그쪽으로 걸어갔다. 오가던 사람 몇몇도 구급차 쪽으로 다가갔다. 문구점은 세탁소 옆인데, 문을 닫는지 꽤 오래되었다. 큼직한 아크릴간판은 낡고 빛이 바래서 금방이라도 떨어질 것만 같았다.

가게의 유리 문짝이 길바닥에 넘어져 산산조각이 나 있었다. 문짝 옆으로 웬 사내가 뻗어있다. 119구조대원 한사람이 낑낑대며 그를 일으켜 세웠다. 몸을 가누지 못하고 흐느적거리는 사내는 가까스로 얼굴을 쳐들었다. 이마에서 턱까지 얼굴은 온통 검붉은 피로 범벅되었다. 깨진 파편과 피가 흰옷에

까지 묻어 얼룩졌다. 문구점 안으로는 마흔 살 쯤의 여인이 멍하니 앉아있다. 까만 뿔테안경을 쓴 여인은 동상처럼 굳은 자세였다. 그 장면은 마치 어떤 사건을 내장한 연극무대 같았다. 사내는 대원들의 들것에 실려 119구급차 안으로 들어갔다. 팔짱을 낀 소금 집 여편네가 참지 못하고 말문을 터트렸다. 입이 근지러워서 맞장구치고 싶던 방소란이 안 거들 리 없었다.

"날마다 위태롭더니 기어코 사단이 났구먼."

"둘이서 밥 대신 술에 찌들어 살더니만… 쯧쯧쯧."

"아까도 낮에 지나가다보니 소주를 병 채로 들이 붓더라고."

"증말, 마시고 죽으려고 작정했남."

간판만 걸렸을 뿐, 주인은 진즉 다른 곳에 살았다. 가게를 방으로 개조해서 세를 내주었는데, 자주 입주자가 바뀌었다. 그 둘은 몇 달 전부터 월세로 들어온 사람들이었다. 동네사람들은 그들이 무엇을 해먹고 사는지 전혀 몰랐다. 아니, 알 필요가 없다고 해야 할 것이다. 이웃하고 단절되어 사는 이들이 한둘도 아니었다. 수시로 들고나고 하는 뿌리가 없는 이웃들에게 관심을 가질 처지인가.

구급차가 떠나고 여인들이 다시 평상으로 되돌아갔다. 방소란을 시작으로 그 집에 관한 형편의 자잘한 정보들이 꿰어졌다. 마흔의 여인과 쉰 후반의 사내는 부부가 아니었다. 술 중독자들끼리 모인 재활치료소에서 만났다. 남자는 건설현장의 잡부로 나갔고, 여자는 식당 일을 다녔다. 당연히 술을 끊어야 할 그들이 다시 소주를 입에 대는 일은 쉬웠다. 허전한 남녀의 틈을 악마의 술귀신이 유혹했다. 딸린 자식도 없이 술귀신의 정으로 맺기에는 너무나 짧은 끈이다. 소주는 그들을 끈으로 묶어주기에는 너무나 위태로운 물질이었다.

며칠이 지난 문구점 출입문은 종이로 덮였다. 깨진 유리 문짝에 종이박스를 펼쳐 호치키스로 박아놓았다. 오가는 사람들이 그 집을 흘낏흘낏 쳐다보았다. 며칠이 지나자 언제 그런 일이 있었느냐 듯 동네사람들에게 그냥 잊혀졌다.

*

초승달이 걸린 한밤중이다. 경찰순찰차가 경광등과 사이렌을 울리며 나타났다. 방소란의 옆집이다. 언제부턴가 그 집은 동네에서 노름꾼들이 모여든다고 은근히 소문났던 터였다. 슬래브대문 앞에서 웬 여인이 울면서 경찰관과 말을 나누었다. 옆에는 중학생 정도의 여자애가 서있다.

"그러니까 어떻게 하라고요?"

"저를 실신하도록 쥐어박고 나갔거든요."

"그래서 어떻게 하라고요?"

"도박을 하고 집을 뛰쳐나갔으니까요."

"아참! 답답하게 말씀하시네. 그러면 아주머니가 친권자인 건 확실합니까?"

"아뇨. 아직 결혼신고는 안 했구요, 부부인 건 맞아요."

여인의 말을 대략 옮기면, 남편 되는 이가 이 집을 밤마다 출입한다는 거였다. 알고 보니 도박을 벌인 아지트라는 것. 아무리 남편을 말려도 계속 도박판에 들락날락거렸다는 것. 결국은 경찰에 신고를 하여 출동한 것. 문을 두드려 급습을 했지만, 안에는 늙은이 혼자만 있었다. 허탕을 치고 나온 경찰관이 여자에게 말했다.

"이것 보세요, 아주머니? 그런 사람들도 없었지만, 노름을 한 흔적이 전혀 없어요. 일테면 화투장이나 판돈 같은 증거물이 있어야 하는데, 그게 전혀 없으니 우린들 어떻게 할 도리가 없네요."

심증은 있으나 물증이 없다? 법은 법이니까. 그렇지만, 여인은 계속 울먹거리며 말했다.

"아무리 애걸해도 도박하는 걸 말릴 수가 없어요."

손톱만 한 달이 힘없이 떠 있다. 꺼졌던 경찰차의 경광등이 다시 켜지고 엔진소리가 났다.

"경찰아저씨, 저 사람을 잡아서 어떻게 버릇을 고칠 수 없나요?"

"저흰 가봐야겠습니다. 확실한 현장을 발견해서 신고하세
요."

*

기쁨미용실 안에는 손님이 없어 단둘 뿐이다. 동혜엄마는
안집에 갔는지 잠깐 자리를 비웠다.

"아저씨는 어디 갔어요?"

"평택 쪽으로 일 갔는데, 왜?"

"아니, 안 보이시길래…"

소파에 앉아서 손톱에 파랑매니큐어를 바르던 방소란이
오인숙을 탐탁지 않는 눈으로 쳐다보았다.

"그래도 요즘에도 계속 일을 하니까 괜찮네요."

"별소리를 다하네. 그럼 언제 우리집 냥반이 안 바쁜 적 있
어? 전기기술자는 일이 쌔구 쌨어. 불경기허구는 상관이 없
다니께."

방소란은 입을 삐죽거리며 짜증스럽게 대꾸했다. 의미 없
이 안부를 물었다가 괜히 낭패를 당한 건 오인숙이다. 소란이
내뱉는 대꾸의 밑자락에는 목수 일을 하는 오인숙의 남편과
자신의 남편을 차별화하는 의도를 노골적으로 내비친 격이
다. 하루 일당으로 치자면 오인숙의 남편은 30만 원이고 자신

의 남편은 20만 원이 채 안 되었다. 경력으로나 나이로는 더 오래되었어도 기술 분야의 현실이다. 허우대가 큰 남편은 조그만 전기관리업체를 운영하다가 IMF 때 쫄딱 망했다. 배운 게 도둑질이라 기술 면허는 있어 놔서 예전의 동료회사에 나갔다. 전봇대를 올라가거나 고압전류의 위험에 노출되었음에도 일을 할 수밖에. 설상가상으로 이태 전 대장암으로 반년간 입원을 했다. 아직도 몸의 회복이 더디어 힘겨운 일은 어려웠다. "여보, 힘든 건 피하고 그냥 집으로 얼른 와유." 아내의 말을 남편은 늘 건성으로 들었다.

그냥 위로를 하고자 입에 바른 말이라 여겼다. 평소 그녀가 말의 성찬을 너무나 늘어놓은 까닭도 있었다. 작달막한 그녀는 노랑염색머리를 틀어 올렸다. 때로는 긴 머리로 내려뜨려서 보는 이들을 헷갈리게도 했다. 집 밖에 나서는 순간부터, 언제나 짙은 화장과 귀고리를 한 모습이었다. 동네남정네들은 그녀의 민낯을 본 적이 없다.

외동아들은 전문대학을 졸업하고 카센터에 다녔다. 아비의 허우대는 안 닮고 어미를 닮아서 체구가 작았다. 스물아홉인데 장가들 꿈도 안 꾸고 가끔 여자 친구를 만나는 내색만 했다. 휴일에도 집에만 틀어박혀 게임에 빠졌다. 그래도 소란은 아들의 사주가 좋아서 잘 될 거라는 말로 자위했다. 어떻게 해야 잘 되는 것인지에 대하여 구체적 언급은 피했지만.

*

　요즘에는 왠지 방소란의 모습이 뜸했다. 아침부터 저녁까지 좁은 거리를 휘젓고 다니던 그녀였다. 제비가 먹이를 날라다가 새끼들에게 물어주듯 시시콜콜한 소식을 전해주던 그녀 아닌가. 눈에 확연히 띄는 옷차림으로 돌아다니던 그녀가 안보이면 대뜸 표가 났다. 동네사람들도 궁금해하기는 마찬가지.

　"몰랐어유?"

　"아니 그러니까, 또 다쳤단 말이라예?"

　삼성유통으로 우유를 사러 온 거제댁이 이해실에게 물었다. 해실은 슬그머니 한 발짝 물러섰다.

　"나도 잘은 몰러유. 아까 영칠 엄니가 급허게 뛰어오더니 김을 사러 왔는디, 박스 채 달라는 겨. 그래서 딴 때보담 많이 사니께 물었지유. 사서 장사할 텨? 그랬더니, 암말도 않고 있더니, 풀이 팍 죽은 얼굴로 그러질 않겠어유. 이 냥반이 명을 단축을 햐, 그러더라구유. 그래서 내가 얼라? 거 뭔 소리를 그렇게 혀! 했더니, 기냥 냅 둬유. 하더라니께. 암튼, 거짓말은 아닌겨 벼유."

　거제댁은 서둘러 이발관으로 달려갔다. 소식을 들은 인식은 바로 방소란과 통화를 했다. 내용인 즉, 그녀의 남편은 며칠 전 전기공사 현장에서 일했다. 옥외전기배선공사 중에 알루미늄사다리를 벌려놓고 올라서다가 밑으로 곤두박질했다. 가위처럼 벌려진 사다리의 잠금장치를 깜빡 잊었던 까닭이다. 평소에 말수가 적고 침착한 남편도 그런 실수를 했다.

오후에 가까운 이웃들이 음료수를 사들고 시장근처 정형외과를 찾았다. 복도에서 만난 방소란의 얼굴은 함박꽃이 피었다. 다리에 붕대를 칭칭 감고 입원실에 누워있는 남편이 웃었다.

"아이구, 이거 또 미안해서 어쩌지요?"

"하이고, 마 똑같은 장소에서 똑같은 사람, 똑같은 말을 몇 년 전에 듣고 또 듣는 기라요."

거제댁의 대꾸에 모두 소리를 죽이고 히죽거리며 웃었다. 소란이 얼른 토를 붙였다.

"그러고 보니 참, 일부러 다친 건 아니지만유. 당최 넘보기 챙피스러워서… 아니, 당신은 눈이 없어 뭐가 없어! 허기사, 금년에 신수가 안 좋다고 혔는디, 으째 저 냥반 그 팔자를 알 수가 없구먼유."

*

한여름 내내 퍼붓던 게릴라성 빗줄기는 강토를 휘젓고 다

니며 세상을 물 속에 처박았던 일이 미안했던지 멈췄다. 햇볕
이 따가웠다. 더위는 그늘 속에서 한풀 꺾여 썰렁했다. 평상
을 기웃거리는 사람들도 별로 없다. 북향인 평상에는 아침나
절부터 긴 그림자가 드리워졌다. 황색털스웨터를 입은 늙은
여인이 달랑 혼자 쭈그리고 있다. 늙은 그녀가 시골집에서 시
동생한테 옮겨온 것은 작년이었다. 그녀는 눈을 뜬 듯 만 듯
입을 움질거렸다. 가끔은 억지로 감기는 눈을 치뜨며 길거리
를 오가는 사람들을 바라보았다. 가게로 다가오던 소란과 그
녀의 눈이 마주쳤다. 늙은이는 얼른 입을 다물었다. 가만있을
방소란이 아니다. 바로 그녀에게 속사포처럼 쏘아댔다.

"준규 큰엄마? 뭘 먹는대야?"

"…고구마여."

"그렇게 맛있는 걸 혼자 다 잡술겨? 나 좀 줘봐유."

"반쪽이라서 그려유."

"반쪽? 그래도 서운하네유."

"이히히히, 그려유."

늙은 여인은 푼수처럼 해해 웃으며 미안한 표정이다. 그녀
는 반백이 된 머리를 긁적긁적 긁었다. 앞니는 누렇다 못해
시커멓게 변하여 군데군데 빠졌다. 등짝은 굽었고 누런 살갗
의 쭈글쭈글한 주름살은 팔순에 가깝다. 그녀를 모르는 사람

들은, 삼성유통의 친정어머니나 잔심부름을 하는 사람쯤으로 여기기 십상이었다. 나중에 누군지 알게 된 사람들은 그제야, '할머니'라는 호칭대신 조카의 이름인 '준규 큰엄마'라든가, 아주머니라고 고쳐 불렀다.

그녀의 남편이자, 삼태의 장형인 한태는 고향을 지켰다. 선친으로부터 받은 논밭과 임야 말고도 제법 농토를 더 넓혔다. 그렇지만 남들이 쑥쑥 잘 낳은 자식농사는 영 시원찮았다. 그녀는 새색시 적부터 소생하나 없이 농사일에만 매달렸다. 그렇게 살아왔던 세월을 후회할 겨를도 없이 술꾼인 남편이란 작자가 위암으로 덜컥 죽어버렸다.

이해실은 남편이 형수를 모시자는 말에 이의를 달지 않았다. 부부의 시시콜콜한 속셈이야 서로 짐작할 뿐이었다. 삼태는 아내가 그저 고마울 따름이었고, 다른 형제들도 처음에는 눈초리만 날카로울 뿐 토를 달지 않았다. 우선 형수를 집으로 데려오고 나서 형의 집과 전답을 정리했다. 막상 데려온 그녀는 지금까지 농촌생활에 찌든 터라, 아직 도회지생활에 얼른 적응하기 어려웠다. 또한 경로당이나 또래의 동네 아낙네들과도 소통이 안 되었다. 경로당에 들락날락거리는 영악한 늙은이들이 처음에는 재산을 처분하고 홀몸으로 온 그녀에게 관심을 보였다. 그러나 닳고 닳은 늙은이들은 이리저리 자로 재듯 그녀가 하는 양을 탈탈 털었다. 화투놀이나 주전부리조차 가담하지 못한 늙은이를 어디에다 써먹어! 삼성유통의 경제적인 능력과 그녀의 주머니가 별개인 것은 빤할 빤.

더구나 해실은 속없고 무지한 손윗동서가 동네의 여우같은 아낙들과 친근하게 지내는 것까지 은근히 경계했다. 늙은이가 여우들에게 휘둘려 집안의 시시콜콜한 내막까지 까발리는 게 두려웠다. 적어도 자신의 자존심에 생채기를 낼 수 있다. 늙은이는 염려와 달리 허투루 입을 나불거리지 않았다. 되레 어수룩하게 보였지만 영악할 때도 있었다. 얼마 전만해도 그랬다. 인식이 다리를 짤름거리며 삼성유통에 왔을 때였다.

"복지재단에 납품은 잘 돼?"

"그런대로유."

"거 뭐든지 한번 뚫었다고 안심하지 말고 잘해야 할걸."

"저번 크리스마스 무렵에도 라면을 열 상자하고 초코파이랑 엄청 보냈시유. 은제 내가 공짜로 일하는 거 봤슈."

그랬다. 삼태는 연말 불우이웃돕기 때도 쌀 20kg 포대 5개를 경로당에 기증한 바 있다. 그 빌미로 경로잔치에 쓸 음식 재료까지 납품을 했다. 다달이 나오는 구청신문에 삼성유통 대표 전삼태가 불우노인들에게 쌀을 기부했다는 내용과 사진까지 찍혔다. 곁들여 선인식이 노인회관이 있는 성총복지재단에도 기부한다면 생색나겠다고 귀띔을 해주었다.

그래서 유통기한이 지난 라면 10상자와 초코파이 수십 갑따위를 싣고 갔다. 삼태로서는 파격적인 일이었다. '세상에 공짜는 없다!'라고 가훈처럼 새기고 있는 삼태였다. 이해득실이 있는 곳의 연결고리를 귀신처럼 알아냈다. 어느 가게들과 달랐다. 유통기한이 지난 물건이라도 반품이 안 되면 절대로 버리지 않았다. 더러는 해실이 친정집으로 보내거나 방소란이 눈치껏 얻어가곤 했다.

경리담당 여인이 함박꽃처럼 웃었다. 김혜영이라는 훤칠한 그녀. 그전에도 더러 명절이면 인사치레 정도를 했으니 해실이 또한 모르지는 않았다.

그녀와 삼태의 또 다른 사연은 둘만의 비밀이었다. 매달 주민회의에 늘 참석하던 복지관장 대신 그녀가 나왔다. 회의를 마치고 간 음식점의 식탁에서 서로 마주 보게 되었다. 삼태가 아귀찜을 젓가락으로 발기려할 때 뭔가가 발등을 툭툭 건드렸다. 그녀의 얼굴이 미소를 지었다. 웬만한 일에도 놀라지 않았던 삼태의 가슴이 갑자기 통탕거렸던 것이다.

그날은 여럿의 눈길을 피하여 이튿날 그녀의 퇴근길에서 만났다. 웬 떡이 따로 없었다. 복지재단에 기초식품인 장유만을 겨우 납품해왔던 터에 부도난 업체대신 모든 식재료 전부를 납품하게 되었다. 키 크고 속눈썹이 긴 여인은 서글서글한 성품 같았다. 삼태는 아침마다 식재료를 갖다 줄 적에 그녀의 몫은 따로 챙겨주었다. 양파, 야채, 생선 따위를 비닐봉투에 담아 주방에 맡겼던 것이다. 그녀로서도 퇴근길에 시장을 안 보고 신선한 음식재료를 승용차로 가져갔다. 그건 두 사람 말고는 절대비밀이었다. 그랬다. 아내조차 절대로 몰라야 했다.

대화를 나누다가 삼태가 잠깐 이층으로 소변으로 보러 간 사이였다. 인식이 과일 판매대에 있던 감귤 하나를 슬쩍 주머니에 넣었다. 아무도 보는 이 없는 것 같았다. 그는 삼태와 대화를 마무리하고 가게를 나갔다. 선인식이 떠난 바로 뒤 그녀가 시동생에게 고자질을 했던 터.

"아까 선 씨가 감귤 하나를 주머니에 넣는 걸 봤시유."

"알았시유, 우리가 냄이유, 형수님. 내가 혼내 줄게유."

삼태는 형수를 칭찬해주었다. 거짓말로 남을 골탕 먹일 그녀는 아니었다. 가게 바깥에서 기웃거리던 형수가 봤다면 본 것이다. 조금 전 당사자가 있었을 적에 그 사실을 까발렸다면, 서로가 얼마나 민망했을 것인가. 인식의 예민한 성격으로 보아 말 한마디를 뱉을 적에도 앞뒤를 가려서 해야 했다. 주민회의를 마치고 입가심으로 술집에서 다툰 게 한두 번인가. 요즈음 회식자리 후에 술자리를 피한 것도 이 때문이다.

삼태는 죽은 형을 못 믿었다. 그러나 형수에 대한 마음은 한결같았다. 어려서 자랄 때부터 형수의 착한 성품을 보아왔던 터라, 드센 아내 등쌀에 대놓고 형수를 거들지는 않지만 속으로는 남달랐다. 절대로 형수는 치매가 걸렸거나 모자란 늙은이가 아니라고.

*

삼태 역시 자식농사는 흉작이었다. 아들이 둘인데 연년생이다. 큰 녀석 준규는 싹수가 노랗다. 고등학교 다닐 적에도 공부는 뒷전이고 돈을 훔쳐 달아나기 일쑤였다. 공부는 맨 꼴찌에서 빙빙 돌았다. 그냥 옆에 데리고 장사나 시키려고 했는데 아내의 성화를 못 이겼다. 장가를 보내려면 억지로라도 전문대를 마쳐야 된다고 빡빡 우겼던 것이다. 학벌이니 스펙이니 하는 세상이니 딴은 이해가 되었다. 겨우 졸업하여 유행처럼 번진 중국이나 호주로 유학을 가라고 권해도 녀석은 거절했다. 삼태는 막무가내의 아들이 대견스럽게 생각되기도 했다. 돈이 한두 푼인가!

어찌어찌 알음으로 겨우 서울로 올려보내 취직을 시켰다. 말이 취직이지, 회사의 월급이 돈 백만 원도 채 안 되었다. 아내가 다달이 생활비로 백만 원씩 송금을 해주거나 아들이 가져갔다. 서울에서도 씀씀이가 헤펐는지 주말에 내려오면, 가게의 손금고에서 십만 원쯤은 슬쩍 넣어가는 일은 다반사였다. 거기다 한술 더 떠 그랜저까지 타고 다니며 거들먹거렸다. 오히려 아들의 위세를 즐기는 건 아내였다. 삼태는 아내가 못마땅했지만 일체 입을 다물었다. 큰아들 일이라면 눈에 쌍심지를 켜며 덤벼드는 아내와 싸우고 싶지 않았다. 오늘도 해실은 가게에 놀러 온 소란과 말장난을 했다.

"지가 좋은 직장에 취직 해갖고 자가용 굴리는데, 어떻게 말려유."

"그래도 기름값하고 유지비가 장난이 아닐 텐디?"

"말도 말어유. 보너스가 얼마나 되는디! 회사도 엄청 크다고."

"준규엄마가 서울에 가봤시유?"

"얼라 뭔 소리유? 꼭 가봐야 아남."

"허기사 그럴 만도 혀. 그럴껴! 비싼 차라고 못 타고 다닐 것도 없지. 엄니, 아빠가 돈을 얼마나 많이 버는디… 안 그래유?"

말대가리처럼 거무스름하고 긴 해실의 능청맞은 얼굴을 치받고 나서는 소란의 눈가장자리가 바르르 떨렸다. 타이어

대리점에 다니는 외아들 생각이 겹쳐져 은근히 부아가 치밀었다. 두 집 아들들은 초등학교 때부터 중학교 때까지 같은 학교를 다녔다. 여태껏 이런 투의 말싸움이 한두 번인가. 그녀가 말꼬리를 잡고 슬쩍 비틀면 이해실은 잠시 한발 물러섰다.

"아녀! 영칠이 엄니야, 그냥 지가 벌어서 그런다니께."

"알았다니께!"

해실이 툭 튀어나온 눈을 벌겋게 흘겼다. 화가 나면 붉어지는 얼굴빛을 방소란은 즐긴다고나 할까. 그녀는 큰 인심을 쓰는 척 그쯤에서 매듭을 지었다. 진열대에서 삼양라면 다섯 개 묶음을 들고 와 만 원짜리를 꺼냈다. 거스름돈을 챙기는 해실에게 다시 툭, 말꼬리를 잡는 방소란.

"근디, 으째 큰애는 집에 와서도 바쁠 때 일을 거들기는 고사하고, 왜 부모헌티 그렇게 툭툭거리는 거유? 준규엄니는 속이 안 터져유?"

"얼라 무신 말이여?"

"아니, 아까 보약 먹으라고 내놓은 그릇을 안 먹겠다고 발길로 차버린 건 다 뭣이간?"

"아, 그것은……내가 잘못 놓은 것을 준규가 잘못 보고 그런 거여."

"근디, 엄니한티 한다는 말이 으째? 씨발! 안 먹어, 소리는 한디유?"

"아니여, 영철엄니가 잘못 들은 개비여."

뒤끝을 작렬시키고 그쯤에서 소란은 가게를 빠져나왔다. 그러나 그것으로 끝은 아니다. 평상에 앉아있던 키다리아줌마와 눈이 마주쳤다. 그녀는 며칠 동안 삼성유통 앞에 세워진 그랜저승용차를 유심히 바라보았다. 소란이 말문을 열었다. 입이 투깔스럽기로는 키다리아줌마도 결코 빠지지 않았다.

"저 집 아들 차는 왜 그대로 있디야?"

"아까도 가게에서 얼굴이 보이는 걸 보니까, 아직 서울 회사에는 안 간 모양이더라고."

"그게 다 뭣이간? 나이롱회사도 아닐티고 이 집 사정으로 봐서 특별히 연차를 낼 이유도 없는디, 혹시 그 회사에서 짤린 거 아니유?"

"엄니가 너무 오냐오냐 허니께 새끼덜이 빗나가는겨 벼."

"부모가 문제여. 가깝다구 존 말 해주면 깔아뭉개기 일쑤여. 기껏 헌다는 말이, 그럼 으뜩 혀 정도니께 말이여. 아이구, 요즘 뭐 대학을 나와두 뻔할 뻔인디… 집구석에서 지대루 못 갈키믄서 제아무리 핵교를 보내 갈키먼 뭘 햐?"

작은 녀석 효규는 아직까지 큰 녀석 준규처럼 골 때리지

않았다. 형처럼 될까 봐 호주로 유학을 보냈는데 별 탈이 없

다. 한 어미의 뱃속에서 나왔건만 달라도 한참 달랐다.

헝클어진 인연

백로가 지나자 으스름도 빨리 찾아왔다. 햇볕이 흐물흐물해졌다. 동네사람들은 해가 기울기 무섭게 바깥으로 나돌아다녔다. 사이렌 소리가 나더니, 초등학교 후문 쪽에 경찰순찰차가 멈춰 섰다. 무당집 앞 긴 의자에 앉아있던 늙은이들이 서로 마주 보며 두런거렸다.

"무슨 일이 났남?"

"그러게. 애들끼리 싸웠나들?"

승용차에서 나온 경찰관 둘이 학교 안으로 들어갔다. 별관인 구내식당과 병설유치원 사이로 다가섰다. 어둑한 곳에서 경찰관의 목소리가 우렁우렁 울렸다.

"누구야? 학생들이 신고한 거야?"

열대여섯 살로 뵈는 여자 둘이 서있었다. 하얀 반바지차림으로 머리를 뒤로 묶은 아이가 앞으로 나섰다.

"맞아요."

"그럼, 네가 신고한 그 남자, 그 남자는 지금 어디 있어?"

견장에 무궁화이파리 세 개 붙은 작달막한 경장이 물었다. 체크 무늬 치마를 입고 옆에 서있는 짧은 머리 아이가 손가락질을 했다.

"저쪽으로 갔어요. 저어기."

"김 순경! 체육관 쪽으로 갔대. 빨리 쫓아가 봐!"

호리호리하게 생긴 순경이 뛰어갔다. 경장이 짧은 치마를 입은 여자애를 훑어보며 되물었다.

"너희들은 여기서 뭐 하고 있었어?"

"저어기 앉아서 이야기하고 있었는데요. 그냥 우리 학교 이야기요."

"그래서?"

"그 아저씨가 가까이 오더니, 우리 바로 앞에서… 막,…그것을 꺼내놓고 흔들었다니까요."

하얀 바지를 입은 아이가 나서서 대꾸했다. 경장이 메모판을 꺼내더니, 볼펜으로 뭔가 끼적거렸다. 아이는 눈을 깜박이지 않고 또랑또랑 질문에 대답했다.

"정말이야?"

"신고할 때 말했잖아요! 여기 동영상으로 내가 찍은 거 보면 알 거 아녀요."

아이는 분하다는 듯 손짓을 하며 지니고 있는 휴대폰을 경찰관 앞에 드밀었다.

"스마트폰 그거 지우지 말고 기다려 봐."

유치원건물 뒤에서 두 사람의 실루엣이 걸어 나왔다. 하나는 아까 뛰어간 경찰관이고 다른 사내는 걸어오는 모양새가 비척거렸다. 그쪽으로 돌아보던 경장이 큰 목소리를 질렀다.

"김 순경, 맞아?"

"그런 것 같아요."

두 사람의 경찰관과 아이들이 사내 앞으로 다가섰다. 낡은 해병대 팔각작업모를 쓴 사내에게서 술 냄새가 확 풍겼다. 어깨가 떡 벌어진 사내는 거무데데한 얼굴에 코가 큼직했다. 얼핏 보아 육십은 넘어 보였다. 경장이 목소리를 무겁게 깔며 사내에게 물었다.

"아저씨? 조금 전에 이 학생들 앞에서 무슨 짓을 했어요?"

"내, 가, 요? 무슨… 짓을 했냐고요?"

"빨리 말해요. 여기 학생들이 사진을 다 찍었으니까!"

더듬거리는 사내에게 경장은 윽박지르며 재차 다그쳤다.

그러자 사내는 주먹코를 큼큼거리더니 울대 안에서 가래침을 뽑아 땅바닥에 카악 뱉었다.

"나는 아무 일도 안 했는데… 오줌만 싸고 그냥 집으로 가려던 참인데요. 내가 무슨 잘못을 했다고 그래요."

여전히 사내가 굼뜨게 대꾸하자, 경장은 별수 없다는 듯 결론을 지었다.

"이 양반이! 이거 정말로 안 되겠구먼. 신분증 줘 봐요!"라고 윽박지르던 경장은 주민등록증을 확인하고 목소리를 높였다.

"김 순경? 빨리 차에 태워! 어이, 학생들도 같이 차에 타!"

순찰차는 쏜살처럼 초등학교 뒷길을 빠져나갔다. 멀리 떨어진 데서 닭 쫓던 개 마냥 지켜보던 늙은이들의 실루엣은 어둠 속으로 사라졌다. 무슨 일이 벌어진 것인가.

24시간을 개방한 학교운동장은 동네사람들의 지름길이 되어버린 지 오래였다. 시장은 물론 버스정류장으로 가려면 삼성유통 앞길보다 학교 정문이 가깝다. 개방을 하고 나니, 학교 측만 죽을 맛이다. 아이들의 수업이 끝났어도 시끌벅적거렸다. 운동장은 동네주민들의 광장과 통행로가 되어버린 지 오래였다. 어두워지면 오줌 싸기는 말할 것도 없고 굵은 배변까지 내질렀다. 한밤중에도 거리의 가로등 불빛이 비쳐진 인조구장에서 축구시합을 하는 사람들. 떵떵한 뱃살을 뺀답시고 몇 바퀴씩 트랙을 도는 사람들. 각종 운동기구에 몸을 매달아 흔드는 사람들. 서너 명씩 몰려다니며 체육관 뒤에서 담배연기를 폴폴 날리는 머리에 피도 안 마른 아이들. 플라타너스나무아래 벤치에서 밀어를 속삭이는 사람들까지 운동장은 쉴 틈이 없었다.

가뜩이나 성범죄가 사회문제로 회자되는 때가 아니던가. 곳곳에 CC-TV의 눈이 더 늘어나며 지키고 있건만, 사람들은 금세 잊었다. 자기 자신은 무슨 범죄를 저지를 까닭이 없으려니와 모든 사건과 무관하다고.

*

바로 그 시간, 거제댁은 팔짱을 끼고 이발관 앞에서 서성거렸다. 남편이 올 시간이 훨씬 지났건만 감감무소식이다. 늘 이 시간이면, 저만큼 아래에서 색 바랜 잿빛 팔각모자를 삐뚜름하게 쓴 남편의 모습이 나타났다. 술을 몇 잔쯤 걸치고 어깨가 흔들리며. 끝부분을 접어 박음질한 각진 모자는, 남편의 숱 없는 머리를 적당히 덮었다.

"그 집 아저씨는 일 년 내내 저 모자를 쓰고 다니네유. 은제 벗어서 빨래는 해유?"

"나도 몇 번은 빨아줬는데, 인자는 나도 몰라! 문디 자식,

지 알아서 하겠제."

"근디 증말로 군대를 해병대에서 제대는 했대유?"

"비둘기 부댄가 뭔가로 월남에 갔다 카는 소리는 들었어
도, 해병대는 아니라 카든데…"

"해병대 출신도 아닌디 왜 모자는 쓰구 그려?"라고, 방소란
이 빈정거리며 똬리를 붙였었다. 물론 알고 그랬는지, 염장을
지르려고 했는지는 몰라도 거제댁은 참으로 난감했던 터다.
그래서 어디 처박혀 소주라도 마시는지 은근히 불안했다. 가
물거리는 거리의 초입에서 연장가방을 어깨에 메고 허적허적
걸어오는 남편이 보여야 했다. 요즘에는 꼬불쳐둔 돈도 없는
눈치였다. 날 새며 도박을 할 밑천이 떨어졌으니까, 이 인간
이 분명히 집으로 오긴 올 터인데? 라며 그녀는 괜히 안절부
절못했다. 그녀는 팔짱을 풀며 허정허정 발걸음을 옮겼다.

평상 가까운 곳에서 몇 사람이 서있다. 선인식 내외와 키
다리아줌마가 웃음을 터뜨렸다. 두 살 박이 여자애가 키다리
아줌마의 등에서 잠들었다. 아이는 맞벌이 딸이 맡겨놓은 외
손녀. 깨었다 하면 고개를 요리저리 돌리며 '꺅'하고 소리
를 내질렀다. 거제댁이 가까이 다가섰다.

"그러니까, 저 아래 옆 골목에서 오줌을 쌌단 말이여?"

"술 처먹고 담벼락에 오줌을 누는데, 지나가던 여자들이

모두 고개를 돌리며 뛰어가더라고. 원, 세상에 제집 안마당도 아니고 이웃집 대문 앞에서 그걸 꺼내놓고 오줌 누는 그런 인간이 어디 있겠어."

"동네 수준이 말이 아니구먼. 딸 가진 부모는 온 동네의 고추들을 다 걱정해야 하지만, 아들 가진 부모는 내 아들 고추만 관리하면 된다는 말도 못 들었시유?"

"아이고오, 말도 마요. 그 집 여자가 창피해서 혼났답디다."

인식의 아내와 키다리아줌마가 주고받은 말을 듣던 거제댁이 갑자기 큰 목소리로 나섰다.

"무신 그런 미친놈이 다 있나! 그런 놈은 거기를 확 잘라버려야 해!"

"아이고, 거제댁. 아무리 그래도 그렇지, 거길 자르면 어떡해?"

"맞아, 맞아. 아무리 늙어서 써먹긴 어렵다고 해도 잘라버리면 이상하겠다."

눈길들이 마주치더니 이히히, 후후후, 헤헤거리며 모두 배꼽을 잡았다. 그래, 그랬던 것인데?

*

이마가 좁고 턱이 각진 거제댁은 억센 말씨다. 예순 넘게 보이지 않을 만큼 다부진 성격이다. 거제댁의 본명은 정말순이었다. 딸만 내리 셋을 낳은 친정아버지가 아들을 기대하며 지었다. 동네에서 그녀의 이름을 아는 사람은 별로 없다. 인식과 삼태가 중앙동 동사무소의 호구 조사서를 확인할 때 알았다. 하긴 나이든 여성의 이름이 뭐가 중요하겠는가. 대개 그런 것처럼 출생지에 걸맞게 붙여진 호칭은 거제댁이다. 동네사람들은 오히려 거제댁이라 불렀다.

"원래 우리친정은 통영이라예. 사람들이 충무라 캤다가, 통영이라 했다가 나도 도무지 헷갈리기 짝이 없는 기라. 거제도 조선소에서 일하던 우리 남편을 만났지예."

평소의 억양은 별로 높낮이가 없지만, 감정이 솟구치면 경상도 사투리가 마구 튀어나왔다. 딸 하나가 있다. 스물여덟이라든가. 경기도 어디서 골프장 캐디로 근무를 한다며, 추석이나 설 명절 때이면 가끔 모습을 나타냈다. 그러나 통 자식에 관하여 한 마디도 꺼낸 적이 별로 없었다. 무슨 까닭인지, 동네의 아낙들이 자식과 손자자랑을 해도 그녀만은 입을 다물었다. 방소란이 그녀가 낳은 딸이 아니라는 말을 물어오기도 했다지만.

"아이고 마 내는, 자식 자랑할 거리가 없다마."

"그게 뭐이고? 기면 기고 아니면 아닌 게지. 사내 자슥들이 이랬다, 저랬다, 무신 기집애들마냥 그렇노?" 그녀는 자기 자신의 감정표현이 정확하다 못해, 딱 부러진 성격이다. 그랬다, 어느 누구 앞에서나 거침없이 할 말은 하고야 말았다.

서성거리던 그들은 헤어졌다. 거제댁도 잠깐 집으로 들어갔다. 이발관 안으로 들어간 인식에게 아내가 전화를 바꿔주었다. 경찰지구대에서 온 전화다. 표시등을 끄고 안으로 들어온 아내는 불안한 낯으로 그를 지켜보았다.

―누구요? 예, 그런데요? 서동팔 씨요? 맞습니다. 우리 동네사람 맞다니까요. 바로 우리 이웃입니다. 거기 있다고요? 왜요? 예, 아 알겠습니다.

"누구래요?"

"거제댁 남편이 경찰지구대에 있다느면."

"무슨 일이래요?"

"잘 모르겠어. 성추행이 어떻고 하는데…"

*

장애인전동차가 쪼르르 달려오다가 멈췄다. 접시만 한 바퀴 네 개가 달려있는 스쿠터에 웬 사내가 앉아있다. 마흔 줄의 사내의 얼굴은 부스스했다. 이발하는 손님이 없어 밖에 나온 인식과 자전거를 세워놓은 구한술이 사내를 바라보았다. 선인식이 사내에게 말을 걸었다.

"어디 갔다 와? 순종이."

"저 아래 부동산하고 재개발사무실이요."

"왜? 뭐 하러?"

인식의 말에 더벅머리 사내는 고분고분 대답했다.

"그냥 답답해서 이거저거 알아보려고요."

"재개발하는 거?"

"그것도 그렇고요, 집 살 사람 있나 보려고요."

구한술은 고개를 갸웃거렸다. 인식이 슬쩍 구 씨의 얼굴을 바라보더니, 무 자르듯 대답했다.

"그 녀석들이나 나나 똑같아. 아직은 아무도 몰라. 몇 달 있으면 구의회에서 재개발사업에 대해서 공청회를 한다니까, 기다려봐. 그때까지는 누구도 모르니까 서로 도토리 키 재기 식이야. 괜히 잘못 알아보다가 아차 하면 한방에 집 날아간다, 너!"

"아저씨만 믿어요."

"나도 믿지 마! 그래, 그건 그렇고 애들은 군대에서 언제 제대하냐?"

"큰애는 제대했고요, 작은 애는 이제 막 들어갔어요."

사내는 전동차에서 내려올 생각이 없는지, 그냥 초점 없이 앉았다. 전동차의 핸들 아래 지팡이가 놓였다. 사내의 왼발은 구부러져 있었다. 그것은 인식도 마찬가지다. 둘 다 아무 말 없이 한참 동안 그대로였다.

"저 그냥 갈게요."

"그래, 그 담장부터 고쳐라."

"손대려니 엄두가 안 나서 조금 생각 좀 해보고요."

엔진소리가 윙윙 나더니 전동차는 골목 옆으로 사라졌다. 이제까지 듣고 있던 구한술이 물었다.

"누구지요?"

"저 뒷골목에 터 넓은 집 있지요? 그 집 주인."

"그런데, 몸이 성치 못한 모양이네."

"어려서부터 그래요. 말하자면 사연이 복잡하지 뭐."

"집을 어디 다른 부동산에 내놓은 모양이네."

"그건 나도 잘 몰라요!"

인식은 순종이 K부동산에 집을 매물로 내놓은 일을 알고 있었다. 구 씨가 셋방 소개를 위주로 영업을 한데 비해서 K부 동산은 매매를 잘했다. 순종의 부모와 알았던 세월을 구 씨와 비교할 바 아니다. 순종이 자신처럼 다리가 성치 못하다는 걸 늘 안쓰러웠다.

섬유공장과 전문대학이 중앙동에 있었을 적이다. 동네가 북적거렸던 시절에는 셋방의 수요가 돈이었다. 당시에 사내의 부친은 원래 법원공무원이고 집을 두 채나 지니고 있었던 터. 여공들과 대학생들이 들고나던 시기에는 넓은 터에 주택이 3채나 되었다. 여러 개의 방을 세놓아 제법 여유가 있었으니까. 순종은 장남으로 태어난 토박이다. 유년시절부터 소아마비 때문에 열등감으로 성격이 삐딱한 편이었다. 그래도 부모의 성화로 어떻게 결혼을 해서 아들을 둘이나 낳았다. 동네가 퇴락하면서 가세 또한 기울어졌다. 아내는 미용 일을 배워 살림에 보탰다. 그러던 차에 미용기술을 제대로 배워 오겠다며 일본으로 간 지 꽤 되었다.

동네가 낡아가고 북적거리던 사람들이 점점 떠났다. 휑한 동네가 되면서 넓은 집은 이제 애물단지가 되었다. 그는 한동안 컴퓨터기기 판매와 수리로 근근이 살았다. 늙은 어머니가 아이들을 챙겼지만, 아내의 자리를 대신 해주기에는 역부족이었다. 재개발지역으로 묶이면서 땅 넓은 집은 처분조차 안 되었다. 근근이 생계를 잇게 한 컴퓨터 일마저 접은 지 꽤 되어 어려운 처지가 되었다. 그는 컴퓨터가게를 때려치우고 구제품을 늘어놓았다. 구제품이란 게 주로 헌옷이나 신발, 가방 따위였다. 간혹 동네의 늙은이들이 헐값으로 몇 점 집어갔지만, 큰 보탬이 되지는 못했다.

장애자였지만 그도 사내다. 아내는 일본에서 돌아오지 않은 지 오래였다. 밥을 굶으면 배고픈 이치와 같다. 젊은 나이인지라, 왜 여자가 필요하지 않겠는가. 어찌어찌 소개소를 통해 갓 스무 살인 캄보디아 아가씨를 아내로 얻어 아이까지 생겼다는 것.

"저번에 우리가 삼성유통에 있을 때, 뭘 한보따리 사들고 가던 그 까맣고 조그만 여자 맞지요?"

구한술이 눈을 번쩍여 두툼한 입술을 달싹이며 물었다. 시큰둥하게 선인식이 받았다.

"맞아요, 그 여자."

깡마르고 눈이 움푹 들어간 여인이, 조그만 몸으로 양손에 무거운 비닐봉투를 들고 가끔 이발관 앞을 지나간 적이 있었다. 선인식은 마치 자기 자신의 일이라도 된 듯 한숨을 내쉬며 뱉었다.

"큰일이야. 저 친구가 어떻게 살려고 저러나? 감당 못 할 일만 저질러놓고."

"왜 그래요?"

"별 수입도 없이 있는데 이제 아이까지 생겨봐. 둘이 살기도 벅찬데 아이가 생기면 어떻게 살아갈까 걱정이 되네요."

"그렇긴 하겠네요."

"터가 넓은 집이라서 재개발을 하게 되면 보상금은 좀 나오겠지만, 당장 목구멍이 포도청이라 현금을 조달할 길은 없는 것 같고, 저 캄보디아 여자를 데려올 적에도 짜식이 폼 잡으려고 승용차도 한 대 뽑아 끌고 다니더니, 이제 전동차로 바꾼 걸 보니… 그것마저 처분해버린 모양이네."

"정말 듣고 보니 딱하긴 하네요."

"그러게요. 자식 좀 참고 조강지처한테 잘했으면 좋았을 텐데. 하긴 일본으로 간 그 여편네도 문제가 있었지만, 뭐 하려고 저런 말도 잘 안 통하는 어린 여자를 얻어가지고 속 터지게 또 개고생을 하누. 쯧쯧쯧."

인식은 또 심란한 표정으로 혀를 끌끌 찼다.

*

마흔 중반의 순종은 팔짱을 끼며 서 있었다. 뱁새눈처럼 찢어진 얼굴과 매부리코며 턱이 뾰족하여 차가운 인상이다. 그는 다리를 절름거리면서도 선친이 물려준 집을 지켰다. 가끔 골목으로 배달꾼의 오토바이 소리가 들렸다. 이발관 옆 사이 골목으로 쑥 들어가면 포교원이었다. 원래 목욕탕이었던 2층 포교원건물이다. 그 옆으로 건강식품 가게와 쌀집이 나란히 있고 떨어져 구제품 옷가게였다.

택시에서 막 내린 웬 여인이 옷가게 앞에서 서성거렸다. 바깥에서 안에 걸린 옷가지들을 건성으로 보면서 자꾸만 바

깥을 두리번거렸다. 누구를 기다리는 것도 아니고, 가게의 물
건에 관심이 있는 것도 아닌 성싶다. 작고 통통한 마흔 줄의
여인은 짧은 머리였다. 여인과 그의 눈이 마주쳤다. 짧은 순
간이다. 무슨 일이었을까. 여인은 움찔 놀라더니 재빨리 포교
원 안으로 들어가 버렸다.

순종은 아까부터 불교포교원 출구를 지켜보았다. 기와지
붕 대문 옆의 긁은 배롱나무가 꽃덩이들을 쥐었다. 진분홍의
숭굴숭굴한 꽃덩이들은 해맑게 웃었다. 포교원으로 들어가
는 사람들이 뜸했다. 법회가 시작되는 모양이다. 순종은 불현
듯 헤어진 아내가 떠올랐다. 조금 전 사라진 그 여인과 비슷
한 외모였다. 순종은 가게 벽에 걸어놓은 구제품의 블라우스
며 여성바지들을 쳐다보았다. 그때만 해도 순종은 지금보다
팔팔했다. 미용실을 하던 작달막한 아내는 늘 웃는 낯으로 동
네사람들의 호감을 샀다. 부부는 열심히 일을 했지만, 떼돈을
벌지 못했다. 아들 둘을 거느리며 늙은 어머니를 모셨다.

5년 전인가, 아내는 순종에게 파격적인 제안을 했다. 일본
에 건너가 미용사자격증을 따오겠노라는 것이다. 일본말을
읽히고 한 일 년만 공부하면 문제없을 거라고 했다. 현지에서
미용실 알바로 일하며 생활비를 아끼겠다는 말은 그럴싸했
다. 덧붙여 귀국하면 서울이나 시내번화가로 나가 크게 개업

하리라는 희망까지 매달았다.

순종은 다달이 일본으로 돈을 부쳤다. 아버지가 남겨놓은 땅까지 팔았다. 집 말고 그것은 유일한 재산이었다. 기다림이 지루한 것은 희망을 조금씩 잃어가기 때문이다. 십 년보다 더 오랜 일 년이 지났다. 아내는, 조금 더 있어야 한다는 소식만 전했다. 일본은 미용사자격증 획득이 한국보다 더 어렵다는 것이었다. 멀리 떨어진 도시에서 가끔 어린 애들을 돌봐주러 오던 장모의 발길이 점점 뜸할 무렵이었다. 학교에 다니는 아이들은 순종의 보람이다. 힘든 시기에도 버릴 수 없는 유일한 희망이었다. 그래서 노모와 아이들의 끼니는 꼭꼭 챙겨 먹였다.

하루 또 하루가 이어진 세월이 꽤 지났다. 해가 두 번이나 바뀌었다. 아내가 미루고 미루는 귀국의 이유가 뭘까? 자꾸 의심쩍은 생각이 들었다. 순종은 일본에 있는 아내에게 소식을 보냈다. —이제까지의 시간이 아깝겠지만, 미용사자격증 취득이 어려우면 포기하고 돌아오라고.

한참 후에야, 아내는 장모의 편에 답을 해주었다. —자신은 아직 한국으로 돌아가고 싶은 마음이 전혀 없다고.

부쩍 의심이 들었다. 차일피일 미루었던 아내의 의도는 무엇이었을까?

왜, 미용사자격을 핑계로 일본에 가려고 했는지?

왜, 여태껏 미용사자격에 목을 매는지?

왜, 가족을 아랑곳하지 않고 계속 일본에 체류하려는지?

순종의 머릿속에서는 ???의 부호들이 혼란스럽게 굴러다녔다. 물음표들은 머릿속을 마구 굴러다니면서 구르는 눈덩이처럼 점점 커졌다. 서로가 한 치의 의심도 없이 온전하여야 믿음은 존재하는 것이다. 순종은 정신이 번쩍 들었다. 그제야 속 깊은 친구에게 꾹꾹 눌러놓았던 사연을 털어놓았다. 법무사를 하는 친구는 우선 제반 공적인 서류부터 확인하라고 했다. 왜, 그 생각을 못 했을까. 의심할 줄 모르는 순진한 사람은 외곬으로만 번민할 뿐이다.

그녀의 가족부에는 일본 남자 '야마모도'가 버젓이 남편으로 올려졌다. 아내가 일본에서 취업을 하자면, 서류상 혼자여야 한다는 제안을 아무 생각 없이 받아들인 자신의 실책이었다.

순종은 아내가 배신했다는 생각을 억지로 떨치려 했다. 세월이 자꾸만 가는데, 확 까져버릴 결과가 무서웠다. 아니라고, 아니라고! 한줄기의 희망을 갖고 싶은 마음이었다. 아까, 수상쩍은 행동을 하다가 포교원으로 들어 가버린 여인이 떠올랐다. 순종은 고개를 저었다. 아무리 성형을 하고 외모를 바꿨다 한들 아내를 모를 리 없었다. 그녀의 걸음걸이, 태도, 눈빛이 아직도 자신의 가슴에 남아있으므로.

*

전동 휠체어가 다가오더니 이발관 앞에 섰다. 열려진 문을 기웃거리던 순종과 선인식이 마주쳤다. 이발을 마친 손님이 막 나가자 선인식도 밖으로 나왔다. 월요일에는 북적거렸던 동네손님들은 씨가 말랐다. 동네를 한 바퀴 돌아나 볼 참이었다. 휠체어를 타고 있던 순종이 인식에게 고개를 끄덕였다. 그는 눈으로 인사를 받으며 앞자리에 앉아있는 아이를 내려다보며 물었다.

"애하고 어딜 갔다 오는 거냐?"

"병원에서 예방주사를 맞히고 오는 길입니다."

"지 엄마가 할 일을 니가 다 하는구먼."

"뭐, 일이 따로 있나요. 애 엄마가 식당에서 일이 밤늦게 끝나니까, 신경을 못 써요. 이것뿐만 아니라 애 밥 먹이고 잠 재우는 일도 다 내가 해야쥬."

순종은 굵은 눈썹을 찌푸리며 아이를 내려다보았다. 두어 살 쯤 된 아이는 말소리를 찾아 두리번거렸다. 가무잡잡한 살갗에 큰 눈망울의 아이였다. 아이는 갑갑했는지, 아비의 품을 빠져나가려고 낑낑거리며 용을 썼다. 순종은 아이에게 짜증

섞인 목소리를 질렀다.

"아, 이 녀석아! 금방 집에 갈 거여. 아, 금방 간다니까!"

"애가 더워서 갑갑하니까 그러나 보다."

"아뇨. 녀석이 그냥 놔두면 아무거나 막 만져요. 그거면 다행인데, 그냥 먹을 거 못 먹을 거 무조건 다 입으로 가져가는 통에 함부로 못 놔둬요."

그는 잽싸게 이발관 안으로 들어갔다. 아이에게 건빵 세개를 쥐여줬다. 금세 앙글거리던 아이는 고사리 같은 손은 건빵을 입에 가져가더니 소리가 나도록 씹어 먹었다.

"아이구, 형님도!"

"저번에 손자 애들이 왔을 적에 먹고 남은 거야."

"고생이 많겠네? 집 내놓은 거는 여적 소식이 없지?"

"있을 턱이 있나요. 이렇게 동네 전체를 재개발한다고 묶어놓은 지가 십 년도 다 되어 가는데, 이제는 물어보는 사람조차 없어요."

아이는 건빵을 다 먹더니 진저리를 쳤다. 인식이 재촉하는 말투로 건넸다.

"오줌을 쌌나 보다. 빨리 집에 들어가서 기저귀를 갈아야지."

아이는 고개를 돌려 아비의 눈치를 보다 말고 잠잠해졌다.

아이의 콧날과 이목구비가 또렷했다. 가무스름한 살갗은 어미와 반듯한 콧날의 아비를 반반 닮았다. 아이는 금방 겉잠들듯 눈을 감았다가 한쪽을 뜨려고 입을 굳게 다물었다. 또하나의 사람이 태어나 숨을 쉬고 있다. 세상에 나온 것은 아이의 선택이 아니었다. 아이의 아비는 잘살게 된다는 막연한 믿음조차 점점 허물어지고 있었다. 바야흐로 세상의 모든 삶이 바글바글 끓었다.

"아저씨? 하다 하다 안 되어 집사람이 취직을 했어요."

"어디?"

"식당에요."

순종은 남의 일처럼 얼버무리면서 계면쩍은 표정으로 눈을 내리깔았다.

"그럼 저 간난 애는 어떡하고?"

"내가 봐야지요. 일찍 끝난다니까…"

"그래도 저녁에 술손님 받고 나면 열 시가 넘을 텐데?"

순종은 손으로 머리를 극적이며 타고 온 전동차를 옆으로 바짝 갖다 댔다. 인식이 무슨 말을 할 듯 말 듯 그의 눈치를 보다가 입을 열었다.

"저어 그런데 말이야. 베트남이나 캄보디아 그런 데서 온 사람들은 지들끼리 자주 만나는 모임이 있다더라. 그런 데서 여자들을 꼬셔가지고 다른 곳으로 빼돌린다는 소문이 있어. 잘 알아봐라. 괜히 헛방 치지 말고!"

순종은 고개를 푹 수그리더니 풀죽은 얼굴로 고개를 끄덕였다. 그리고 오르막길로 전동차를 몰고 가버렸다.

선인식은 이발관 앞에 박힌 콘크리트전신주로 다가갔다. 작년 이맘때 쯤부터 전신주 밑과 보도블록 틈으로 삐져나온 가느다란 나무줄기가 제법 올라가 있었다. 억세게 기어 올라간 그것은 키위나무 줄기 같았다. 누군가 뱉어버렸거나 떨어진 씨앗이 움텄는데, 아무래도 위태위태하게 자랐다. 지나가던 아이들이 맘먹고 뜯어버리면 그만이다. 인식은, 바깥에 나와 철사를 감아 그것을 보살폈다. 죽지 않고 겨우겨우 살아서 조금씩 굵어지는 나무줄기가 흡사 자기 자신 같은 느낌이 들었다.

끈끈한 숨소리

햇빛이 사그라질 무렵이었
다. 구찌무늬 핸드백을 멘 신예진이 이발관에 나타났다. 오인
숙은 긴 의자에서 마늘을 까다가 싱긋 웃었다. 국민주택에 사
는 이웃이었다. 국민주택은 오래전에 지은 허름한 연립주택
단지다. 그녀들은 직장과 시장을 오며가며 가끔 이발관을 들
렀다. 인식의 아내는 직장에 매여있는 그녀들에게 이런저런
도움을 줬다. 깻잎장아찌, 배추겉절이 따위의 밑반찬을 꼭꼭
챙겨주었다. 뿐만 아니라, 속 깊은 그녀가 친정언니처럼 대하
는지라 정이 들었다. 염색했던 늙은이의 머리를 세면대에서
감기던 인식의 아내가 안경 너머로 비시시 웃었다. 오인숙이
인사처럼 신예진에게 슬쩍 물었다.

"혜진이 아빠, 갔어요?"

"갔지."

"오랜만이네. 뭐가 바빠서 얼굴도 안 내밀어?"

아내의 말이 끝나자마자, 인식이 안에서 나왔다. 세수를
마친 늙은 손님이 수건으로 머리를 털었다. 겉옷을 걸친 손님
은 바지 주머니에서 구깃구깃한 만 원짜리 한 장을 꺼냈다.

"드라이하셔야 하는데…"

"그냥 갈 거요. 저녁인데 뭐."

손님이 밖으로 나갔다. 인식은 오인숙의 옆에 앉은 신예진
에게 다가가며 손짓을 했다. 그의 아내가 안으로 들어갔다.

"더웁지요?"

"다시 여름이 오려나 봐요. 아이구 더워. 여긴, 그래도 에
어컨 바람이 솔솔 나오니까, 천국이 따로 없네."

"그래 맞아. 지금은 여기가 천국이구먼."

"그동안 어떻게 지낸 거요?"

"아이구 시원해."

인식의 아내가 건네준 물컵을 들어 마시던 신예진이 답했
다. 그녀는 한숨을 푹 내쉬었다. 그리고 푸념을 했다.

"내가 제 명에 못 살 거예요. 어머님이 나보담 더 오래 살
거니까."

"왜? 또, 집에 무슨 일이 있어요?"

"추석에도 시누이들이 왔다가 용돈 쓰라고 십만 원을 주고 가니까, 입이 찢어지더라고요. 돈이라면 사죽을 못 쓰는 양반이야."

"아이고, 돈 주는 딸들이라도 명절에 왔으니 좋은 일이지."

인식의 아내가 다독거리는 말이 끝나기도 전에, 그녀는 얼굴을 찌푸리며 대꾸했다.

"그다음 날이 시어머니의 생신이잖아요. 내가 열 받을 일이 생겼지. 아침에 미역국을 준비했으면, 딸년들은 케이크라도 사와야 할 거 아녀! 지 년들의 친엄만데, 글쎄 와가지고는 아무 소리 없이 가버리더라니깐요. 하긴, 그나마 명절이 아니었으면, 지들 엄마 생신이라고 기어왔을 리도 만무하지…"

그녀는 분을 삭이며 남은 물을 꿀꺽꿀꺽 마셨다. 오인숙이 물을 더 줘? 하는 표정으로 바라보자, 신예진이 손을 내저었다.

"시어머니 생일이 당신아들과 일주일 간격인데, 남편이 개성공단에 있다 보니 챙겨주지 못했는데… 시누이들이 내 속을 긁어놓고 가버리니까, 기분이 영 엉망이네요."

그녀는 이마를 찡그렸다가 폈다. 얼굴이 어두워진 그녀의 볼따구니에는 전에 볼 수 없던 주근깨가 박혔다. 선인식의 아내와 눈빛이 마주친 그녀는 울먹거렸다. 그리고 천장을 쳐다보며 한숨을 쉬다가 말했다.

"애들 등록금 넣고 나니까, 한심한 생각만 자꾸 들어요. 지들이 대학을 나와 봤자 취직하기가 별 따기라는데, 한걱정이 끝난다 싶으면 또 다른 걱정이 줄줄이 대기하고 있으니 말이에요. 명절이 지나가니 또 한세월 간 것은 사실인데, 왜 이렇게 인생이 쓸쓸한지 모르겠어요."

"집집마다 그렇고 그런가 봐."

신문을 뒤적거리던 오인숙이 인식의 아내 말을 이었다.

"언니? 이제 찬바람이 나면, 밤에 또 학교운동장에서 걷는 거 하자아."

"좋긴 한데, 날마다 빌딩 청소를 하는 이 짓거리도 운동인가 봐. 아니지, 노동이겠지. 일을 마치고 집에만 오면 삭신이 거덜 난 것 마냥 온몸이 욱신욱신 쑤시고 난리야. 뱃살도 빼고 하긴 해야 하는데. 그래 까짓 거 하지 뭐."

신예진이 부걱부걱 화가 난 또 다른 일이 있었다. 개성공단에서 한 달에 한 번씩 남편이 오는 금요일이었다. 그녀가 저녁식사를 마친 남편의 눈치를 살피며 슬쩍 말을 건넸다.

"너무 더운 날씨인데, 우리 에어컨을 설치할까 봐요."

"그래 뭐, 할부로 설치하지 뭐."

여느 때처럼 그녀의 남편은 뜸을 들이다가 뜨뜻미지근하게 대꾸했다. 그러면 그렇지! 누가 효자 아니랄까 봐 남편의 대답은 예상했던 궤도를 이탈하지 않았다.

"그런데 어디다가 설치하지? 어머니 방에다가 하면 되겠네."

다음 날 에어컨을 시어미의 방에 설치했다. 일은 거기에서 끝나지 않았다. 위아래 층이 붙은 연립주택인지라 아이들의 방은 찜통이었다. 시원찮게 부는 찬바람이 위쪽으로 가기는 커녕 아래에만 맴돌았다. 더구나 시어미의 송곳 같은 말이 그녀의 예민한 곳을 찔렀다.

"애야? 덥거든 아래층으로 와서 있다가 올라가거라."

"어머님이나 혼자 편히 지내세요."

볼멘 대꾸가 안 나올 리 없다. 남들은 그랬다. 듣기 좋은 말로 효자라고. 차라리 남편이란 작자가 에어컨을 위층에 설치해놓았으면 어땠을까. 시어미도 손자들을 위해 올라왔으면 좋았을 것 아닌가. 아니! 아래층과 위층에 각각 따로 에어컨을 설치했더라면 다 해결되었을 것이다. 자식을 셋이나 낳고 살았건만 남편이란 위인은 언제나 그랬다. 덤덤한 성격이 좋은 것인지, 아닌지. 쉰 살이 훨씬 넘은 남편은 원래 양복 재단사였다. 신예진이 섬유공장에 다닐 적에 직장에서 만났다.

북한 땅 개성공단에 근무하므로 인질이나 진배없었다. 제 맘대로 들락날락할 수 없는 팔자였다. 그렇지만, 이제 애들도 모두 스물이 넘은 성인이다. 어미에게 효도도 좋지만, 자식들 생각은 왜 눈곱만큼도 안 하는 것일까. 그녀는 그게 몹시 서운했다.

*

"그 집에 무슨 일이 있어요?"

오인숙이 거울 속의 이명자를 보며 슬쩍 물었다. 미용실주인은 느낌으로 알아차렸다. 턱짓을 방소란 집 쪽으로 했으니까. 눈치가 빠른 이명자지만 반문을 하며 상대의 의도를 더 알아보았다.

"왜요? 모르겠어요."

"아니, 요즘에 그 언니가 통 안 보여서요."

"가영엄마가 오히려 안 보이던데요, 뭘."

역습이 따로 없었다. 그건 묻는 사람이 '나 바보요' 하는 꼴이 되어버렸다. 방소란과 미용실주인 이명자가 친한 것은 동네사람들이 다 아는 일. 오인숙의 머리털을 자르고 감은 후에도 손님이 뜸했다. 오인숙은 종이커피를 빼서 소파에 앉았다. 이명자가 옆으로 왔다. 텔레비전 홈쇼핑 화면의 요리하는 여자가 재잘거렸다. 주방기기 광고에는 안 빠지게 등장하는 퇴

물 여배우다. 이명자는 손님이 없을 때는 주로 기독교방송만 보았다. 오인숙은 커피를 다 마시고도 갈 생각이 없이 계속 뭉그적거렸다. 잠시 침묵이 흘렀다. 마땅한 대화가 없을 때는 서로 영 어색했다. 종이컵에 물을 따라 마시던 이명자가 묻지 않은 말을 슬슬 뱉었다. 오인숙은 이래서 뜸 들일 시간이 필요하다는 생각이 들었다. 미용실과 길을 건너 대각선으로 마주 보는 방소란의 집이다. 방소란은 시도 때도 없이 불쑥불쑥 나타났다. 시간만 났다 하면 미용실이 안방인 양 하루에도 수도 없이 드나들었다. 그런데도 요즈음에는 뜸했다. 둘 사이에도 분명히 무슨 일인가 있으렷다. 그걸 눈치 빠른 오인숙이 가만히 있을 리 없다. 동네 소문의 진원지가 미용실인 것은 천하가 다 아는 사실일 터. 미용사 십수 년을 견딘 이명자인데 어찌 그걸 모르리.

"언니가요, 요즈음 아침밥만 먹었다 하면 나도 보기가 힘들어요."

내용의 중동무니를 끊어버린 말뜻은 아리송하여 짐작이 어려웠다. 머리를 매만지려고 일단 미용실에 왔다 갔다는 의미를 에둘러 표현한 것이리. 오인숙의 맹한 눈빛이 안타까웠는지, 이명자는 말을 이어 붙였다.

"저기 쌍대역 근처에 다단계 비슷한 게 들어왔데요. 날마다 두루마리 화장지며 프라이팬 같은 선물을 주는데, 아주머니들 여럿이 그곳으로 출근하고 있나 봐요. 언니하고 거제댁 아줌마가 앞장을 서서 사람들을 끌어 모우고 있대나 어쩐대나. 아마 사람들을 많이 모아오는 성과에 따라 선물을 많이 얻어오나 봐요… 계속 다니는 걸 보니, 아주 재미를 붙였나 봐요. 어제도 화장품이랑 주방세제를 몇 개씩 얻었다고 자랑을 하더라니까."

그녀는 은근히 부러운 표정을 지우지 못했다. 그러나 갑자기 무슨 생각이 들었는지 재빨리 말꼬리를 붙였다.

"가영엄마도 언니랑 함께 가 봐요?"

자신은 오인숙에게 동조하지 않다는 듯 한 발 뺐다. 시새움의 오해를 받지 않으려는 게 역력했다. 그녀들은 둘 다 머리가 빨랐다. 인숙은 딱 잘라서 말했다.

"아이 난, 갈 시간도 없고 나이든 아줌마들 노는 데는 별루에요."

이명자는 빨딱 일어서며 가위와 빗 따위의 미용기구들을 정리했다. 이만 가달라는 뜻으로 알고 오인숙도 일어서서 나갔다.

*

배동산은 아파트 경비원이다. 하루 근무하고 쉬는 이튿날이면 어김없이 이발관에 놀러 왔다. 살갗이 새까맣고 작달막한 체격이지만 야무진 사내다. 육십 후반이지만 40킬로그램 쌀가마 정도는 번쩍번쩍 들고 다녔다. 임산부처럼 배가 불뚝 튀어나온 것이 좀 거슬리기는 해도 별 건 아니었다. 술을 좋아해서 안주발이 센 편이다. 아니, 술보다 안주를 더 좋아한다는 말이 맞다. 그는 한꺼번에 고기를 몇 근 정도는 먹어야 직성이 풀렸다.

십여 년을 이발관과 한 골목 지나 이웃하고 살았다. 그들 내외끼리 가까워진 것은 불과 얼마 전이었다. 서로 마주칠 기회도 별로 없었다. 더구나 배동산의 아내는 인식의 부부와 합류하지 못했다. 그녀는 새벽 일찍 나갔다가 밤늦게야 집에 돌아왔다. 요양사로 노인들의 돌보미를 했다. 배동산은 아파트 경비원 급료와 아내의 일당까지 합해봐야 예전의 철물점을 하던 시절의 턱에도 못 미쳤다. 인식은 가끔 이발을 하러 온 배동산과 속엣 말을 터놓았다.

"요즘 어디 일 나가요?"

"챙피해서 좀 그래… 경비원 나가는데."

"뭐가 창피해요. 다 먹고 살라고 하는 건데, 어디요?"

"하던 일이나 계속하면 좋은데, 그건 좋은 세월 지나 이미 물 건너갔고, 제일아파트에 사는 조카가 연결해줘서 하루 종일 근무하고 다음 날은 쉬는데. 아, 니미럴!"

배 씨는 원래 저쪽 시장거리에서 철물점을 했었다. 보일러와 배관기술자인지라 시공과 수리를 맡아 했다. 낡은 동네가 재개발 열풍으로 들쑤시기 전만해도 그럭저럭 괜찮았다. 고층아파트가 야금야금 들어서면서부터 할 일이 점점 줄었다. 다행히 딸은 출가했고 서른 된 아들은 함께 살았다.

예전에 비해 돈벌이는 적지만 시간은 여유가 있다. 하루 근무하면 다음 날은 쉬는 날이다. 가끔은 미니트럭을 몰고 1시간 남짓인 고향으로 달려갔다. 담수호가 생기기 전의 고향은 수몰되었다. 물 속에 비치는 고향산천은 그저 느낌으로만 손짓했다. 아직도 삶터를 호수 위로 옮겨진 부모가 살고 있었다. 수자원공사가 관리하는 수변지역의 밭뙈기에서 그는 추억을 일구었다. 고추와 배추를 심어놓고 수시로 들락날락거렸다. 아버지와 계속 농사를 지었더라면 어땠을까. 그건 쓸데없는 망상이다. 그는 현실이 중요하고 지금이 행복했다. 일찍 노동자로 전국을 돌아다녔고 중동까지 다녀온 게 그의 이력이지만.

*

"오늘은 웬일로 이 시간에?"

이발관으로 불쑥 들어서는 배동산을 보며 인식이 웃었다.

배동산은 째진 눈으로 이발의자에 앉아있는 손님을 흘끗 훔쳐보았다. 낮말은 사람이 듣고 밤 말 역시 사람이 옮기는 것이다. 다행히 꼭대기 무허가주택에 사는 귀먹은 늙은이였다. 여유를 찾은 배 씨는 크음, 헛기침을 하며 너스레를 떨었다.

"쉬는 날인디, 일을 하남? 아니, 이 집은 안 쉬는 날이여?"

"밖에 빙글빙글 돌아가는 간판등 안 봤어요?"

"그러니께, 간판전기등은 멈췄는디, 안에서는 일을 허니께 해 본 말이여."

"단골손님이 오셔서 하는 수 없이 해드려야지 어떡해요."

헤어드라이로 손님의 머리를 매만지며 인식이 대꾸했다. 이윽고 손님이 의자에서 일어섰다. 머리를 거울에 비춰보던 늙은이는 푸른색 지폐 한 장을 꺼내주며 밖으로 나갔다. 그때 인식의 아내가 등산복차림으로 안방 문을 열고 씽긋 웃었다. 이미 안에서 바깥에서 주고받은 대화를 다 엿들었음이다.

"아저씨? 고추 다 떨어지겠네요."

"아직 안 떨어졌은께 가자는 거 아니유. 자 빨리 출발하자구유."

"고추? 그거 떨어지면 큰일 나!"

선인식이 의미 있게 헤헤거리며 입고 있던 흰 가운을 벗었다. 그제야 배동산이 큰소리를 내면서 키득키득 웃었다. 셋은 대문을 잠그고 앞에 세워둔 인식의 아반테승용차를 탔다.

"애들 엄마는 어디서 만나기로 했어요?"

선인식의 아내가 조수석에서 고개를 돌려 뒷좌석의 배동
산을 보았다.

"농협 앞에 있겠다고 했는디, 얼른 일을 봐주고 버스로 온
다고 했으니께 가보면 왔을 거유."

과연 농협 앞에는 빨강 바람막이를 입고 서 있는 여인이
이쪽을 바라보았다. 배동산의 아내였다.

"빨리 타요. 아주 정확하게 시간을 맞췄구먼."

배 씨의 작달막한 아내는 뒷문을 열고 차에 올라탔다. 선
인식은 갑갑한 곳에서 탈출이라도 한 듯 운전을 하며 잘도 달
렸다. 승용차는 시내를 벗어나 호수를 휘돌아서 나갔다. 멀
리 푸른 물이 질펀하게 펼쳐져있다. 호수의 끝은 아스라이 검
푸른 산들로 막혔다. 승용차는 수면의 가장자리의 구불구불
한 길을 따라갔다. 물과 물이 맞닿는 곳의 높이는 일정한 테
두리를 만들었다. 비가 많이 오거나 눈이 유독 많았던 해에는
수면이 높아졌다. 가뭄이 들면 용수량이 줄어들어 물에 잠겼
던 지층이 드러났다. 초가을 햇살이 수면에 반사되어 반짝거
렸다. 가파른 산비탈을 따라 오래된 집들이 띄엄띄엄 떨어져
있다. 마을이라고 해봐야 고작 다섯 가구다. 포장길을 벗어난

빈터에 승용차를 세우고 모두 나왔다. 고샅길의 감나무들이 노랑 감을 주렁주렁 매달았다. 열매들은 아직 사람의 손을 기다렸다.

"나 얼른 집에 잠깐 들려 올 테니께 먼저들 밭에 가 있어유."

배동산이 아내와 함께 비탈진 길을 올라가며 인식에게 말했다. 그는 부모에게 갖다 줄 소고기와 과자봉투를 들었다.

밭이랑을 따라 어른만큼 자란 고추나무들이 꽂아놓은 철봉에 기대었다. 굵고 실한 고추는 가뭄에 콩 나듯 듬성듬성 열렸다. 덜 자란 새끼고추들만 어린애 새끼손가락 굵기로 달렸다. 한두 차례 고추를 딴 잎들은 아직 푸르렀다. 배 씨 부부가 올 동안 인식 내외는 배낭에 꽉 찰 만큼 고추를 땄다. 배동산이 텃밭으로 들어오며 말했다.

"이제 그만 따고 밥 먹고 합시다."

그들은 움막 옆에서 가져온 김밥과 족발들을 폈다. 막걸리를 한 사발씩 마셨다. 오후에도 쉬엄쉬엄 일을 했다. 배 씨가 기울어가는 서쪽을 보면서 뱉었다.

"허리 좀 펴게 산에 한 바퀴 돌고 옵시다."

여자들이 손사래를 치자, 남자 둘은 승용차 쪽으로 걸어갔다. 인식이 트렁크를 열어 배낭을 넣고 문을 닫았다. 마을을 비켜 산자락을 따라 선인식을 앞서가던 배 씨가 한숨처럼 뱉었다.

"나 어렸을 적에는 우리 동네가 제법 컸다오. 댐을 막아서 수몰되기 전만 해도 초등학교가 두 개나 있었으니께. 그 많은 사람들은 모두 집과 논밭을 버리고 어디로 갔는지 들… 벌써 삼십 년도 훨씬 넘었구먼."

배 씨는 담배를 피우다 말고 솔숲 길을 걸어가다 갑자기 우뚝 섰다. 인식이 놀라 멈칫했다.

"왜? 왜! 뭐가 있어요?"

"저기, 저기를 봐."

산중턱으로 올라가는 길 아래로 집채보다 큰 바위가 박혀 있다. 바위 밑은 동굴처럼 움푹 파였는데, 어른 몇 사람은 능히 거처할 수 있는 공간이다. 담배꽁초를 발바닥으로 비벼버린 배동산이 인식을 힐끗 뒤돌아보며 말을 꺼냈다.

"고려장이라고 들어봤슈? 옛날에 자식들이 부모를 업어다가 버린 그런 곳 말이유. 저곳이 그런 데래유. 나 어렸을 적에 산에 나무하러 갈 때마다, 같이 가던 어른들이 꼭 그 말을 빼먹지 않고 했었걸랑. 얼마나 먹을 것이 없고 빼가 고팠으면, 제가 낳은 새끼덜을 살리려고 제 부모를 버렸을 거냐고. 봐유, 허긴 제 목숨을 새끼들에게 먹이로 준다는 두꺼비 어미도 있다는디, 사람새끼나 짐승새끼나 다를 게 뭐 있겠어유. 제

목숨은 새끼목숨과 못 바꿔도 저를 낳아준 부모 목숨은 말짱 헛거여, 암만. 지들도 언젠가는 늙은이가 될 것인디, 우선 눈앞에 일이 당장 먼저니께 말이여."

자분자분하게 말하던 배동산의 눈빛은 애잔하게 변했다. 어느새 햇발은 낮게 드리운 구름 떼 뒤로 숨더니 금세 틈을 비집고 나와 서쪽 하늘을 온통 벌겋게 물들였다. 절름거리며 뒤따라가던 인식이 맞장구를 쳤다.

"그거 보면, 신 여사는 참으로 대단해요. 요즘 세상의 여자가 아니라니까요. 성질 고약한 늙은 시어미를 좁은 집에 함께 살면서 수발하는 거 봐요."

"그 여잔 시집와서부터 시어머니와 함께 살았던 거유?"

"그럼은요. 여태껏 애들하고 그렇게 살았을걸요."

"요즘에 사람들 하는 짓 봐봐. 늙은이들은 안 아파도 곧바로 요양병원으로 직행이여. 고려장이 따로 있남? 그게 현대판 고려장이지 뭐. 백 세 인생이니 뭐니, 개지랄 혀도 고거 말짱 헛거여. 나나 선 사장도 늙으면 별 수 있간디… 새끼덜한티 먹살 잽혀서 기냥 저승대기소로 들어가는 겨."

*

햇살이 창문 안으로 깊게 파고 들어온 며칠 후였다. 이발관 안집의 좁은 마당에 서 있는 배동산이 까만 비닐봉지를 좌우로 흔들었다. 인식이 호기심 어린 표정으로 봉지를 내려다 보았다. 검정바지 아래 신발이 흰했다. 늘 다 닳아 뒤를 구겨 신던 검정 구두 대신에 하얀 나이키운동화를 신었다. 선인식 은 배 씨의 얼굴을 쳐다보다가도 자꾸만 아래로 눈길이 갔다. 거무튀튀한 구두 대신 유독 하얀 운동화가 눈을 끌어당겼다.

"어때? 딱 한 잔만 할까유?"

"안마시고 말지. 한 잔이 뭐요? 혹시 한 병이라고 말했는데 내가 잘못 들은 거지요?"

"한 잔이 두 병도 되는 거지요 뭐."

"새 신발 자랑하려면 몇 병은 더 축나야 되겠습니다."

그제야 배동산은 고개를 수그려 자신의 운동화를 보며 시 익 웃었다. 그리고 별거 아니라는 듯 가까이 다가와서 낮은 목소리로 말했다.

"이거요? 내가 얻는 거여유."

"얻다니요? 그 메이커 있는 비싼 새 운동화를 누가 거저 줬 다고?"

"실은, 어떤 쓸개 빠진 넘이 아파트 쓰레기통에 버렸더라 고. 내가 주운 거유. 이렇게 쓸 만한 물건들이 가끔은 있대니께. 사람들이 물건 귀한 걸 물러. 불경기라고 혀도 다 개소리여."

선인식은 자신이 번지수를 잘못 짚었다는 걸 깨달았다. 배동산이 새 운동화 걸친 기념을 핑계로 한잔 빨자는 의미로 알았다.

"그건 어디서 가져왔어요?"

"이거? 우리 아버지한테 갔다가 오는디, 마을에 사는 조카가 호수에 쳐놓은 그물에 걸렸다면서 조금 나눠주더라니께. 봐봐, 덤으로 새우도 요만큼 컸다니께. 새뱅이탕으로 얼큰하게 끓여야겠지유? 야! 제수씨? 저번처럼 맛있게 좀 해주셔유."

그는 불룩한 배를 내밀더니 겸연쩍게 웃었다. 인식의 아내가 마루에서 문을 밀고 나오며 징그러운 일거리를 선뜻 맡았다.

"그럼, 우선 아저씨가 이것들을 깨끗하게 손 노릇해 줘요."

배동산은 수돗가의 다라 속에 그것들을 쏟아놓았다. 붕어와 메기, 빠가사리들이 안마당에 펼쳐졌다. 작은 까만 비닐봉지 안에는 가뭇한 민물새우들이 한 움큼 들었다. 짧은 다리를 쭈그리며 굳은살이 박인 손으로 움켜잡은 그의 표정은 자못 심각했다. 칼이 민물고기들의 배를 가르고 씻었다. 그는 굵은 손가락을 뱃속으로 집어넣어 내장을 긁어냈다. 도마 위에 검붉은 피로 범벅된 내장이 쌓였다. 호스의 물줄기를 이리저리 뿌려가며 다듬은 것들을 말갛게 치웠다.

달라도 또 다른

　　　　　　　　　한동안 여인에게 정성을 아
끼지 않은 구한술이었다. 본마누라가 바람을 피운 배신감을
가까스로 잡아 대리만족을 하려고 했던 그다. 그런데, 이건
또 뭔가? 3년이나 살을 맞대고 살았으면 어지간하련만 그게
아니었다. 남편과 사별을 했다고 하여 처녀나 다름없다고 생
각했던 터. 딸들까지 출가시켰으니 남의 자식 덤으로 얻었다
고 좋아했다. 이게 웬 떡이냐고 입이 벙싯 벌어진 것도 사실.

　여자가 교회에 미쳐도 보통 미친 게 아니었다. 예수님께
미쳤다면 할 말이 없지만 목사에게 빠진 것이다. 구한술은 본
래 특별한 종교가 없었다. 딱히 조상님을 모시는 제사가 종
교라면 종교였다. 그녀가 하도 나대기에 금슬이 좋아지리라

는 깜냥 때문에 교회를 함께 다녔다. 이것이야말로 정신과 육
신의 교감이 아닐까 지레짐작했을 땐 붕 떴다. 그녀의 헌금은
십일조가 아니라, 돈만 생겼다 하면 남김없이 바쳤다. 교회에
그 많은 명목의 헌금이 있는지도 처음 알게 되었다. 심지어
빠듯하게 살아가는 딸들에게 돈을 빌려 헌금을 했다. 나중에
이를 안 딸들과 그녀가 육두문자를 써가며 한바탕 소란을 피
운 일에 구 씨만 덩달아 창피했다. 그래서 단호하게 선을 그
었다. 우리 헤어집시다!

그런데, 어럽쇼. 헤어진 지 두 달 만에 그녀는 전화질이었
다. 도대체 땡전 한 푼 없는 구 씨에게 무슨 끈끈이가 붙었다
는 말인가. 그의 큼직한 코가 한몫을 하는지 여인들이 쇠파리
처럼 들끓는 팔자인가. 그녀는 합하자며 부동산사무실에 다
시 얼쩡거렸다. 후미진 골목까지 따라와 손을 싹싹 빌며 바짓
가랑이를 잡고 애원했다.

구 씨는 근질근질한 유혹을 애써 목구멍 깊숙이 꿀꺽 삼켜
버렸다. 그랬던 것인데, 무슨 귀신이 맴도는지 그를 가만두지
않는다? 점쟁이도 그랬다. 당신은 돈 복은 없어도 여자 복은
죽을 때까지 끊이지 않겠다고! 부동산 일을 하자니, 손님이건
소개건 여인네들과 얽히는 일이 여간 많았다. 임대차 일로 자
주 들락거리는 사람이 맞선을 보라는 귀띔을 했다. 해? 말아?

언제나 욕망은 물러서지 않았다. 하여, 보험영업을 하는 여인을 커피숍에서 만났다. 얼굴이 갸름하고 제법 반듯하게 생긴 쉰 초반의 여인이었다.

"어디 살아요?"라는 물음은, 아파트는 어떻게 돼요? 로 새겨들었다. 여자들의 본능은 둥지에 있질 않던가. 날짐승도 짝짓기를 할 적에는 둥지의 됨됨이를 보고 꼬리를 허락했다. 구한술은 상대방의 이런 물음을 알아차렸다.

"예? 아! 어머님과 같이 있어요."

"그런 아파트는 얼마나 해요?"

이것 봐라? 급소를 찌른 것이 분명하다. 보통이 넘으니까, 자신에게 접근을 했겠다. 다음에 치고 들어오는 질문에 중치가 꽉 막혔다.

"전세인가 해서요."

"아닌데…"

언제나 그 대목에서 자기 자신의 약점이 드러나기 십상이다. 구 씨의 얼굴이 어설프고 대답이 시원찮았다. 궁색한 구씨를 아는지 모르는지, 여인은 야무지게 생긴 입술로 연거푸 공격했다.

"그럼, 월세?"

"아니요."

여인은 반짝이는 눈빛이 조금 풀어졌다. 다행히 위험수위는 비껴갔나 보다고 그는 생각했다. 치사하게 임대아파트에 사는 것까지는 피했다. 그래도 계속 다그치는 집요함이라니.

"그럼은요, 한 달이면 얼마나?"

그의 한 달 수입을 물어보는 것이다. 켕기는 일도 없으련만, 대담하게 버텨보자던 구 씨의 심장은 스르르 내려앉았다.

"불경기라서 그렇지, 부동산경기가 좋았을 적에는 한 달에 한 오륙백은 했시다. 그럼요, 그땐 계약서를 쓰느라고 정신이 없었으니까요."

"그래도 한 달 평균수입으로 어느 선은 있을 거 아닌가요?"

난감했다. 요즘 부동산경기가 죽을 쑨 마당에 뭐라 대꾸를 한단 말인가. 궁여지책이자, 업자들이 통상 써먹는 답변으로 찍었다.

"그게 들쭉날쭉이라, 뭐 요즘 부동산이 불경기라 알다시피 다 그렇지요."

그게 마지노선이다. 여인의 눈꼬리가 바르르 떨리며 치켜올라갔다. 이내 팔짱을 끼며 경계자세로 들어가더니 얼굴이 굳어졌다. 한참 동안 말을 끊고 토라지듯 잠잠했다. 샐쭉한 표정을 고치며 밤색 악어 무늬 핸드백 끈을 만지작거렸다. 구 씨는 깜냥으로 짐작했지만 낭패의 빛을 애써 감추었다. 침착지 못한 버릇으로 괜히 다 마신 커피잔에 손을 댔다 말았다. 잽싸게 거들떠보던 여인은 잔인했다. 확인사살까지 서슴지 않았다.

"사장님의 수입은 그거 말고는 딴 거 없어요? 가령 뭐 다른 부수입 같은… 아! 연금이라든가?"

"나는 아직 국민연금이 되려면 조금 남았어요."

그랬던 여인의 얼굴빛이 붉으락푸르락했던가. 며칠 후 소문이 어떻게 돌았는지, 이발관 앞에 자전거를 타고 가던 구 씨를 본 선인식이 말을 붙였다.

"어딜 가요?"

"…아, 조카네 집에요."

"조카라니? 그쪽은 예전에 살았던 쪽 아녀요?"

동거녀를 지칭한 것을 선인식은 알고 있었다. 직설적인 물음에 대답이 궁했는지 구 씨는 머리를 긁었다.

"아하하하~ 조카 집에 아직까지도 엿가락을 붙여놨구먼요. 어저께도 그저께도 그쪽으로 자전거를 몰고 가더니."

구 씨는 선인식의 말이 무안한지 귀밑이 빨개졌다. 슬그머니 어정쩡한 모습으로 자전거에 올라타고 사라졌다. 트럭에서 내려 걸어오던 전삼태가 선인식을 보더니 뜬금없이 뱉었다. 오다가 구한술을 맞닥뜨렸는지, 바로 내질렀다.

"아이구, 부동산 구 씨 말이여. 미쳐도 단단히 미친 모양이
유."

"왜?"

"조금 전 저쪽으로 또 달려가던데."

"며칠 전부터 그러던데 뭘?"

"갈라선 여자하고 다시 짝짜꿍했다는구먼. 벼엉신."

*

"이발은 안 하고 뭐 하시나?"

배동산이 이발관 안을 기웃거리며 물었다. 검은 연탄난로
가 놓여있다. 인식은 철물점에서 가져온 양철 연통들을 바닥
에 놓으며 대꾸했다.

"겨울이 닥쳐오니 난로를 설치하려고요."

인식은 다리를 절름거리며 바쁘게 움직였다. 형광등불빛
에 반짝이는 양철 연통을 끼워 맞춰 세웠다. 배동산은 바닥의
연통 하나를 집어 들었다.

"내가 거들어 주까?"

"아이고! 그냥 냅둬요. 하던 사람이 그냥 하는 게 더 낫지."

말은 그렇지만, 그가 올려주는 연통을 인식은 옮겨 받았
다. 혼자 하기는 어려운 일인지라 그가 여간 고마웠다. 이제
난로가 서 있는 위에 기역자로 구부러진 연통조각을 이어나

가면 되었다. 연통은 해마다 새로 장만했다. 쓰던 것은 연탄 가스로 녹이 슬어 가스가 새어나고 보기에도 지저분했다. 작년에 쓰던 것은 없앴거니와 바꾼들 재료비도 그다지 비싸지 않았다. 반짝반짝 빛나는 연통이 천장 밑을 지나 밖으로 뽑아지면 추운 겨울이다. 눈에 보이는 연통 그 자체로 따뜻한 느낌을 가져왔다.

배동산은 일을 도와주면서 슬쩍 한마디 거들었다. 함부로 말하는 것 같지만, 늘 서먹한 분위를 용케 피해갈 줄도 알았다.

"연탄값도 올라서 겨울나기가 장난은 아닐 거여."

"그래도 연탄 말고는 답이 없어요."

이발관 부부는 연탄불을 꺼뜨리는 일이 거의 없었다. 번개탄이 타닥타닥 소리를 내지르며 연탄 밑을 벌겋게 달구는 일은 가끔이다. 내외가 워낙 난로에 신경을 썼기로 외출했을 적에 연탄 가는 시간을 못 맞춘 일 빼고는. 또한 인식은 자기 자신이 실수나 잘못을 저지르면 무척 속이 상했다. 옮겨 불붙은 연탄은 이글거리며 봄이 올 때까지 추위를 막아주었다. 그렇다. 그는 난로처럼 속으로는 깊은 정이 흐르는 사람이다. 30여 년을 한 동네에서 이발관을 했으니 나름대로 동네의 소식통이다. 남정네들 사이에서 떠도는 갖가지 소문을 모아 들은 것의 대부분은 사실로 드러났다. 가끔 다툼이 있는 이웃을 중재한답시고 나서서 구설수로 곤혹을 치른 일도 있었지만.

*

연립주택에 사는 키다리아줌마는 뽀글머리다. 그녀는 허우대가 크고 짙은 눈썹이며 광대뼈가 툭 튀어나와 남성처럼 생겼다. 말본새도 막대기를 툭툭 부러뜨리듯 끊어서 했다. 버릇이지만, 깐죽거린 성깔의 남편과 살았던 상흔이었다. 그녀는 공장에 다니던 남편이 죽고 나서 식당에 허드렛일을 다녔다. 절에 다니며 지성으로 불공을 드리고 있지만, 마흔 살 된 큰딸은 개척교회 전도사로 미혼이다. 서울에 사는 작은딸은 외손녀를 그녀에게 맡겼다. 맞벌이 작은딸 부부는 일주일에 한 번 친정에 왔다.

키다리아줌마는 애기가 잠들자 뉘어놓고 집을 빠져나왔다. 방소란의 집을 지나서 이발관 안집의 스테인리스 대문을 밀었다. 이발관 마당 안에서는 벌써 김장이 거의 끝난 모양이었다. 인식의 아내는 마무리한 통들을 김치냉장고에 넣고 마당으로 나왔다. 거제댁은 수돗가에 쌓인 배추이파리를 치우고 있다. 오인숙은 마당 구석의 둥근 테이블에 막걸리병과 돼지고기수육을 차렸다. 고개를 내민 키다리아줌마가 썽긋거리며 말을 꺼냈다.

"동네파티 하려고?"

"김치도 몇 포기 안 되는데, 그것도 일이라고 어깨가 뻐근하네."

"이제 되었어요. 내가 다 치울 테니까 모두들 막걸리나 드시라구."

인식의 아내가 포기김치가 들어있는 그릇들을 치우며 말했다. 오인숙이 벌건 얼굴로 손사래를 쳤다.

"언니도 빨리 와요."

"넌 벌써 취했어?"

"취하기는 뭘!"

초겨울 해는 꼬리가 짧다. 선인식이 대문 안으로 고개를 내밀었다.

"손님이 없으니, 나도 합류해볼까?"

"사장님도 어서 와요. 남자가 없으니까, 술맛이 안 나네."

오인숙이 손을 짓 까불며 대문 쪽으로 고개를 돌렸다. 모두 테이블로 모여들었다. 가슬가슬한 여인이 안 보였다. 거제댁이 여럿을 둘러보더니 말을 꺼냈다.

"이 여편네가 금방까지 있었는데, 불만 질러놓고 어딜 갔뿐나?"

방소란이 족발을 먹자며 만 원씩을 추렴해놓고, 슬쩍 빠져

버린 걸 조롱한 것이다. 자리에 없는 사람은 험담하지 말자던 그녀의 말이 무색해져 버렸다. 그렇지만 말을 꺼낸 사람의 체면치레로 한마디 거들었다.

"어쩐지 이상하더라니… 지는 안 먹으면서, 무슨 일을 부추겨 벌려놓은 버릇은 여전하구먼. 참말로."

"냅둬요, 원래 그런걸. 언니들? 자자 받으세요."

누구도 길게 말꼬리를 달지 않았다. 아차 하면, 그중에 누가 또 방소란에게 살을 붙여 말을 옮겨 덤터기 쓰지 말란 법도 없으니. 모두 막걸릿잔을 주거니 받거니 했다. 한동안 먹는데 입들만 요란하게 열중하더니, 오인숙이 키다리아줌마에게 눈을 돌리며 턱으로 불렀다.

"저어 언니?"

"나?"

"이 인간 때문에 속이 상해 죽겠어!"

"또, 가영이 아빠 이야기야?"

"그럼 또 누가 있겠어요. 그놈의 강짜 하는 버릇은 언제나 그치나."

"냐둬라! 그 버릇 못 고치고 늙어죽을 거다. 우리 애들 아빠도 죽을 때까지 그러지 않더냐."

"그래도 아저씨는 이렇게까지는 안 그랬지이."

"아야, 네가 뭘 알겠냐! 그 인간이 죽은 지금도 그때 생각 들만 나면 혈압 올라간다."

"나 이렇게 집착한 인간은 어디서도 못 들었네요."

선인식이 잔을 내려놓으며 끼어들어 거들었다.

"가영엄마가 참는 수밖에 다른 방법이 없다고 했잖아요. 자꾸 술맛 떨어지게 그 이야기 그만하고 술이나 마시라고."

잠시 모두 서로 얼굴들만 쳐다보았다. 고기를 움질움질 씹던, 키다리아줌마가 불쑥 뱉었다.

"내가 다니던 절에서 큰스님한테 들었는데, 이생에 자신한테 집착한 사람들은 저승에 가서도 계속 집착을 한다는 거여."

"정말야, 언니?"

"그래, 살아생전에 이렇게 집착한 힘이 눌어붙어서 저승까지 따라온다는 거여. 그게 업보래요, 업보!"

"아이고! 이를 어쩐대? 그 인간이 그러면 난 정말 못살아!"

오인숙은 말을 주고받으며 기겁한 표정으로 손을 휘휘 내저었다.

"설마 죽은 사람이 산사람을 우찌 하겠나."

거제댁은 오인숙이 안 되어 보였는지, 반문하며 가로막았다. 눈치를 살필 것도 없다 싶어 키다리아줌마는 더욱 밀어붙였다.

"아녀! 스님께서 그러는데, 남편귀신이 살아있는 마누라 옆을 빙빙 돌면서 다른 남자가 수작을 부리면 금방 또 신경 쓰게 될 일을 만든대요."

대문 안으로 땅거미가 밀려들었다. 막걸리와 수육도 거덜 나고 참기름 냄새가 고소하게 나는 겉절이 김치만 남았다.

"아이고, 많이도 먹었데이. 우리가 마신 것이 다섯 병이 제?"

거제댁은 인식을 바라보며 확인했다. 키다리아줌마가 허우대를 펴며 일어섰다.

"애기가 깼을지도 모르겠어. 나 그냥 갈게요."

그녀가 뒤도 안 보며 대문 밖으로 나갔다. 남아있는 사람들도 따라 일어섰다.

썰렁한 슬픔

한겨울로 가는 날씨는 음산
했다. 찬바람이 여간 성가시게 굴었는지 쌓인 눈은 녹지 않았
다. 알싸한 공기가 새벽기도를 하려고 아파트를 나선 노인의
콧속을 틈입했다. 여러 대의 차량들이 세워져있었다. 노인은
바깥 주차선에 삐뚜름하게 세워진 승용차를 보았다. 두 대를
주차할 수 있는 면적의 한가운데에 멈춘 것도 이상했다. 어정
쩡하게 사선으로 몰상식하게 세워진 탓이다. 술을 마시고 차
를 팽개쳤다 한들 이건 너무 아니다 싶었다. 노인은 차 안을
들여다보았다. 운전석의 등받이를 뒤로 제치고 누워있는 사
내는 마흔 후반쯤이었다. 노인은 만취했거니 생각하며 되돌
아가려다 고개를 갸웃거렸다. 뭔가 이상한 느낌이 집혔다. 그

래서 다시 살폈다. 영하의 추위임에도 사람이 태평하게 잠든 모습이 그를 잡아끌었다.

"이봐요?"

노인은 손바닥으로 차창을 여러 차례 두드렸다. 안에서는 전혀 기척이 없다. 행여나 싶어 차 문의 손잡이를 당겨보았다. 어럽쇼! 문이 열리지 뭔가. 매서운 찬바람이 차 안으로 몰려 들어갔다. 사내는 눈을 감은 채 그대로였다. 노인은 사내의 어깨를 흔들었다. 전혀 반응이 없다. 이번에는 머리를 잡아 조금 더 세게 흔들었다. 그 순간, 사내의 머리가 옆으로 툭 자빠졌다. 노인은 눈이 뚱그레지며 기겁을 했다. 만져보니 사내의 몸은 굳어 차디찼다. 노인은 허겁지겁 경비실로 뛰어갔다.

"여기요! 사 사람이 죽었어요! 사람이."

의자에 앉아서 졸던 경비원이 밖으로 뛰쳐나왔다. 차 문을 열고 사내의 얼굴을 찬찬히 들여다보던 경비원은 소리쳤다.

"이 사람, 천사 호 아저씨네!"

경비실의 인터폰을 받고 잠옷에 분홍스웨터를 걸치고 나온 여인은 조지나였다. 따뜻한 실내에 적응된 몸에 찬바람이 스며들어 오소소 한 소름이 돋았다. 그녀는 긴 몸을 구부리며 승용차 안의 남편을 들여다보았다. 보고 나서 움씰 놀라며 얼굴이 하얗게 질려 입을 다물지 못했다. 간밤에도 남편은 여러 차례 전화를 했어도 받지 않았다. 늘 자신은 안 받아도 그만, 이쪽이 안 받으면 호통을 치는 작자였다. 어디에서 또 노름을 하거나 술을 퍼마시고 있는 줄로 여기고 잠들었던 터. 그런 일은 하도 비일비재했으므로 면역이 되었다. 그런데, 이 무슨 맑은 하늘에 날벼락인가.

신고를 받은 119구급차와 경찰관들이 도착했다. 구급대원이 들것에 실으며 조지나에게 말했다.

"가보면 결과를 알겠지요. 아마 술을 마셨는데, 히터를 틀어놓고 잠들어서 질식사한 것 같네요."

한동안 그런 파락호도 없었다. 그런데 무슨 바람이 불었는지, 요즘에는 가끔 아이들 때문에 이제부터 잘살아 보겠다며, 곧잘 말하곤 했다. 그녀는 남편이 잘 안 하던 말을 하던 게 머릿속에 자꾸 걸렸다. 그땐 입에 바른 말이겠거니 하고 한쪽 귀로 흘려버렸다. 요즘에 남편은 축산물도축장에서 일이 끝나면 어디론가 돌아다녔다. 내장과 선지 같은 부산물을 받아서 식당에 납품한다고 했다. 그건 일종의 부업인 셈이다. 그래서 시들한 정육점을 치울까 하다가 버티던 참이었다.

*

"정육점 아빠가 죽었대요."

키다리아줌마가 골목길을 뛰어나오며 큰소리로 외쳤다. 조금 후 삼성유통 앞으로 사람들이 모여들었다. 여인들은 웅성거렸다.

"누가 죽었다고?"

"정육점 아빠요!"

"말도 아니다. 그 사람 그저께도 나하고 만났는데?"

"어떻게! 아니, 와 죽었는데?"

거제댁이 못내 궁금한 표정으로 키다리아줌마를 채근했다. 뽀글머리를 손으로 긁적거리던 그녀는 조금 전보다 한풀 꺾인 목소리로 대답했다.

"잘은 몰라요. 정육점 엄마가 말하다 말고 전화를 끊었는데 아파트주차장 차 안에서 죽었다나?"

그럴수록 동네사람들은 궁금증만 증폭되었다. 아무리 술취했어도 팔팔한 젊은 남자가 그렇게 호락호락 죽었다는 게 도저히 믿어지지 않았다. 조지나의 남편이라면 정육점을 한답시고 동네를 들락날락한 사람이었다. 동네사람들에게는 인사성이 밝았지만, 술주정이나 여자관계로 떠들썩한 장본인이다.

서터가 내려진 정육점 앞이 더욱 을씨년스러웠다. 그새 선인식과 몇몇은 삼성유통 안으로 하나둘 몰려왔다. 그들은 서로 얼굴을 마주 보며 소문을 모아냈다. 그때 방소란이 가게 안으로 불쑥 들어왔다.

"부속병원으로 옮겼대유. 술 퍼마시고 차 안에서 히터를 틀어놓고 잤는개 벼."

"금년에는 아홉 수에 걸려있다고, 내가 맨날 맨날 정육점 엄마한테 조심하라고 일렀건만! 아이고야."

계산대 옆에서 듣고 있던 거제댁의 눈에 눈물이 맺혔다. 키다리아줌마가 느닷없이 큰소리로 엉뚱한 말을 뇌까렸다. 방소란이 금세 말꼬리를 돌렸다. 그녀의 말재주는 교묘하게 물을 타서 현실을 환기시켰다.

"죽은 사람은 죽은 사람이고, 이제부터는 애들이 문제네그려. 안 그래유? 정육점도 문제고."

시신은 장례식장에 있는데, 처방은 구구각색이다. 동네사람들은 당장에 서로의 눈치를 보았다. 평소 정육점에서 고깃덩어리라도 얻어먹지 않은 이가 없을 정도였으니까. 장례식장에 얼씬거리지 않는다면 두고두고 사람들의 입에 오를 것이 분명했다. 뿐만 아니라, 동네사람들에게 파렴치한 인물로 낙인이라도 찍힌다면 곤란해질 거였다.

몇몇은 함께 장례식장에 가자며 짝짓기를 해두었다. 지하철로 가자는 말이 있었지만, 버스 탈 돈을 모으면 택시로 갈

수 있다는 방소란의 의견이 그들을 이끌었다. 간특한 사람이라고 더러는 흉을 보았지만 그게 아니다. 순간적으로 똑소리 나는 소란의 기지를 누가 따를 것인가.

조그만 병원의 지하 장례식장은 조용했다. 조지나의 친목계에서 보낸 조화가 달랑 입구를 지켰다. 영정액자를 보며 거제댁이 눈시울을 적셨다. 그들은 문상을 하고 나와 접수대에 봉투를 넣었다. 세탁소마누라는 모르는 척 슬그머니 넘어갔다. 평퍼짐한 얼굴에 허우대가 큰 그녀는 독불장군이다. 대머리 진 남편과 달리 그녀는 남의 일에 관심도 참견도 제 맘 대로였다. 남편이라는 작자는 마누라의 성화에 꼼짝을 못 했다. 그러므로 작달막한 남편과 우락부락하게 생긴 부부가 금슬 좋게 보이는 게 하나도 이상하지 않았다. 전삼태는 언제나 그러하듯 방소란 편에 봉투만 보내왔다. 방소란은 다 들으라고 손을 높이 처들어 봉투를 흔들었다.

"있는 사람들이 더 짠돌이유."

"얼마드나?"

거제댁이 묻자, 소란은 대답 대신 손가락으로 브이 자를 펴 보였다. 푸른 지폐 2장이었다. 모두 눈짓으로만 아는 체했다. 조지나는 검정한복을 입고 고개를 끄덕였다. 그녀의 퉁퉁 부은 눈두덩은 평소보다 더 튀어나와 있다.

조문객들은 남편의 직업과 관련된 몇 사람만 보였다. 대여섯 개의 소주병들이 나뒹군 저쪽은 온 지가 꽤 된 듯싶었다. 조문을 온 객의 옷차림이라니! 거무스름한 살갗의 대머리 진 남자는 빨강 티셔츠 차림이다. 유독 남자는 불콰한 얼굴로 술을 거푸 마시며 큰소리를 냈다. 이쪽 사람들은 슬쩍슬쩍 곁눈질을 해댔다. 방소란이 선인식의 귀 가까이 대고 궁싯거렸다.

"뭔 일이래유? 대머리 홀렁 까진 저 사람 좀 봐 봐유. 상갓집에 뻘건 옷 입고 와서 아주 잔칫상을 받았구먼."

이쪽 사람들은 모두 길게 붙여놓은 앉은뱅이 밥상 앞으로 갔다. 돼지수육접시에 배동산이 젓가락을 먼저 얹었다. 인식은 거제댁 옆의 키다리아줌마, 세탁소마누라와 나란히 앉았고, 맞은편으로 방소란, 오인숙, 소금집 여자였다. 문상을 온 동네사람들은 서로 얼굴만 쳐다볼 뿐 소주나 사이다를 마셨다.

"상갓집에서 기냥 가는 것도 예의는 아니지유. 어차피 죽은 사람은 죽은 사람이고, 산 사람들 격려 차원에서 한잔들 혀유. 어여 들구들 갑시다."

벽 옆의 배동산이 금세 술 몇 잔을 빨더니 제법 떠들었다. 인식도 종이컵을 집어 들었다. 순간, 배동산은 버릇처럼 선인식의 잔과 부딪치려 하며 위하여! 라고 외칠 뻔했다. 눈치껏 인식이 잽싸게 잔을 내려놓았다. 그리고 검지를 입에 대고 주위를 둘러봤다. 까딱 잘못했으면 상가에서 건배까지 외칠 뻔한 망신은 면했다. 방소란과 거제댁은 터져 나오려는 웃음을 손바닥으로 꾹꾹 눌러 막았다. 모두 배가 고팠는지 옆도 돌아볼 새 없이 먹는데 몰두했다. 구석에 앉아서 떡을 세 개나 거푸 집어먹던 거제댁의 표정이 아리송했다. 볼록한 볼따구니가 오그라들기도 전에 우거지상이었다. 이내 훌쩍훌쩍 울며 엉거주춤하더니 밖으로 나갔다. 소란과 소금집 여자가 시선을 서로 주고받았다. 분위기는 전염병처럼 금세 돌았다. 오인숙이 갸웃하며 고개를 돌려 물었다.

"저 언니는 왜, 갑자기 저렇게 슬피 울어요?"

"나두 몰러. 남의 설움이 자기 설움이라고 하잖여. 안 그려유?"

빤히 바라보는 소금집 여자를 의식한 듯 소란이 잽싸게 받았다. 그러자 키다리아줌마도 한마디 거들었다.

"정육점 사장이 살았을 적에 불쌍하다며, 거제댁을 은근히 얼마나 챙겼냐고. 우리는 맛도 못 보는 선지며 천엽이나 간을 꽤 받아먹었을걸."

"그럴껴. 엄청 얻어 먹었는디, 인자는 갚을 일도 없으니께 그런 겨."

인식이 소란을 바라보며 눈짓으로 얼른 입을 막았다. 입구에 다시 거제댁이 나타났기 때문이다.

*

　조지나는 주섬주섬 등산복을 입고 나섰다. 겨울은 춥고도 길었다. 날씨는 조금씩 풀렸으나 봄바람이 아직은 쌀쌀했다. 일상의 일들이 그리 만만하게 풀어지지 않은 것처럼.

　49재를 지내고 나서였다. 대웅전의 금빛 불상들이 내려다보았다. 그녀는 두 손바닥을 모았다. 간절한 소망은 많았지만 오직 떠오르는 건 돈이다. 돈만 있으면 애들하고 세상을 헤쳐 나갈 것 같았다. 어차피 남편이란 살아있을 적에도 큰 의지가 안 되었다고 치부했던 터.

　세상의 모든 것들은 저마다 살고 죽는다. 마음이 하늘 끝에 닿아있으면 뭣하나. 사람은 얼마나 나약한 존재인가. 그리고 얼마나 사악한 존재인가. 비루하기 짝이 없기는 개새끼나 사람이나 하등 다를 바 없다. 그녀는 몸 따로 마음 따로 가는 것도 생긴 팔자대로라고 생각했다. 이제부터 누구라도 생활을 도와주는 사람이면 구걸도 마다하지 않으리라고 다짐했다. 산다는 일은 그랬다. 아무도 자기 자신의 아픔을 대신해 줄 수는 없는 노릇이다.

　그 남자가 우연을 가장한 만남인 것은 확실했다. 남편이 고용되어있었던 도축업자였다. 남편을 만나러 가거나 고기를 가지러 갔을 적에도 그 남자의 눈빛은 무척이나 끈끈했었다. 장례식장에서 호상 노릇을 하는 양 호기를 부린 일로 가끔 연락을 해왔던 것이다. 만남도 여러 차례였다.

야산기슭의 사찰은 등산로를 비켜난 끝. 일주문 못 미쳐 약수터다. 어둑한 약수터에는 아무도 보이지 않았다. 쫄쫄쫄 떨어지는 물방울들이 바닥에 넘쳐흘렀다. 한 모금 마시고 화장실로 들어갔다. 빨강등산복을 입은 남자를 바로 화장실에서 나오다가 마주쳤다. 조지나의 눈동자가 땡그랗게 커졌다. 그녀의 동공 속에 남자의 엉거주춤한 모습이 흔들렸다. 남자는 부앙하게 큰 목소리로 호들갑을 떨었다.

"아이고 이게 누굽니까?"

"언제 왔어요?"라고 그녀는 대답 대신 물었다. 아마 그녀는 '여긴 웬일이에요?'라고, 물어보아야 했을 것이다. 그렇지만, 두 사람은 등산복을 입었고, 등산로가 시작되는 지점에서 만났으므로 의미 부여조차 애매했다. 남자는 눌러 쓴 검정 모자챙을 끌어당겼다. 그리고 조지나의 주변을 두리번거렸다. 혹시나 그녀의 동행자나 자기 자신을 아는 사람들을 마주칠지 모른다는 생각이 들었으리라. 남자의 그런 조바심을 읽었는지, 그녀는 재빨리 손사래를 치며 웃었다. 그들은 적당히 떨어져서 사찰을 뒤로하여 거꾸로 내리막길을 앞서거니 뒤서

거니 걸었다. 한참을 밤나무들이 우거져 휘돌아나간 길에 들어서서야 함께 걸었다.

"절에 왔던 길이었어요."

"아니, 진즉에 사십구재도 끝났다면서?"

그제야 그녀는 활짝 웃으며,

"울적하면 가끔은 절에 들려요."

"아이구야! 그 친구한테 그렇게 힘들게 살았으면서 그러네"라고 남자는 반말로 빈정거렸다.

"사장님? 저번 장례식 때 그랬잖아요. 앞으로 힘들면 도와주신다고!"

"그럼 뭐, 내가 빈말했나? 당연히 친구네니까, 도와야지."

조지나는 죽은 남편의 친구를 낯가림하지 않았다. 두루뭉술한 그녀의 말본새가 때로는 소통의 지름길 역할을 했다. 남다른 남자를 도덕적으로 자극하지 않고, 은근슬쩍 다가가는 성격 말이다.

＊

이발관은 수요일이 쉬는 날이다. 방소란과 인식 내외, 오인숙과 거제댁까지 오리구이를 먹으러 출발했다. 도시에서 한참 떨어진 족발산은 멀리서 보면 돼지족발처럼 뾰족한 산봉우리 4개가 붙어있다. 남실거리던 호수의 수면은 낮아졌고

산 허리띠는 누렇게 마른 흙살을 드러냈다. 승용차는 가득 찬 사람들을 흔들면서 메마른 호수의 구불구불한 산허리를 휘돌아 나갔다.

오리집 주차장은 산 중턱에 있어 정오의 햇살조차 굼떴다. 선인식은 몇 번 와본 곳이라 빈자리로 쏙 들어갔다. 승용차를 세워놓자 동네의 이웃들은 주차장에서 걸어 나왔다. 그런데 바로 옆 차량의 뒷문을 두 여자가 서성거리며 열었다. 한 여자가 들어가고 키다리 여자가 등을 굽혀 들어가려던 순간이다.

"벌써 먹고 가는 겨?"

소란이 야릇한 웃음을 머금고 누군가에게 말을 뱉었다. 맙소사! 모두가 일제히 시선을 돌렸다. 이쪽으로 고개를 돌린 여자의 화들짝 놀라는 눈이 똥그랬다.

"어머머! 언니!"

조지나는 빨간 입술을 열며 무척 당황한 표정이다. 그녀의 얼굴은 홍당무처럼 발갛게 물들었다. 맛집으로 소문 난 오리집에서 그들은 뜻하지 않게 조지나를 발견했던 것이다. 일행 모두를 발견한 그녀는 더욱 몸 둘 바를 모르는 표정이다. 차 안으로 들어가지도 나오지도 못하고 엉거주춤한 그녀는 얼굴을 휙 돌렸다. 그리고 차 안으로 들어갔다. 방소란은 무슨 마음이 들었는지, 빠른 걸음으로 다가갔다. 함께 온 남자들이 누군지 확인하고야 말겠다는 그녀의 단호함이 엿보였다. 앞 좌석에 남자 둘, 뒷좌석에 여자 둘. 암만 보아도 운전석에 앉은 남자의 이마 위로 머리숱이 듬성듬성한 까마반드르한 낯이 익었다. 확인하고 뒤돌아보는 선인식이 소란에게 눈을 껌벅였다. 모른 척하고 그만두라는 신호였다. 귀신처럼 눈치가 빠른 그녀는 눈을 끔벅하더니 손을 흔들었다. 그러나 "그래, 잘 가"라고 말해놓고는 다시 고개를 갸웃거렸다.

조지나의 얼굴을 본 순간, 소란은 괜스레 심통이 사나워졌다. 얼마 전까지만 해도 언니동생 하며 죽자사자했다. 도축장에서 금방 가져온 성성한 쇠고기며 간과 천엽 따위는 방소란의 목구멍으로 제일 먼저 들어갔다. 함께 붙어있을 땐 동네에서 일어난 모든 일에 관하여 쑥덕쑥덕하며 지냈다. 오랫동안 둘만이 공유했던 알게 모르게 비밀도 적잖은 터. 그랬던 것이니만큼 조지나가 깊숙이 꼬불쳐 둔 웬만한 개인적 비밀은 다 알아야만 직성이 풀렸다. 하필이면 엉뚱하게 이런 곳에서 만날 줄이야. 왠지 서운하고 그녀에게 배신감마저 들었다. 감정은 순간순간마다 변덕스럽다. 애증이란 사랑과 증오가 교차하는 감정의 산물이니만치.

검정승용차는 주차장을 재빨리 빠져나갔다. 그녀를 태운

승용차가 후미진 산길을 빠져나갈 때까지 모두 먼발치에서 눈을 떼지 않았다. 비탈진 산자락의 나무계단을 딛고 올라갔다. 본관의 출입문에서 여자종업원이 구석진 곳을 가리켰다.

고기가 지글지글 탔을 구수한 냄새는 공간을 빠져나가지 못하고 떠돌았다. 소란은 앉은뱅이 상들을 휘휘 둘러보았다. 구석진 곳에 먹다 남은 단 한 곳의 음식상은 아직 치워지지 않았다. 숟가락과 각각 접시가 네 짝이었다. 숟가락과 젓가락이 흐트러지고 밥그릇까지 네 개씩이다. 어쩌면 조금 전 마주쳤던 조지나의 일행일 수도 있다. 아무리 휘휘 훑어봐도 다른 손님들의 흔적은 없질 않은가. 조지나 일행이 분명히 맞다. 어째서 아무도 무슨 말인가 안 꺼낸다 싶었다.

손님의 흔적은 넷인데, 맞은편으로 흰 종이컵 두 개가 나란히 놓여있었다. 커피를 마시다 만 종이컵 안에는 담배꽁초가 짓눌려졌고, 다른 하나의 언저리에는 빨간 입술연지 자국이 찍혀있었다. 음흉한 년! 그러면 그렇지. 그녀는 일 년 전인가? 조지나와 함께 소개를 받은 남성들과 갈비를 뜯었던 기억을 떠올렸다. 회심의 미소를 지은 소란이 기어코 근질근질한 입을 벌렸다.

"아니, 서방 죽은 지가 얼마나 되었다고 저래유?"

"아서! 서방 살아있는데도 저런 여자들은 수도 없이 많다니께."

"아이갸! 죽은 사람만 억울하지, 산 사람은 지하던 짓대로 하능기라."

"남이야 뭘 허건 말 건 내버려 둬요. 지 몸 가지고 지 맘대로 하는데 누가 뭔 상관입니까. 자자, 뭐 주문해야지요? 좋은 자리를 비워주니 우리가 제대로 앉게 되었구먼."

기둥에 기대어서 있던 인식이 그들의 말을 무질렀다. 종업원이 물걸레로 상을 홈치며 주문을 받았다. 소란이 종업원에게 큰 소리로 말했다.

"우리도 생오리 한 마리하고 소주 두 병이유. 맥주도 두 병 더!"

                              *

밍밍한 햇빛이 까무끄름히 숨어버리자 어둠이 창밖에서 서성거렸다. 밤이면 애들 울음처럼 고양이들의 소리가 들렸다. 아옹, 엉 엉엉~. 골목길을 어슬렁거리던 한두 마리는 정육점 앞 시멘트계단 앞에서 서성거렸다. 가끔 우르릉거리며 차량들이 지나갔다. 검은고양이의 커다란 눈이 차량전조등 불빛에 부딪쳐 빛났다. 아이들이 뛰어가며 큰 소리로 부르는 소리도 섞였다. 그리고 가끔 거리를 지나다니는 여인들의 목소리가 셔터문 안으로 스며들었다.

"정육점 문을 닫아버리니 동네가 더 냉랭해진 것 같애."

"아이구 뭐 은제는, 별 수 있었남. 서방 살았을 적만 해도 되든 말든 그렇게 내번져두니까, 잘 될 턱이 없었지."

"계속 정육점을 허긴 어려울 게고 누가 들어와서 뭘 하려나?"

"남편 죽은 지 을마 됐다고, 벌써 서방질 하러 기웃거리는 꼴을 본께 또 뭔 일을 저지를지 몰러!"

키다리아줌마가 던지면 방소란은 포달진 목소리로 대꾸했다. 그녀들의 주고받은 말의 날카로운 화살들이 셔터 문을 뚫고 팍, 팍 그녀에게 꽂혔다. 원, 세상에나! 겉과 속이 다른 그녀라고 짚었지만 이건 너무했다. 옴씰한 생각이 그녀의 머릿속으로 몰려들어 회오리쳤다. 말장난에 휘말린 그녀들의 어리석음 뒤에는 하잘것없는 욕망과 자존심이 도사리고 있었다.

처음 이곳에 왔을 적에는 동네사람 모두 그녀를 형제처럼 따뜻하게 대하여 주었다. 그녀 역시 정육점을 하다 보니, 이웃들과 친해졌다. 때때로 소고기 천엽이나 머리고기 같은 부산물을 싸게 사서 나누어 주기까지 했다. 한동안은 제법 장사도 그럭저럭 되었던 터. 그 무렵에 재개발바람이 불어 은행대출을 끼고 작은 연립주택까지 사두었다. 금방 되팔거나 아파트 한 채라도 얻을 거라는 뜬구름을 잡고 무리하여 사채까지 끌어 썼다. 불황의 그늘이 드리우고 나서였을까. 차츰 시일이 가면서 집안의 어두운 일들과 남편의 포악 적인 술주정에 관한 소문이 퍼져나갔다. 설상가상으로 고깃값이 싼 대형마트나 전문육고깃간이 여기저기 생겨났다. 정육점마저 점점 안 되었다. 생활고가 사람의 자존심을 짓밟았다. 여기저기 돈을 빌려 사채이자를 메꾸면서 이웃들은 조금씩 멀어졌다. 아무리 발버둥을 쳐도 원금이 이자를 낳고 이자는 그녀의 머리끄덩이를 잡아당겼다.

어디서나 즐거운 일도 괴로운 일도 생기기 마련이다. 모두가 사람으로 인해 그렇다. 인간관계는 하도 미묘해서 측정하기 어려운지라 처지와 형편은 저마다 달랐다. 때로는 본의가 왜곡되어 타인에게 전달되면 변명을 해본들 어쩔 도리가 없다. 무조건 상대방을 배려한다고 될 일도 아니다. 방소란과 그녀의 관계가 그렇게 되었다. 한순간에도 사람들이 처한 감정은 제각각 달랐다.

동네의 여자들은 요즘 들어 왠지 그녀가 떫었다. 아무도 말을 나누지 않은 탓에 손님들도 더 줄어들었다. 새로 생긴 정육점으로 단골고객들이 몰려가는 일은 당연했다. 신선도와 더 싼 가격이 그들을 끌어갔다. 껌처럼 붙어 다니던 방소란은 언제 봤느냐는 듯 안면몰수였다.

정육점 가게 안은 시체실마냥 음산했다. 붉은 형광등 빛이 죽어버린 진열장은 관처럼 길게 누웠고 허옇고 육중한 냉장고는 사천왕마냥 떡 버텼다. 가게 안의 구석진 방안에서 기침 소리가 났다. 어둠을 밀어낸 가로등 불빛이 유리문으로 새어 들어와 음습한 골방 문짝의 윤곽을 드러냈다. 삼단서랍장 위에 개켜진 이불이 반쯤 미끄러져 방바닥을 덮었다. 방구석에는 금방 벗어놓은 듯 빨강 오리털 파카가 아무렇게나 던져졌다. 외부와 단절된 공간에서 생각이 생각을 무연히 덮는 상념은 자위행위와 다름없는 시간 허물기였다.

얼굴이 푸석한 조지나는 좁은 방을 훑어보았다. 몇 년 동안을 드나든 곳이다. 그랬음에도 왠지 낯설었다. 아파트에서 정육점으로 출근하면, 그녀의 늙은 엄마는 그때서야 전기밥통을 꺼내 들었다. 엄마가 되었어도 엄마의 마음을 모를 것 같았다. 그녀에게 지워지지 않은 암울한 유년의 기억들. 학교에 가서도 멀찌감치 고무줄놀이하는 아이들을 바라보다가 사금파리를 주워 흙바닥에 낙서를 했다. 아이들은 그녀를 왠지 이상한 눈빛으로 바라보며 옆에 오기를 꺼려했다. 교실 밖에서 또래 아이들과 늘 어울리지 못하고 혼자서 놀았던 때가 많았다. 엄마가 일하는 곳의 기와집 뜨락에는 꽃들이 피어있었다. 피붙이가 아닌 여인들을 이모라고 불렀다, 어린 그녀는.

그녀들은 꽃물이 든 저고리와 치마차림으로 나비처럼 다가와서 그녀의 손목을 이끌었다. "지나야? 이모처럼 예쁘게 해줄게"라며, 입술연지 같은 봉숭아꽃잎을 찧고 짓이겨 손톱에 감아주었다. 모락모락 피어오른 엄마의 담배연기처럼 앞과 뒤가 잘린 채 아련히 떠오르는 기억을 방소란의 얄미운 얼굴이 겹쳐지며 지워졌다.

방소란과 함께 점심을 먹거나 손님이 없을 때는 드러눕던 방이다. 그녀에게는 앞의 평상처럼 그냥 가게이고 쉼터에 불과했다. 그 좁은 방에서 홀로 밤을 샐 적에는 남편과 다투었거나 비가 억수로 왔을 때뿐이었다.

따끈따끈한 전기장판을 손바닥으로 만져보았다. 그녀는 처음으로 엎드려 황톳빛 장판에 코를 들이대고 냄새를 맡았다. 늙은 엄마는 소주를 유리잔이 남실거리도록 부어놓고 긴 한숨을 쉬며 홀짝홀짝 마셨다. 소주를 찻물처럼 입술에 적셔 추억의 낡은 이미지들을 꿀꺽 삼키곤 했던 엄마. 늙어 버그러진 살갗에서 풍겼던 달짝지근한 느낌을 그녀는 이제야 알 것 같았다. 사람의 냄새에 곰팡이 냄새가 뒤섞여 갖가지 추억을 불러들였으므로. 냄새는 뇌리에 깊숙이 갈앉은 이미지들을 불러 모았다. 갓 들여온 핏물이 뚝뚝 떨어진 붉은 고깃살을 날 선 칼날이 저몄을 때도, 만취한 남편의 입에서 났던 냄새에도. 가끔은 후각을 잡아당기며 그런 적이 있었다.

엄마는 얼마나 깊고 깊은 슬픔을 삼켰을까. 너무나 몰랐던 일들이 하나둘 되살아났다. 자신이 따뜻한 아파트에서 자식들과 오글거릴 동안 늙은 엄마는 콜록거리며 새우잠을 잤겠지. 자식이라곤 오직 하나인 그녀의 꿈을 대신 꾸며 이 비좁은 공간에서 시간을 보냈으리라.

그녀는 길게 한숨을 내쉬었다. 내장에서 삭혀진 술 냄새가 퍼졌다. 긴 다리를 오그리고 눈을 감았다. 눈을 뜨면 삶의 신산한 파편들이 날카롭게 달려들었다. 눈을 뜨기가 두려웠다. 전세아파트에 들어가지 않고 이틀째 셔터가 내려진 가게에만 박혀있었다. 아이들은 집에서 컵라면이라도 끓여 먹을 거였다. 소고기 등심이며 넓적다리를 싹둑싹둑 베어 굽던 기억이 휙휙 지나갔다. 핏물이 뚝뚝 떨어지며 손지갑을 채웠던 고깃덩어리들이 그리웠다.

그녀는 한숨을 내쉬고 나뒹구는 소주병들을 발로 차며 울먹였다. 핏발선 눈이 하리망당하게 흔들렸다. 어둠 속에서 형체가 희석되면 타인이 되는 것 같았다. 흐리마리한 꿈과 어중간한 현실이 구분 지어지지 않았다. 희망은 시간을 잠식하는 꿈이었으나 시간이 갈수록 실망으로 변한 현실이 자꾸만 무거웠다. 머릿속에는 질금거리며 가끔 속옷을 적시는 잔뇨처럼 귀찮은 뭔가가 신경을 잡아당겼다. 슬픔은 점점 기쁨보다 더 큰 그늘의 넓이로 커졌다. 그래서 생긴 고독이 슬픔의 깊고 넓은 그늘로 점점 덮쳐올까 두려워 울었다. 조지나는 누군가 들으라는 듯 혼잣말로 되풀이했다.

"여보 너무 힘들어. 너무 힘들다니까!"

좁은 방의 벽이 그녀의 억울한 말소리를 흡수해버렸다. 남편의 죽음이 실제로 다가오지 않고 대낮에 떠 있는 희미한 반달처럼 다가왔다. 관 속의 시신을 보고도 술에 취해 잠든 모습으로만 느껴졌다. 그러나 머릿속을 예리한 송곳이 찔러온 듯 움찔 놀라면 맨정신으로 돌아왔다.

그랬을 적에는 아주 냉정하게 그녀 자신을 되돌아보게 되었다. 숨소리를 쌕쌕거리거나 드르렁드르렁 코를 골던 사람이, 느닷없이 지구의 자전축에서 튕겨 나갔다니! 정신이 제거된 몸이란 한낱 고깃덩어리와 다름없었다. 하물며 영혼의 내밀한 사정을 그녀가 알 리 있겠는가. 얇은 소나무 관속에 누워있는 주검은, 정육점 냉동고에 걸어진 돼지 뒷다리처럼 무덤덤했다. 두려움은 어느 순간부터 차츰 그녀의 가슴을 찍어 눌러왔던 것이다.

철부지처럼 세상을 충동적으로 살았던 남편은 단순한 사람이었다. 살아있을 적에는 그토록 미웠다. 밤새 노름을 하고 도둑고양이처럼 집으로 기어들어 코를 고는 짐승이었다. 말려도 못 들은 척 엉뚱한 일을 저지르면 온 집안이 헝클어졌다. 그럴 때의 그녀는 식칼을 들어 고기를 토막을 치듯 마구 덤벼들고 싶은 충동이 일었다. 지금 생각해보니, 그 또한 단순하고 행복한 나날인 것 같았다. 엊그제의 일들은 아슴푸레한 기억으로 사라졌다. 살다 보니 애증조차 그리워질 때가 있다니. 죽은 자가 살아있는 사람에게 무슨 말을 할 것인가. 그래, 애 아빠에 대한 추억은 슬픔만 불러올 뿐이야. 되돌아 갈 수는 없는 거니까. 죽은 자에 대한 기억은 살아있는 자의 것이다. 불행과 슬픔이 육신 안에서 저물어가는 이유라면, 슬픔은 얼마나 현실적인가. 부모보다 앞서 죽은 자식은 칭얼거리며 엄마의 젖을 빨아대며 쥐어뜯는 철부지 아닐까. 여러 가지 씁쓸한 생각과 망상이 도깨비처럼 그녀의 머릿속을 헤집으며 서성거렸다.

인간의 잘못은 인간의 관계에 종속되어진 부조리에서 비롯된다. 그녀는 어디서부터 잘못 끼워진 것일까? 생각했지만, 낳아준 엄마도 자기 자신도, 남편도 모든 원인은 아니다. 그래서 자기 자신을 어둠에 가두고 울면서 시간 속으로 흘려보냈다.

아무리 발버둥을 쳐봐야 삶의 무게와 부피는 줄어들지 않았다. 삶은 여전히 그녀에게 아우성치는데, 그녀는 오도카니 있을 수밖에 없었다. 내일이 오면 뭔가 달라질 줄 알았다. 그러나 내일은, 내일은 하고 학수고대했건만, 이제 내일조차 기다려주지 않았다. 미래가 희망을 건질 수 없다면 현실은 더욱 곤고할 밖에. 인생이 깔끔한 마무리가 된다면 얼마나 좋을까. 넘고 넘어도 그녀에게 또 다른 일들이 꼬여 들었다. 이제는 그런 일 따위의 되풀이조차 무덤덤해졌다. 살아낸다는 일은 얼마나 힘든 숙명인가.

그녀는 정육점의 셔터 문을 아주 닫았다. 그리고 가끔 동네를 쓸쓸하고 외로웠던지 스치듯 한두 번 발걸음을 했을 뿐.

*

"정육점 엄마가 죽었대."

"무어라고! 아니, 엊그제 오리집에서도 봤고, 남편 죽고도 큰소리 빵빵 쳤잖아?"

"글쎄 말이야."

"왜? 죽었대? 어떻게 죽었대요?"

숨이 넘어가는 목소리로 오인숙이 신예진에게 물었다. 예기치 않은 소식은 사람들을 당황스럽게 만들었다. 이발관 안의 난로에서 훈훈한 온기가 퍼졌다. 선인식이 팔짱을 낀 채 그녀들을 바라보았다. 그녀들이 오기 전에 염색을 하고 떠난 손님 말고는 한가했다. 며칠째 꽃샘추위가 골목길을 흔들더니 한풀 꺾였다. 밍밍한 햇빛이 어디선가 봄을 불러오는가 싶도록 싸늘한 공기는 숨을 죽였다. 선인식이 마시던 커피잔을 내려놓고 거들었다.

"참으로 알다가도 모를 노릇이구먼."

"정육점 엄마, 요즘에도 가끔 여기 왔어요?"

오인숙이 커피잔을 스푼으로 저으며 인식을 올려다보았다.

"오긴 왔는데, 그 아파트에서 다른 곳으로 이사를 간 후 부터는 점점 뜸하더라고."

신예진이 차분하게 말을 이었다.

"남편 죽은 다음에는 머리스타일이 바뀌었던데. 단발머리를 했더라."

그녀들은 선인식의 얼굴을 쳐다보며 못내 궁금한 표정을 감추지 못했다. 그리고 말문을 재촉하는 눈치가 역력했다.

"딸애가 학교에서 돌아왔는데, 안방 천장에 매달린 엄마를 보았다는군. 고무호스로 목을 매달았던 모양이야. 딸애가 겁도 없이 가위로 고무호스를 자르고 제 엄마를 방바닥에 눕히고 경찰에 신고를 했다누면. 아마 여기 살 때도 그 여자애가 태권도 도장에 다녔잖아?"

"고등학교 졸업한 아들은 장애자라 딴 데가 있나?"

오인숙이 펄쩍 뛰며 끼어들었다. 둘째 딸 나영이가 불쑥 떠올랐기 때문이다. 남의 일이 나의 일처럼 겹칠 적에 공감은 거듭되며 마음이 뭉클 와 닿았다.

"죽으려면 곱게 죽지, 왜 어린 것들은 어떻게 하라고… 서방은 죽었다지만 애들 걱정도 안 되었나?"

안방에서 인식의 아내가 말린 수건들을 한 아름 안고 나왔다. 그녀는 의자에 앉아 수건을 개었다. 안에서 이쪽의 대화를 들었던지 혀를 끌끌 차며 그들의 말에 끼어들었다.

"살림집이야 딴 동네지만, 여기서 정육점을 한 지 꽤 되었잖아요. 친정엄마 죽은 지 얼마 되었다고, 또 남편이 죽고… 세상에! 이게 뭔 꼴이야. 하긴, 남편 죽은 지 얼마나 되었다고 저번에 족발산 오리집에서 남자들하고 하는 거 봐요. 남부끄럽게."

"남부끄러운 줄 알면 그랬겠어요."

신예진이 맞장구치자, 오인숙은 두 여인을 번갈아 바라보았다.

"그쪽 동사무소에서 영세민에게 주는 기초생활수급비를 받았다는군."

신인식이 말을 무지르자, 아내는 입을 꾹 닫았다. 두 여인은 영문을 몰라라 하는 표정으로 인식 내외를 번갈아 쳐다보았다. 정육점을 하고 있을 적에 조지나는 값비싼 핸드백을 들고 유행하는 옷으로 치레하여 여유롭게 보였다. 동네사람 누구도 그녀의 형편이 어렵다고는 여기지 않았다. 그게 되레 남에게 돈을 빌릴 수 있고 얕잡아 뵈지 않았다. 내숭덩어리라고 놀림을 받은 그녀는 오히려 그걸 역이용했던 것이다. 그녀에게 가식과 자존심은 어떻게 구분되었는가. 무엇에 홀려 죽음을 불러일으키는 감정을 쫓아갔을까. 누군가는 죽고, 죽은 사람은 이내 잊혀지기 마련이다. 언제나 인간들의 관계에서 끝은 있으니까.

*

밤은 여전히 적막했다. 초승달이 진즉에 숨어버린 까만 하늘에는 별 몇 개만 깜박깜박 눈을 뜨고 있다. 시장 어귀에 드리워진 비닐 차양들이 펄럭거렸다. 가로등은 졸고 덜 꺼진 가게들이 드문드문 불빛을 던졌다. 셔터가 내려지고 투명비닐막이 쳐진 가게들은 대부분 잠들었다. 어둠과 빛은 서로를 보완하며 질시했다. 봄바람은 여전히 싸늘할 뿐이다. 바람은 거리와 좁은 골목길을 휩쓸고 다녔다. 하늘보다 땅 위를 탐닉하는 본능에 살아있는 것들은 웅크렸다. 밍근한 햇빛에는 숨을 죽이더니 어둠 속에 나타난 바람의 속셈을 고양이들은 알 까닭이 없다. 어둠 속에서 가끔 고양이들은 안광으로 보이다가 인기척이 나면 사라졌다. 추위가 남아선지 흐느적거리던 취객들의 볼썽사나운 짓거리도 안보였다. 방앗간 옆의 OK치킨 집 불빛조차 꺼졌다. 밤늦은 시각은 닭다리 살이 이빨 틈에 끼일 리가 없거니와 위장도 잠을 자야 하니까.

시장거리를 벗어난 큰길은 가로수들이 우뚝우뚝 서 있다. 사람 몸통만큼 굵은 플라타너스의 가지들은 싹둑싹둑 잘렸다. 구청의 공무원들은 사다리차량을 받쳐놓고 사정없이 기계톱을 들이댔다. 나뭇가지가 잘려진 그 몰골이 낮에는 처참했다. 그것들은 어둠 속의 실루엣으로 되살아나 뿔 돋은 천하대장군의 모습이다. 그러나 나무둥치들은 살아내려고 다시 움을 틔워 푸르른 이파리를 내밀 수밖에.

삐오삐오~소리를 내던 119구조대 차량이 멎었다. 이발관 맞은편 주택 앞이다. 그 집은 도로보다 낮아서 대문을 열고도 네 계단을 내려갔다. 주황색조끼를 입은 구급대원 셋이서 우르르 주택 안으로 들어갔다. 대원들은 급하게 이동침대를 펴들었던 터. 누군가 응급환자가 있는 게 확실했다. 인식은 물론, 금세 방소란과 이웃 사람들 몇몇이 모여 수런거렸다. 조금 후 거제댁도 회색 스웨터를 걸치고 나왔다.

방 안으로 들어간 구급대원들이 쓰러져있는 늙은 사내를 침대로 옮겨 실었다. 십여 분 후 침대는 하얀 시트가 씌워진 채 바깥으로 나왔다. 차량의 뒷문으로 침대가 올라갈 적에 시트는 약간 벗겨졌다. 늙은 사내의 작은 몸은 보일락 말락 차 안으로 숨어버렸다. 다시 구급차는 신호음을 내지르며 성급하게 골목을 빠져나갔다.

배동산은 집 안으로 불쑥 들어갔다. 방 안에는 문짝 없는 옷장에 걸린 옷가지들과 흐트러진 이부자리뿐이다. 바깥은 합성수지 지붕을 내달아 만든 부엌이었다. 입술이 망가진 밥그릇들이며 판촉물 컵, 휴대용 부탄가스 통들이 아무렇게나 널려있다. 밖으로 나온 배동산이 손을 탈탈 털며 인식에게 물었다.

"혼자 사는 영감인가 보네."

"맞아. 그 영감이 확실해. 왜 그랬을까? 농약 마신 거요?"

"아닌가? 끈끈한 액체라서 모르겠는디, 농약 같으면 냄새가 독할 텐데… 아닌가 벼."

팔짱을 끼고 있던 방소란이 불쑥 끼어들었다.

"뭣 땜시 죽을라고 했을까유?"

"그걸 어떻게 알아요! 그런데, 어저께 나한테 찾아와서 그러더라고. 우리 자식들 전화번호라고 하면서 종이쪽지를 내밀면서 하는 말이, 애비가 죽게 되었으니 와서 시체나 수습하라고. 하도 어처구니가 없고 엉뚱한 말이라서, 어르신? 무슨 말씀을 그렇게 험악하게 하시냐고 입막음을 해버렸더니, 그냥 아무 소리 없이 집으로 들어간 뒤로 지금 이 못 볼 꼴을 본 거요."

상기된 얼굴로 선인식이 사람들을 둘러보며 말했다. 거제 댁이 바로 토를 달았다.

"그럼 신고는 지금 누가 했나?"

"내가 했지요. 저쪽 다른 방에 세든 사람이 내게 달려와 말하더라고. 어제 내가 들은 말도 있고 해서 기분이 이상하여 얼른 뛰어가 봤지. 내가 대문을 열고 돌아가 보니, 방문이 열려있는데 눈을 까뒤집고 뻗어있는 거요. 참 내."

작달막하고 성깔이 고약한 늙은이는 몇 달 전에 단칸방에 세 들었다. 늙은이는 자식들이 있어 기초생활비 지급대상자도 못되었다. 원래 시장근처에서 살았다는 말이 돌았다. 이곳으로 오는 동안 값싼 방을 몇 군데 돌아다녔던 모양이다. 늙은이는 가끔 이발을 하러 오거나 지나가다가 잠깐잠깐 들르기도 했다. 술을 마시면 고래고래 소리를 지르며 지나가는 아무에게나 시비를 붙기 일쑤였다. 말끝마다 자신이 공수부대 출신이라고 하면서.

늙은이는 선인식의 주선으로 주민센터의 생활보호대상자로 등록신청을 했다. 봉사활동으로 길거리에서 쓰레기를 줍거나 놀이터의 청소에 동원이 되었다. 품삯으로 한 달에 60만 원을 받은 한동안 조용했다. 술도 자주 안마시고 제법 잘 지내는 듯했다. 언제부터인지 가끔 나이가 든 여성들이 그 방을 드나들었다고 인식은 그제야 털어놓았다.

"영감탱이가 일흔일곱인가 되는데, 정력이 센 모양이더라고. 저번에는 간병도우미 아줌마에게 덤벼들어 기겁을 했다는 거요. 아줌마가 그 일을 어떻게 처리를 했는지는 모르지만… 그런 일 말고도 가끔씩 늙은 아줌마들을 꼬셔가지고 어떻게 한다는 말도 있고."

"아이고야, 돈도 없는 주제에 여자들이 당하겠네예?"

거제댁이 웃으며 토를 달았다. 이에 질세라, 배동산도 덧붙였다.

"아녀요. 설렁탕 한 그릇에 소주 두 병이면 자빠진대요. 크크크크."

"하모, 멀쩡하게 살아있는 육신들이니 그렇기도 하겠네."

"그러면 저 늙은이를 상대했던 여자들은 몇 살쯤이나 되었능감?"

"아이고, 그런 일이 남녀의 나이와 무신 상관이람. 우후후후."

늙은이는 생사를 걸고 병원에 실려 갔건만 동네에는 웃음이 깔렸다. 나중에는 늙은이가 지닌 밥숟가락이 몇 개며 옷가지 같은 내용물까지 화제가 되었다. 그것도 시들하여 소란이 슬며시 빠져나가자, 서로 눈치껏 하나둘, 흩어져 모두 집으로 돌아갔다.

인식도 이발관으로 들어갔다. 그는 멀거니 거울을 쳐다보았다. 거울 안에는 육십을 넘어선 낯선 사내가 힘없이 서 있다. 인식은 마치 자기 자신의 얼굴에 실려 간 그 늙은이의 모습이 겹치는 느낌을 받았다. 엊그제 오후였다. 이발관 안에 손님이 없는 것을 확인한 늙은이가 슬며시 들어오더니, 던진 말이 뚜렷이 기억났다.

"애들이 어렸을 적에 내가 바람을 좀 피웠어. 하도 아내가 지랄하기에 크게 싸우고는 집을 나와 버렸지. 그 후로 통 집에 들어가질 않았으니까, 아이들을 잘 키웠는지, 어땠는지는 잘 몰라. …몇 년 전에 애들이 어떻게 수소문하여 연락을 해왔더라고. 지 엄마가 병에 걸려 곧 죽을 거라는 말을 듣고 병원에 갔었지. 그러니까 내가 아내에게 해준 거라곤 암이 걸려 몇 개 월동안 간병을 한 것밖에 없어. 지금이라도 아이들에게 갈 수는 있겠지만, 따지고 보면 내가 애비라고 나설 명분도 전혀 없거든. 내가 죽일 죄인인 게지. 그래서 이제까지 몇 십 년을 넝마도 줍고 막노동을 하면서 혼자 살았어. 바람처럼 떠돌다가 여기까지 온 게야."

늙은이가 참회하듯 과거사를 말할 적에는 술 마시고 소리를 질렀던 때와는 사뭇 달랐다. 그 생각을 하며 인식은 대문을 열고 늙은이의 방을 다시 들여다보았다. 단칸방은 반듯하게 정리정돈이 되었다. 삼성유통에 다녀오던 거제댁이 얼굴을 삐죽 내밀며 그에게 물었다.

"어떻게 되었닥 캅니꺼? 죽었닥 캐요?"

"병원에 지금 있답니다. 중환자실에."

"아직은 안 죽었단 말이네? 그라믄 농약이 아니고 수면제를 먹었는강? 자식들이 있다니카이 연락을 했지 싶은데?"

"내게 모르는 번호로 연락은 한번 왔어요. 늙은이의 어떤 자식 놈인지 몰라도, 전화가 와서 병원은 알려주었는데 아직 찾아가지 않았는지, 병원에서 내게로 연고자를 찾는다고 계속 연락이 오네요."

하루가 지나자 동네에서 그 늙은이에 관한 이야기는 쑥 들어가고 말았다. 늘 그랬다. 워낙 늙은이들이 많이 살고 있으니까. 그런저런 사연을 지닌 사람들 또한 한 둘이 아니니까.

227

한숨 섞인 술맛

벗꽃이파리들이 휘날리다가 꽃들이 입술을 열었다. 햇살이 연둣빛 나무들을 튕기면서 갑자기 동네가 밝아졌다. 초등학교 뒷길의 철쭉꽃은 빨강, 분홍, 하양으로 잔뜩 흐드러졌다. 뱀처럼 똬리를 틀어 담장을 휘감은 등나무는 햇잎을 줄레줄레 달고 하늘로 뻗었다. 찬란한 빛깔들은 잠시 우중충한 동네를 아늑하게 꾸며주었다.

─지금 뭐 하고 있어?

"드라마 보고 있는데, 왜?"

─아니, 그냥… 그런데 텔레비전 소리가 울리는 것 같네?

"뭐! 또 시작이야!"

─애들은 집에 있어? 지금 뭐 해?

"뭐하긴 뭐해! 자고 있지. 지금이 도대체 몇 신데, 또 지랄이야."

오인숙은 울컥 화가 치밀어 휴대폰을 방바닥에 내동댕이쳐버렸다. 냉장고에서 캔 맥주를 꺼내 벌컥벌컥 마셨다. 누가 들으면 남편이 끔찍이 집안을 챙기는 거로 착각할 지경이다. 자정이 다 되는 시간에도 전화를 하는 것은 다른 이유에서였다. 그녀는 남편이 자신을 감시하고 있다고 생각했다. 이 행태는, 하루 이틀이 아니다. 전화를 받지 않으면 밤새도록 지남철의 번호가 찍히고 울릴 것이다. 그녀의 남편이 객지의 공사장 숙소에서 잠을 이루려면 오인숙의 전화 응답은 필수였다. 의처증세가 중증이라고 체념을 해보건만 도저히 참을 수 없었다. 그녀는 짜증이 겹쳐져 화가 치밀어 머릿속을 헤집었다.

어느 집이나 고민거리가 없는 것은 아니지만 자식 문제만큼 힘들었다. 작은딸 나영이는 지체부자유 장애자였다. 장애인학교로 전학했으나 이제 곧 졸업을 할 것이다. 새해에는 기술전문학교라도 보내야 했다. 그런데도 지남철은 언제나 말본새가 그대로였다. "애들 문제는 집에 있는 네가 알아서 해! 아니면 네가 나 대신에 돈을 벌어오든지!"

목수로 일감을 찾아 떠다니는지 꽤 오래되었다. 다달이 통장에 300만 원 씩 넣어주는 건 물론 그녀로서 고마웠다. 어디 허투루 쓰지 않고 꼬박꼬박 돈을 부쳐주기가 쉬운 노릇인가. 불경기가 온 나라를 덮치고 있는 판에.

아홉 살이나 아래인 아내에게 지남철의 집착증은 병에 가까웠다. 아내의 입술연지가 진하거나 미용실에 다녀와도 가재미눈으로 바라보았다. 새로 옷을 산 것보다, 왜? 야한 디자인으로 골랐냐고 묻는 쪽이다. 그는 의심 어린 눈초리는 자못 심각한 상태였다.

행여 아내가 다른 남정네와 웃는 낯으로 말만 걸어도 꿍했다. 언젠가 삼성유통에서 남편과 포도송이를 산적이 있었다. 그때 전삼태가 물건을 오인숙에게 건네며 농담을 했다. 이를 지켜보는 남편의 희번덕거리는 눈빛은 예사롭지 않았다. 그런데 이상한 일이 벌어졌다. 며칠 전에 사 온 거봉포도의 맨바닥에 있던 포도송이가 손으로 마구 주물러 터트려졌었다. 분명 싱싱한 물건으로 골라왔었던 터. 하도 이상해서 그녀는 혹시나 하여 딸들에게 물었다. 가영이와 나영이도 모른다고 했다. 아무리 생각한들 영문도 모르는 표정의 딸애들이 그런 짓을 할 이유도 없었다. 필시 남편의 짓거리가 분명하다는 결론에 이르렀다. 그전에도 가끔 이런 일은 있었기에. 화려한 옷가지나 핸드백을 갈가리 찢어놓거나 귀걸이를 쓰레기통에

버리는 짓 따위. 집착은 앙갚음을 다른 일로 엮어 트집을 잡아 부부싸움을 촉발했으니까.

몇백 리 떨어진 공사장에서 장기 체류를 할 때가 문제였다. 하루에도 몇 차례 어김없이 전화를 했으니까. 일정한 시각을 정하지 않고 시도 때도 없이. 즉각 휴대폰을 받지 않으면 어떤 놈하고 함께 있느냐고 먼저 시비를 걸었다. 그녀로서도 남들에게 알려질까 창피해서 쉬쉬하며 어쩔 줄 몰랐다. 동네사람들조차 지남철의 그런 행태를 거의 알고 있었다. 처음에는 연민의 눈길로 바라보던 사람들조차 이제는 으레 그러려니 했다.

면역이란 또 다른 변화를 불러왔다. 언제부터인지 오인숙도 대처하는 자세가 달라졌다. 이제는 바짝 독이 오른 뱀처럼 남편에게 박박 우기며 큰소리를 냅다 질렀다. 이들 부부의 엇박자 난 분위기를 빤히 알면서도 이웃들은 괜스레 쓸데없는 말을 했다. 그녀는 거제댁이나 소란이 자신을 위로한답시고 거드는 말 따위는 더더구나 싫었다.

"아이고, 가영이 엄마는 시방 복 터는 소리 할 텨. 승질머리허군 조금 그렇지만, 마누라를 너무나 사랑해서 그런 것 아니유. 요즘 세상에 꼬박꼬박 생활비를 챙겨주는 그런 사람을 어디서 찾아봐유. 그 집 남편 대신 내가 욕 나올라고 그랴. 중

말 착한 신랑이구먼 그랴. 물론 가영엄마를 이해하지만, 그래도 나는 죽었다 깨나도 그런 신랑하고 한번 살아봤으면 원이 없겠수. 허구 헌날 술 처먹고 집에 와서 살림살이를 때려 부수는 남자들이 을매나 쌨는데 그런 넘들보다야, 양반이지. 암 양반이고말고."

수박 겉핥기식의 남의 말을 들어봤자, 돌아온 건 망신뿐이었다. 남의 약점을 심심풀이 땅콩처럼 으드득 깨물어 먹는 여자들이다. 오인숙도 약아빠져 그런 말을 들으면 고개를 주억거리면서 한쪽 귀로 흘려버렸다. 지 년들이 겪어봤어야 알지. 남의 속도 모르는 여편네들이 겉 번지르르하게 하는 말을 귀담아들을 필요는 없었다. 아이고, 이걸 팔자라고 해야 하나. 아직 구만리나 남은 인생인데, 이런 꼴은 너무 비참했다. 작은딸은 그녀의 무거운 짐이었다. 이팔청춘이 지났는데도 아직 장애인학교를 다녔다. 생긴 것은 그렇다 하더라도 말까지 어눌했다. 열 살 정도의 지능밖에 안 된다는 작은딸 나영이었다.

"어엄마? 빠알리 와서 맛이이 있는 거 해주우라."

그나마 전화를 받고 말할 줄 알아서 다행이라고 스스로 위안을 했다. 오인숙은 전생의 업보가 왜, 이렇게 자신을 꽁꽁 얽어매었는지 울고 또 많이 울었다. 나이가 훨씬 더 많은 남편이라는 작자는 사업 실패하고도 군말 없이 돈은 벌어왔다. 그러나 자식새끼들에게는 너무나 무관심했다. 단순한 노동은 사람의 생각조차 단순하게 만드는 걸까. 밉다가도 가끔은 남편에게 몰아붙이는 일이 미안하기도 했다. 지난 세월만큼 애증 역시 껌처럼 끈끈하게 그녀에게 달라붙었다. 남편에 대한 아픈 기억으로부터 도망칠 수 없었다. 다른 일은 무관심한데, 잠자리에서만은 가히 폭력적이다.

언젠가도 아이들 일이 도화선이 되어 말다툼을 한 적이 있었다. 아이들이 외가에 놀러 간 그날 밤, 서로 딴방에서 잤다. 새벽쯤이었다. 잠결에 누군가 몸을 더듬는 느낌이 들어 살포시 눈을 떴다. 어둠 속에서 어른거리는 사내의 실루엣과 숨소리가 들렸다. 잠갔던 문을 어떻게 열고 들어온 남편임이 분명했다. 지남철은 거친 손으로 그녀의 팬티를 들추었다.

"이게 뭐 하는 짓이야! 빨리 안 나가!"

그녀는 냅다 크게 소리를 쳤다. 부부간에도 예측 가능하지 못한 일이 얼마든지 있다. 아무리 남편이라지만 너무 징그러운 느낌이 왈칵 밀려들었다. 거친 숨소리를 참지 못하는 남편을 억지로 떼밀어 방에서 쫓아냈다. 그런데, 그다음에 무슨 일이 일어났던가. 느닷없이 벽이 뚫어질 듯 쿵쿵, 소리가 크게 들렸다. 남편은 또 발작을 한 것이다. 낡은 연립주택의 벽을 야구방망이로 치면 울려서 온 동네가 떠나갈 듯 시끄러웠다. 더구나 한밤중, 아니 새벽녘이다. 아래층과 옆집에서 올라오는 발소리들이 요란했다. 그들은 현관의 벨을 눌렀다. 밖으로 나간 그녀가 이웃에게 머리를 조아릴 수밖에.

"정말 죄송합니다. 우리 신랑이 술이 많이 취해서요."

그녀는 거짓말로 둘러댔다. 이웃이 그러거나 말거나 지남철은 알 바 아니다. 그에게 물어보라! 그는 이렇게 대답했다.

"왜 한밤중에 쫓아와서 지랄들이야. 미친년 놈들 아냐. 벽과 바닥이 붙어있는 공동주택에서 그런 소음도 이해를 못 하면 지들이 이사를 가야지."

그녀는 하는 수없이 안방으로 들어갔다. 남편은 한 이불을 덮어야만 수그러들었다. 일종의 협박과 진배없는 지남철의 행동은 스스럼없었다. 그녀에게 섹스를 요구하고 관철시켰다. 집착은 음식의 양념처럼 손찌검을 불렀다. 습관이 되어버린 그런 일은 여러 차례 있었다. 젖을 보채는 땡깡쟁이 어린애처럼 남편은 그녀에게 서슴없이 대들었다. 그리고 그녀의 몸에서 떨어지며 꼭 내뱉는 말본새라니.

"남자가 장가가서 뼈 빠지게 돈을 벌어오는 이유가 뭔데? 남편한테 그까짓 몸을 잠깐 내미는 게 뭐가 그리 대단한 거냐고! 나만 혼자 재미를 보는 것도 아니잖아."

*

　장수심의 호호닭발 가게 문이 빠끔하게 열려있다. 오종종하게 생긴 여인은 지금 바로 들어갔다. 들고 온 까만 비닐봉지를 주점의 식탁에 놓고 의자에 풀썩 주저앉은 그녀는 담배를 피워 물었다. 다 타들어 갈 때까지 힘껏 빨았던 그녀는 일어섰다. 생각난 듯 고개를 수그려 비닐봉지에 입을 들이밀었다. 입술을 열고 옥수수처럼 가지런한 앞니로 봉지의 매듭을 건드렸다. 그리고 굽은 손가락으로 묶음을 풀었다. 그 안에 가득 든 녹두알갱이들은 믹서에 갈려지면 빈대떡이 되었다.

　그녀는 빈대떡같이 납작해진 인생, 깍두기처럼 사각사각 씹혀진 인생이었다. 바람을 피운 남편의 손찌검으로 시퍼런 멍이 들 때도 그랬다. 그녀의 건강한 이빨들은 절체 절명한 무기가 되어 사정없이 남편의 손목을 물어뜯었다. 몸은 그녀의 연장이다. 지금까지 그녀를 지탱하게 해준 모든 실체였다.

　그녀는 싱크대에 있었던 대파 뿌리를 다듬었다. 대파의 밑은 하얗고 실했다. 뿌리는 까맣게 염색한 그녀의 머리털과 흡사했다. 파의 껍질이 벗겨지며 매운 냄새가 났다. 그녀의 안구는 파의 기운에 시려 눈물에 젖었다. 눈물을 번지게 한 원인이 대파 때문인지, 머릿속을 바룻바룻 떠도는 이미지들 탓인지는 애매모호했다. 하도 많이 흘렸던 눈물인데 아직도 메마르지 않았다. 슬퍼도 남몰래 우는 게 그녀의 습관이었다. 강하지도 않으면서 강하게 보이는 여성이다. 술손님들의 거칠고 천박한 몸짓까지 아무렇지 않은 듯 꼬나 박았다. 일에 몰두하면 제정신이 아니다가도 혼자 있으면 몹시 서러웠다.

가스레인지 위에서 냄비의 물 끓는 소리가 났다. 그녀는 후닥닥 일어나 다듬던 콩나물을 한쪽으로 밀어놓고 시금치를 넣었다. 푸르고 생기 있는 시금치가 뜨거운 물 속에서 검푸르게 변했다.

*

"왜, 장사가 잘 안돼서 그래?"

요양병원 입원실에 누운 친정아버지가 어눌하게 말했다. 늙은 딸은 고개를 저으며 받았다.

"아니."

아흔이 다된 아비를 내려다보던 큰딸은 닭똥 같은 눈물을 떨구었다. 치매에 든 아비의 증세는 나아지지도 쾌차하지도 않았다. 몇 달 전 의붓어미가 죽었어도 울지 않았다. 왜 그랬는지 몰랐다. 어려서 매를 맞았던 기억들도 나지 않았다. 애당초 친어미와 의붓어미의 구분을 할 수 없었던 탓이다. 그녀는 세상에 태어나서 아예 어미들의 애틋한 정을 느끼지 못했다.

"네 엄마가 요즘에는 통 안 보이는구나."

늙은 아비는 겨우 알아들을 수 있게 입을 달싹거렸다.

어머니가 죽었어요! 라는 말이 그녀의 입안에서 맴돌았다. 정신이 오락가락한 아비에게 그 말은, 차마 생선 뼈처럼 목에 걸려 나오지 않았다. 세상에 태어난 일이 그녀의 선택이 아닌 것처럼 친어미의 죽음 또한 그녀와 상관없다. 태어난 생명은 그 개체의 숙명으로 살아간다. 그녀의 생모는 여섯 살 적에 병으로 죽었다. 이듬해 아비는 다시 장가를 들었다. 집에 들어온 앳된 처녀는 그녀의 의붓어미가 되었고, 이복동생을 다섯이나 줄줄이 낳았다. 이복동생들은 모두 민들레 씨앗처럼 뿔뿔이 흩어져 잘살고 있었다.

이태 전, 아비는 입원하기 전만 해도 가끔 딸에게 들렀다. 시장 골목어귀의 조그만 막걸리주점을. 아비는 늙은 딸이 따라주는 허연 막걸리를 목젖에서 꿀꿀 소리가 나도록 맛있게 마셨다. 걸음걸이가 부자연스러워도 일주일에 한 번씩 딸의 모습을 보고 다녀갔다.

*

불과 한 달 전에 주점이 헐린다는 통보를 주인에게 받았다. 그냥 주거하는 집도 아니고 장사를 하는 가게를 빨리 비워달라며 일방통고였다. 갑과 을의 관계는 현실이며 약육강식의 원리다. 권리금은 그렇다 치고 당장 가게를 얻어야 했다. 새마을금고에서 급전대출을 받았다. 겨우겨우 알아보았지만, 가게를 옮겨야 할 마땅한 곳이 없었다. 보증금을 다 까먹고 가게의 문을 닫은 삼겹살집을 바닥 권리금만 주고 계약했다. 큰길 건너 먹자골목으로 종전의 주점에 비해 비싼 가게다. 훨씬 넓고 깔끔한 건 두말하면 잔소리. 그도 그럴 것이, 실내 인테리어비용까지 만만치 않았다. 가게 이름도 바꿔버렸다. 〈고추닭발〉이라고.

선인식은 개업한 가게에 들어서며 휘휘 둘러보았다. 만나기로 약속한 배동산과 구한술은 아직 안 보였다. 넓은 홀 안에는 둥근 탁자가 십여 개나 놓였다. 술을 마시는 시간이 이르다지만 손님들이 앉은 곳은 두 군데였다.

"저쪽에서는 간판이 호호닭발이었는데, 고추닭발이라니? 간판 이름을 바꿨네. 왜요?"

"아이고, 저거 보면 몰라요."

장수심이 넉살 좋게 웃었다. 그녀가 가리키는 쪽은 출입문 바로 옆이다. 나무로 깎아 니스 칠을 한 커다란 상징물이 어른의 키 높이다. 얼른 보면 서 있는 사람조각상 같은 그것은, 남성의 심벌이었다. 홀렁 까진 귀두며 곁으로 세밀하게 드러난 힘줄까지.

"보면 볼수록 모양은 괜찮은데, 저걸 보고들 모두 한마디씩은 하겠네. 특히 여자들이 더 하겠지."

배시시 웃으며 선인식이 던진 말을 장수심은 대꾸하지 않았다. 구석진 빈 테이블에 자리를 잡은 선인식이 옆에 서 있는 장수심에게 더 물었다.

"그럼 이 집은 체인점인가요?"

"체인점이라니! 본점이요, 본점!"

그녀는 실실 웃었다. 웃음이 가신 얼굴에 어두운 그림자가 설핏 지났다. 그리고 말을 이었다.

"남의 돈을 끌어다 몇천을 처 발랐으니까, 여기서 뭔가 쇼부가 나야 하는데… 모르겠어요."

"임대료가 꽤 비싸겠는데?"

"한 달이면 백오십만 원씩에 전기, 수도세까지 이백은 나갈 거고, 주방아줌마 인건비까지 하면 장난이 아니지요. 내 인건비만 건져도 그리 나쁜 선택은 아니겠지만…"

그녀의 입에서 한숨소리가 나왔다. 인식은 그녀가 먼저 주방에서 갖다 놓은 파전을 먹었다. 그러다 또 물었다.

"임대료는 비싸도 장사는 확실히 목이 좋아야겠더라고요. 같은 가위질도 신도시 미용원에서 하면 몇만 원씩은 그냥 받는데, 나는 지금도 만 원짜리 한 장입니다. 저쪽 가게에 왔던 단골손님들이 모두 이리로 옮겨올까 모르겠네."

"큰 기대는 안 해요. 반만 와도 대박이에요. 막걸리를 마셔도 서로 분위기가 다르니까,"

"어허! 간판이 저번하고 달라서 한참을 밖에서 서성거렸네."

문을 열고 배동산이 호기롭게 큰소리를 내며 구한술과 함께 들어왔다. 두 사람은 자리에 앉자마자 천장부터 바닥까지 휘휘 둘러보았다. 그러더니 웬걸, 배동산이 인식을 내려다보며 툭 던졌다.

"저런 고추를 달고 다니는 사람이면 킹콩보다는 훨씬 더 크겠쥬?"

"그걸 말이라고?"

"왜 그랴?"

"영화에 나오는 킹콩의 손바닥에 노는 금발아가씨와 비교하면 답이 나오지."

"그런 거 따지지 말고, 한 차원 생각을 높여 봐요. 저걸 받아 줄 물건이나 생각해 봤수?"

"아 맞다, 맞네. 사장님? 그란디 저거 하고 짝지어 줄 물건은 왜? 안 만들었시유."

낄낄낄 웃느라 정신없는 그들에게 장수심이 다가왔다. 그녀는 눈을 흘기며 푸지게 만든 해물파전이 든 접시를 가져다 놓았다. 푸른 소주병을 든 선인식이 배동산과 구한술의 유리잔에 술을 따랐다. 배동산은 술잔을 들기 무섭게 울대에서 꿀꺽꿀꺽 마시고 카아~소리를 냈다. 그러더니 젓가락으로 둥그런 파전을 큼직하게 떼어내 볼이 메어지도록 우걱우걱 씹었다. 구한술이 배동산을 곁눈으로 슬쩍슬쩍 바라보며 술잔을 거푸 따랐다. 그들은 닭발안주가 놓이기도 전에 벌써 소주 두 병을 비웠다.

*

시장거리에 있는 OK치킨집 주인은 작달막한 남자다. 그는 십 년 가까이 동네에서 살았다. 오토바이를 타고 동에 번쩍 서에 번쩍하는 날은 아닌가 보았다. 부지런히 골목길을 오가는 때도 매번 생기지 않았다. 불경기의 골이 깊으면 작은 먹거리까지 영향을 받았다. 토막 낸 닭을 기름에 튀기는 방법은 거의 같은데 소비자의 입맛을 따라 식감을 바꿨다. 부드러운 것, 바삭바삭한 것, 새콤달콤한 양념을 바른 것 따위로. 수시로 간판이 바뀌는 게 치킨 가게들의 속사정이었다.

거무스름한 얼굴의 주인 남자는 부지런하여 가만히 있는 성격이 아니다. 배달이 없을 적에는 가게를 쓸고 닦았다. 가끔 가게에 나와 자리를 지켜주는 아내처럼 스마트폰이나 만지작거리지 않았다. 그는 뭐든 미리 해두어야 마음이 놓였다. 그래서 냉동고에 들어있는 재료들을 손질했다. 먼저 맛소금과 단무지를 꺼내 비닐봉지에 소포장을 했다. 기름의 온도를 서서히 올려 초벌 튀김도 해두었다.

해 저물 참에 끄무레하더니 묵직한 저기압이 공기층을 끌어당겼다. 그새 빗방울이 떨어졌다. 가게 문을 열고 손님 셋이 들어왔다. 널찍한 치킨집 안은 썰렁했다. 오인숙이 말문을 트고 뒤따라 선인식과 신예진이 자리를 잡았다.

"어머, 손님이 없네. 우리가 첫 손님이에요?"

주방에서 나온 주인 남자는 말수가 적어서 기껏 해봐야 살포시 웃는 게 고작이다. 그는 웃는 낯으로 오디오를 켰다. 허스키한 목소리의 애잔한 노래가 흘러나왔다. 립스틱 짙게 바르고~

물론, 그녀들 중에서 립스틱을 짙게 바른 여자는 없다. 세 사람만 달랑 앉았다. 다리를 짤름거리는 선인식은 통로 쪽의 의자를 좋아했다. 벽 쪽은 발 뻗기가 불편했다. 수요일이라서 이발관은 쉬는 날이다. 두 여성은 가까운 직장에서 퇴근하여 중간에 만났는데, 선인식 내외를 불렀건만 한 사람만 나왔다. 엊그제까지 긴 머리를 짧은 스타일로 바꾼 오인숙, 긴팔의 검정블라우스를 입은 신예진과 초록 바람막이 점퍼를 걸친 선인식이다. 그들은 이 집의 먹거리 내용을 빤히 알고도 벽에 붙은 메뉴판을 쳐다보았다.

☞바비큐치킨 15,000원 ☞양념치킨 16,000원 ☞마늘간장치킨 17,000원 ☞윙윙 봉&다리 17,000원 ☞기본세트메뉴 20,000원(치킨 1마리+소주(생맥주 1,000cc) 1병+콜라 500ml)+쿠폰 1장

※오전 11시부터 밤 11시까지 신속배달!

"그냥 기본으로 시키자구요."

"호프 석 잔에 기본으로!"

오인숙과 인식이 동시에 주방 쪽에 대고 큰 목소리로 말했다. 강냉이튀김과 흰 거품이 철철 넘치는 누런 생맥주잔이 탁자에 놓였다. 인식이 맥주잔을 들고 잔들과 부딪쳤다.

"우리 건강을 위하여!"

그는 갈증 난 것 마냥 술을 꿀꺽꿀꺽 목구멍으로 넘겼다. 그녀들도 제법 잔의 수위를 줄였다. 그랬다. 날마다 직장은 이발관이고 집이었다. 인식은 쉬는 날에도 해방감을 못 느꼈다. 두 여성도 마찬가지였다. 새벽 일찍 상가빌딩에 출근하여 한나절 청소 일을 하면 오후 퇴근이었다. 집에 가봐야 심심할 때가 많았다. 오인숙의 남편은 제주도로 일하러 갔고, 신예진의 남편은 개성공단에 있다. 가끔 인식의 아내와 방소란이 끼

어들 적도 있었다. 그녀들의 남편보다 나이가 더 들었어도 센스 있는 인식은 오빠 같았다. 대화와 넘치는 우스개로 즐겁게 했을뿐더러 상대방의 고민을 함께 풀었다. 어설프고 걸쩍지근한 대목은 술 마시듯 술술 넘어갔다. 딱 부러진 듯 부드러운 성품은 고통스런 삶을 이겨 나온 그의 특유한 성격이다. 그녀들과 몇 년의 세월과 분위기를 공유하다 보니 자연스런 측면도 있다. 주방에서 기름이 끓어 닭을 튀기는 냄새가 솔솔 풍겼다.

"밖에 비가 오니 술맛 좋고!"

조용한 성품의 신예진이 웃으며 내뱉었다. 고소한 기름 냄새를 풍기며 닭튀김이 접시에 담겨 나왔다. 신예진이 먼저 닭다리를 집어 아삭아삭 소리가 나도록 씹어 먹었다. 모두 말없이 생맥주를 기울여 찔끔찔끔 마셨다. 말없이 듣기만 하던 오인숙이 맥주잔에서 입을 떼며 자조 섞인 말을 했다.

"난 술에 중독이 되었나 봐? 그렇죠? 언니?"

"아닐걸! 누구나 그 정도는 다 마신다. 안 그래요?"

그녀에게 손을 내저으며 신예진은 인식에게 동조를 구했다. 오인숙을 위로하려는 마음이 역력한 것을 아는 그도 눈으로 끔벅거렸다. 자기 자신이 장애인이라는 사실 때문일까. 오인숙을 감싸는 마음조차 동병상련이다.

"같이 나가자니까, 피곤하다고 혼자 가라네. 오늘은 날이 궂어서 등산은 못 했지만 집사람도 나도 바깥바람을 쐬었으니까, 뭐 미안하지도 않네. 그냥 기분은 좋아요. 모두 우리 이웃사촌들 덕분입니다."

부부가 걸었던 건 등산이랄 것도 아니었다. 맑은 천을 따라서 4킬로미터쯤 돌아다녔다. 하루 내내, 일주일을 몽땅 부부간에 함께 붙어있었는데, 운동까지. 립스틱 짙게~는 진즉 지나가고, 숨어 우는 바람 소리~가 애잔하게 들렸다. 그때 누군가가 출입문을 열고 들어왔다.

"어머머! 이게 누구야? 인숙이 아냐?"

우산을 접은 여인이 호들갑스럽게 다가왔다. 시장거리 끝에서 옷가게를 하는 현대의상 여자다. 모두 아는 사이였다. 옷집 주인과 인식은 주민센터에서 한 달에 한 번씩 만났다. 중앙동 주민자치위원회 회원들이다. 주민들과 행정관청의 친목유대를 명분으로 만들어진 단체였다. 처음에는 행정기관의 입김 때문에 반신반의하여 형식적 만남이었다. 시일이 지남에 따라 서로 밑질 것 없다는 이해득실이 한몫을 한 셈이어서 점점 장사나 사업하는 이들이 거의 회원이다.

그녀는 화사하게 생긴데다 인사성이 밝았다. 사람들에게 정이 새록새록 들게 하는 웃음 띤 얼굴을 잘못 오해하는 사내들이 가끔 있었다. 쉰 살인 그녀는 작년에 유방암수술을 했다. 병치레로 주름살이 늘었지만 화장발이 먹혀 마흔 중반으로 보였다. 치킨집 안주인과 곧잘 붙어 다니는 그녀에게 오인숙이 불그레한 얼굴로 말을 걸었다.

"언니? 어쩐 일이야? 안 바쁘면 앉아도 돼."

"정말? 고맙구나. 저, 여기 앉아도 되어요?"

"당근이지요. 여기! 생맥주 추가요!"

선인식은 그녀가 옆에 앉자마자 목소리를 높였다. 오인숙은 앞의 닭튀김접시를 옮겨 거들었다. 인식은 아내와 둘이서 산책을 다녀와선지 편하게 마음이 놓였다. 생맥주 한잔에도 기분이 좋았다.

"자자, 우리 모두를 위하여 한 번 짠! 하자구요."

"가영엄마야, 우리 자주 얼굴 좀 봐. 내가 아픈 뒤로는 처음이지 아마?"

"아니야 언니! 언젠가 삼성유통 앞에서도 봤잖아요."

"그랬던가? 아무튼 자주 좀 보자, 응? 우리 집에서 옷을 안 사 입어도 그만이야. 오호호호."

옷집 주인 여자는 얼렁뚱땅 웃었다. 언젠가 바가지를 쓴 이유로 가게에 발을 딱 끊은 오인숙과 둘만이 아는 의미였다. 서울에서 유행이라며 반값이라던 바지를 비싸게 샀다. 눈치

가 빠른 오인숙은 나름대로 애써 분위기를 추슬렀다. 신예진
은 아예 옷가게에 가지 않은 지라 고개만 까딱했을 뿐이다.
선인식이 대화를 주도해 나갔다. 그녀들은 이웃들의 얘기는
할망정 자신들의 집안 사정은 입도 뻥긋하지 않았다. 땅콩접
시를 가져온 주인 남자가 난감한 표정으로 둘러보며 물었다.

"밖에 비가 제법 오는데, 우산들 가져왔어요? 우산이 둘밖
에 없는데, 네 사람이니 어쩐대요?"

"아이구, 걱정도 팔자여. 우리가 알아서 쓰고 가면 돼."

인식이 대답했다. 생맥주잔이 몇 개 더 들어오고 빈 잔은
가져갔다. 뜬금없이 오인숙이 말을 꺼냈다.

"삼성유통 사장님은 이런 델 끼지 않아서 주민센터 회의
때나 얼굴을 보겠네? 그지? 언니."

"아아, 그 친구 말은 꺼내지도 마요! 여러 가지 사업을 벌
려가지고 무척 바쁜가 봐."

인식의 대꾸가 떨어지자마자 잽싸게 오인숙이 거들었다.

"청춘사업도 하시고요?"

"에잇! 술맛 떨어져"라고, 인식이 손사래를 치며 말을 잘랐
다. 오인숙은 들은 듯 만 듯 제 하고 싶은 말은 그대로 내지르
는 성미였다.

"세상에 여자가 있으니까 남자가 있지요. 불륜, 불륜 그렇

게들 말하지만 여자나 남자나 혼자서는 절대로 바람을 못 피우는 거 아녀요? 그게 손바닥이 마주쳐야 소리가 나는 이치와 같은 거죠."

오인숙과 선인식이 큰소리를 내며 웃었다. 신예진은 옷집 여자를 슬쩍 훔쳐보며 손으로 입을 가렸다. 옷집 여자도 마지못해 억지웃음을 띠었다. 그녀는 주민센터 친목회의 때마다 전삼태의 옆에 바싹 앉았다고 구설수에 오는 적이 있었다.

잠깐 조용했나 싶더니, '잊지 못 할 빗속의 여인~'이 흘렀다.

이때 옷집 주인이 슬그머니 일어서더니 머뭇거렸다. 주인이 다른 CD로 바꾼 모양이다.

"나 먼저 갈 일이 있어서…"

그녀가 일어나가면서 출입문을 열었다. 비에 젖은 신중현의 목소리를 그녀는 휘감고 나갔다. 바깥에서 쏟아지는 빗소리가 안으로 요란하게 밀려들었다. 선인식이 주방 쪽을 다녀오더니 이쪽으로 손을 흔들었다. 계산을 했다는 신호다.

모두 일어섰다. 함께 걸어가면 금방 소문이 퍼지기 십상이므로 삼성유통 쪽으로 돌아가는 길을 피했다. 학교 정문에서 운동장을 가로질러 후문으로 빠져나가는 지름길이 있었다. 우람한 수양버드나무가 그들을 내려다보고 있다. 낭창낭창 휘휘 늘어진 가지들은 이른 봄이면 자잘한 연둣빛 싹으로 돋아 초겨울에야 낙엽을 떨구었다. 약한 듯 보이면서 강한 생명력이었다. 쏴아~ 점점 빗방울이 굵어졌다. 회창거리는 실버들가지 밑을 막 지났을 때였다. 신예진과 3단 우산을 함께 쓰고 걷던 오인숙이 소리쳤다.

"저기요? 함께 쓰고 가요!"

축구 골대를 앞서가는 인식이 뒤를 돌아보았다. 갑자기 오인숙은 박쥐우산 속으로 뛰어 들어왔다. 그리고 말했다.

"저 우산은 작은데 둘이 쓰고 이건 넓은데 혼자면 불공평하잖아요."

인식은 순간 당황했다. 만약에 저쪽의 신예진이 오해하면 어쩔까 하는 생각이 불쑥 들었다. 아무리 이해심이 많다고 한들, 남녀의 경계는 가깝고도 멀다. 그렇지만 신예진은 자기 자신과 상관없는 일에는 끼어들지 않는 성격이다. 오인숙이 오늘따라 왠지 생맥주를 많이 마신다 싶었다. 혹시 무슨 집안의 긴요한 문제를 말하려는 핑계가 아닐까? 가끔 작은딸에 관한 문제가 생기면 그에게 의논을 하던 처지였으니까. 몇십 년을 동네에서 여자문제로 구설에 휘말리지 않았던 선인식이다.

호졸근하게 어깨에 젖어 든 빗줄기 때문일까. 오인숙의 무게 중심이 짤름거리는 그의 몸으로 갸우뚱하게 쏠렸다. 뭔가 뭉클한 느낌이 어깨로 전달되었다. 어깨에서 머리로 전이된 묘한 느낌이 마법에 걸린 듯 전율했다. 갑자기 다리가 휘뚝 꺾이는 느낌이 들었다. 바투 정신이 들었다. 비틀거리는 걸음으로 몸을 피할수록 그녀의 젖가슴이 어깨를 밀었다. 낮살 차이가 있어도 남성과 여성이라는 엄연한 사실이 무거우면서 이상야릇했다. 주책없는 가운뎃다리가 깜짝 놀라서 불끈거리는 게 귀찮지는 않았지만 은근히 부담스러웠다. 그러자, 그녀의 남편 지남철의 비웃음 감도는 얼굴이 떠올랐다. 어둠 속이라지만 집이 가까울수록 아는 사람 천지였다. 안 보여도 사방에 깔려있는 게 사람들의 눈동자다. 동네사람들 중 누구 하나가 봐도, 내일 아침나절이면 뉴스로 쫙 퍼지는 판국이다.

그런 생각들이 후딱 머릿골을 당기면서 가운뎃다리는 갑자기 풀이 죽었다. 오인숙은 밀착하고 그는 틈을 벌리기를 시소게임 했다. 그러나 빗줄기가 억수로 쏟아지는 이 마당에는 누구나 어쩔 도리가 없다. 학교 건물을 돌아 식당을 지나서 후문이 보일 때였다. 오인숙이 불쑥 한마디를 흘렸다. 그건 뜻밖의 말이었다.

"아저씨? 아니, 오빠? 저 부담스러우세요?"

"무슨 뜻?"

"그냥 남매처럼 지내면 어때서요. 우리 신랑 때문에 그렇죠?"

"뭐, 꼭 그런 것은 아니고…"

"뭐예요! 기면 기고 아니면 아니지! 비겁하게."

오인숙은 버럭 목소리를 높이며 말문을 막아버렸다. 아, 내가 비겁? 인식은 다시 빼빼마른 지남철의 모습이 떠올랐다. 그리고 부지불식간에 얼른 뒤를 돌아보았다. 저만치 따라올 신예진은 어둠에 가려져 안 보였다. 우산대를 가운데로 둘은 여전히 함께 걸어갔다. 두 사람 다 한쪽의 어깨가 후줄근하게 젖었다. 묘하면서도 난감한 여운이 선인식을 감돌았다.

빤들빤들한 바람

　　　　　　　　　좌악 쏟아지는 햇볕이 거리를 가득 채웠다. 검정고양이가 정육점 옆에 길게 엎드려 있다. 지나가던 늙은이가 지팡이를 짚으며 탁탁 소리를 냈다. 순간, 고양이는 벌떡 일어서며 멈칫거렸다. 그러나 그뿐, 주둥이를 크게 벌려 하품을 하더니 어슬렁거리며 자신의 몸과 늙은이의 몸을 재보듯 앞다리를 길게 폈다. 어둠을 먹고 사는 네발 달린 짐승은 늙은이가 자신과 크게 다를 바 없음을 알아차린 것인가. 인간들을 대수롭지 보아온 게 어제오늘이 아니었다. 인간이 무섭지 않은데, 눈을 찌르는 햇빛 또한 그다지 두려울 일이 아닌 모양이다. 저쪽에서 오토바이 소리가 귀 따갑게 들렸다. 고양이는 그제야, 후다닥 내빼더니 두 집 건너

담장 위로 쑥 올라서며 대가리를 뽑아 으쓱했다. 그리고 두리 번거리다가 사라졌다.

콘크리트전신주의 아랫도리는 노란 철판을 둘렀다. 까맣게 쓴 〈노인보호구역〉 글자 밑으로 안 치워간 쓰레기봉투들이 뒹굴었다. 아까부터 아앙, 아아앙. 어디선가 아이 우는 소리가 들리는 듯했다. 소리가 난 곳은 정육점 옆 골목을 지난 전신주 근처다. 아이 울음소리와는 뭔가 다른 소리의 진폭이다. 아이 우는 소리가 아니다.

웬걸, 고양이 한 마리가 누워있다. 발정 난 누런 암고양이는 뱃가죽의 흰줄무늬가 보이도록 몸뚱이를 이리저리 굴렸다. 전신주의 그림자가 드리워진 그늘 속에는 귀를 쫑긋한 채 두리번거리는 검정고양이다. 암컷을 지켜보던 검정 수컷은 크게 뜬눈으로 안절부절못하며 달려갔다. 그리고 누런 고양이의 꼬리 밑에 주둥이를 들이댔다. 또다시 들리는 아이의 징글징글한 울음소리 같은 것. 암컷의 페로몬 냄새를 못 견디하며 수컷이 내지르는 소리였다. 흰 차선이 그어진 안쪽에서 사람이 보건 말건 암·수의 그것들은 사랑을 나누고 있다.

그곳을 지나 왼쪽 길을 돌아가면 늙은이들이 들락거리는 곳이다. 거무튀튀한 벽돌건물은 멀리서 보아도 조악했다. 비탈진 곳을 깎아 지은 건물은 안팎이 우중충했다. 바깥주차장에서 보면 1층 식당이 뒷면으로 들어가면 지하층이다. 2층은 유아원, 3층은 사무실과 회의실, 4층은 노인들의 휴식 공간과 장애인들의 학습공간이었다. 승강기도 없는 4층이 늙은이들의 공간이라니! 지은 지 꽤 오래된 성총복지재단이다. 고아원으로 출발했던 건물은 이제 소외된 사람들에게 봉사하는 곳으로 바뀌었다. 미국인에게 건물을 물려받은 목사는 서울로 떠났고 그 아들이 유산으로 받았다. 그러나 실제 운영하는 사람은 전혀 달랐다.

오전 11시만 되면 갑자기 어디선가 몰려온 사람들로 북새통이다. 노인들이 떼거리로 나타났다. 미역국이 끓기도 전에 노인들은 길게 늘어섰다. 끼니 500원의 식사는 반찬이 거의 없다. 국밥, 자장면, 막국수, 비빔밥, 볶음밥 따위의 한 그릇에 담아내는 메뉴였다. 최대한 예산을 줄이는 착한 가격이다.

전삼태의 트럭이 아침이면 농수산물도매시장에 들렀다가 맨 먼저 이곳에서 멈췄다. 가게의 매출 절반을 차지하는 곳이었다. 그는 복지재단 공터에 트럭을 세웠다. 대파 묶음과 감자부대와 생선상자를 두 팔로 불끈불끈 들어서 식당 주방에 내려놓았다. 처음에는 일주일 전에 받은 영양사의 식재료주문서대로 물건을 가져왔다. 언제부턴가 주문서는 형식에 불과했다. 농산물과 수산물의 가격이 수시로 춤추고 날씨에 따라 재료 확보가 다르다는 그의 주장을 복지관에서 양해해 주었다. 장유와 양념 종류는 일주일 간격이었으나 이제는 제 맘대로 가져왔다. 운전석의 클랙슨을 가볍게 빵 빵빵~ 세 번을 누르면 사무원이나 영양사가 나왔다. 그가 별도로 준비한 고기 봉지나 종이백을 내려놓으면 그녀들은 수량조차 확인을 안 하고 서명했다. 트럭은 잽싸게 다음 배달장소인 중학교 급식소로 내뺐고, 맨 마지막으로 자신의 가게에서 멈췄다.

*

무더위가 가시지 않은 사위는 캄캄했다. 가로등 불빛조차 띄엄띄엄 졸고 있다. 삼태는 가끔씩 뒤를 돌아보며 호젓한 중학교의 뒷길로 걸어갔다. 이쪽 길은 초등학교와 달리 CC−TV도 후문 앞 전신주에 딱 한군데였다. 그나마 설치한 지가 오래되어 까막눈이다. 삼태는 그걸 알았다. 주민센터에서 대충 들어서 동네 안에 어디쯤 몰래카메라가 엿보고 있는 것쯤은 훤했다. 낮은 사철나무담장으로 질러 걸어가면 영상에 찍힐 리 없다. 먼발치에 걸어가는 실루엣은 웬 여자였다. 그 여자는 이쪽 삼태의 존재를 알고 있는 듯 천천히 걸었다. 중학교의 오랜 연륜처럼 히말라야시다 나무들이 우뚝우뚝 서 있다. 굵은 나무들은 튀어나온 눈알을 부라리는 거대한 장승마냥 그들을 지켜보았다. 각진 돌로 쌓인 후문에는 수위실이 안 보였다.

삼태가 여자에게 재빨리 다가가며 허리를 툭 쳤다. 비척거리는 그녀에게서 술 냄새가 훅 끼쳤다. 그는 전혀 모르는 사람마냥 여자를 비켜 앞질렀다. 저만큼 뒤떨어진 여자와는 누가 봐도 동행이 아닌 듯 보였다. 희미한 마지막 가로등 불빛이 삼태를 잠깐 비쳤다.

그는 교문 안으로 들어섰다. 여자를 앞서가니 뒤서거니 별관 쪽으로 유도했다. 그곳은 구내식당이 있으며 옆으로 수목이 울창했다. 사람들의 눈을 의식한 것은 그녀 역시 마찬가지였다. 의식이란 사람과 인간의 구분이다. 경계심이란 보호의 본능이므로 몸뚱이의 구석진 데까지 퍼져있다. 바람결은 가끔 엉뚱하게 사물의 방향을 바꾼다. 수컷은 보다 많은 암컷을 탐하고, 암컷은 보다 우수한 수컷을 차지하려 드는 게 동물의 본능 아닌가. 인간이라는 동물은 자기 자신의 씨앗을 보전하기 위해 윤리를 만들었다. 윤리는 도덕의 굴레로 불륜을 만들었다. 분출되는 본능이 옷을 걸치게 한 인간의 이중성으로 언제나 파멸의 시한폭탄을 안고 있다. 동물의 본능은 인간의 법도를 앞섰다. 벌과 꽃이 서로를 탐닉하는데, 누가 말려!

오래된 학교건물들 사이로 굵고 큰 나무들이 우뚝우뚝 서 있다. 컴컴한 사위 어디선가 풀벌레 우는 소리가 뚝 그쳤다.

드넓은 교정에는 멀리서 우르릉 우르릉하는 소리가 울렸다. 멀리서 간헐적으로 차량들이 지나가면서 고요를 깼다. 여자가 별관 옆 나무벤치에 흔들거리는 몸을 던져 앉았다. 여자에게서 향긋한 비누냄새가 났다. 냄새는 또 다른 냄새의 이미지를 불러냈다. 지독한 마늘냄새가 불러오는 말대가리처럼 길쭘한 마누라의 얼굴. 뇌리에서 순간적으로 발생한 이상한 일이다. 수컷이 새로운 암컷에게 깊숙이 **빠졌을** 적에는 이미 스쳐지 나간 모든 암컷들은 지워지기 마련이었다.

그들은 나란히 앉아있다. 숨어있는 곳은 얼른 보이지 않았다. 운동장이 희미하게 보이는 어둠은 사물의 민낯을 가렸다. 삼태가 갑자기 오른손바닥으로 왼 팔뚝을 세게 때렸다. 앵앵 ~ 살아있는 모기떼가 먹거리를 훔칠 시간이다. 풀밭에 숨었던 각다귀들이 삼태의 드러난 살갗을 물어뜯었다. 종아리며 손등의 얇은 살갗을 빨대 침으로 뚫었다. 실핏줄에 흐르는 맛있는 에너지인 샘물을 마다할 모기는 없다. 그는 곤충들이 몹시 귀찮았지만, 별달리 방법이 없다. 후끈 달아 여기까지 왔는데 어떻게 하겠는가. 의뭉한 속셈을 계산기로 찍어보고 왔는데 포기라니. 따끔하고 가려운 느낌보다는, 사타구니에서 솟아오르는 힘을 억제하기가 더 어려웠다. 여자의 등짝에 왼손바닥을 대고, 오른손으로는 그녀의 허벅지를 만지작거렸다. 여자가 간지러운지 몸을 비비 꼬았다. 삼태는 갈증을 못 참는 목마른 짐승처럼 거칠었다. 딸꾹질을 멈춘 여자가 슬며시 말문을 텄다.

"어떻게 또 이런 곳에요?"

"얼라 거 뭔 소리여. 시간이 없으니 그런 거."

"아무리 그래도 이상해요."

"뭐가 이상혀? 이상할 거 하나도 없구먼. 아는 년놈덜 눈에 라도 띠어봐. 우리 둘 다 골 때린 다니께."

"그전처럼 택시 타고 모텔로 가면 되는데…"

"그게 다 뭔이간? 속 터지는 소리 허지를 말어. 돈이 문제가 아녀. 천지에 보는 눈들이여. 길거리에서 들키면? 등잔 밑이 어둡다고, 이런 데가 오히려 안전 혀유."

여자는 못 미더운 앙탈도 잠시, 삼태에게 엉켜 들었다. 다짜고짜 얼굴을 비비며 서로를 빨아댔다. 부싯돌이 불씨를 흘려 본능의 불길이 막 지펴졌다. 타오르는 뜨거운 갈증으로 서로를 핥았다. 본능의 빨대를 꽂고 허겁지겁 물을 마시는 사람이라는 동물들. 여자가 그 남자의 등을 긴팔로 끌어당겼다. 삼태는 숨을 할딱거리며 급하게 손을 놀렸다. 손을 치우며 여자스스로 벗었다. 어둠을 헤친 희읍스름한 빛이 허벅지를 어슴푸레하게 드러냈다. 수컷도 바지를 훌훌 벗어버렸다. 어깨에 걸린 거추장스런 반팔셔츠까지 내던져 밀착된 허연 알몸들은 하나로 엉켜 구물거리며 서로를 끌어당겼다. 뱀처럼 칭칭 똬리를 틀었으니 빠르게 달릴 수밖에. 무더위에 가열된 땀샘에서는 끈끈한 물기가 흘러나와 그들을 옭아맸다. 거친 행위를 한숨으로 마친 수컷은 허기를 채운 여유가 묻어났다. 느닷없이 사방을 휘휘 둘러보며 삼태는 낮은 목소리를 꺼냈다.

"보는 사람 없었쥬?"

"에이, 김새게 그런 말을 왜 해요?"

"그게 다 무신 말이간?"

"하여튼 마누라라면, 겁도 많아."

"얼라 뭔 소리를…"

"아니긴 뭘 아녀요."

"자기는 증말 재미없는 말만 늘어가지구설랑, 나 시방 욕나올라고 그랴."

여자는 옷을 추스르며 다그치듯 무겁게 가라앉은 말로 대꾸했다.

"내가 당신한테 뭘 바라고 이런 줄 알아요?"

"증말 이럴 껴? 냄들도 이러지는 않을껴. 기다려 봐봐유. 내가 다 알아서 할 테니께."

"알기는 뭘 알아요! 이제까지 내가 뭘 해달라고 한 적이 있어요? 그냥 자주 만나만 달라고 하니까, 그게 그렇게 어려워요? 어려운 일이냐구요!"

여자의 말 속에 든 의미를 삼태는 얼른 이해하기가 어려웠다. 뭘 해달라는 적이 있네? 읎네? 돈을 요구하는 것이랑가. 그것이 아니라면, 뭣이여.

삼태는 그녀의 말뜻을 어렵사리 유추해보았다. 만약 돈 이야기라면? 증말로 말도 안 되는 게 웃기는 소리였다. 그의 주머니는 하도 깊어서 한번 들어간 돈은 절대로 나오지 않은 건 불문가지. 그런데, 유식한 여자의 다음 말씀은 더욱 알쏭달쏭했다.

"사랑은 서로 희생하고 노력하는 거예요. 거래가 아니라구요. 결국 모두 다 당신의 욕망이 감당할 몫이지 뭐."

"그려, 그려. 아니 누가, 은제 아니라고 혔나?"

삼태는 우멍하게 눈을 끔벅거리며 그녀에게 슬쩍 꼬랑지를 내렸다. 이해관계가 걸린 일이 아니면 먼저 발끈하여 상대를 치는 성격이 아니었다. 그의 행동은 늘 계산을 해본 다음이었다. 더구나 대학을 나온 여자인지라 여간 조심스러웠다. 그럼에도 불구하고 갑자기 머릿속으로 온갖 이미지들이 떠오르며 뒤범벅되어 혼란스러웠다. 근디, 이상도 혀. 왜, 점잖허게 표준말을 쓸려고 혀도 그것이 잘 안 되능겨. 아이쿠, 쪽 팔려. 쪽 팔려? 그것도 남자가 쓰는 말이 아니라고 허던디. 고향사투리의 말본새를 쉽사리 바뀌지 못한 게 은근히 창피하긴 혀. 근디, 이제사 으짜라고? 그건 그렇고! 맨날맨날 일에 찌들려 무미건조했던 세월이었지. 그런디, 조상님네의 은덕이었는지 몰라도 수리수리 마하수리 같은 일이 일어난 거여. 인생은 끝까지 살아봐야 허는 거여. 하루하루를 해낙낙하게 만들어준 이 여자가 나타나서 살맛이 생긴 거여.

삼태는 어려서부터 손아귀에 들어온 것을 놓치면 부아가 났다. 남들은 욕심 많은 놈이라고 손가락질하며 뒤에서 수군거리는 듯했다. 누구나 마찬가지라는 고정관념을 그는 하늘처럼 믿었다. 그래서 못 올라갈 나무는 아예 안 올라갔지만, 일단 올라갔던 나무에서는 열매 하나라도 움켜쥐어야 했다. 그것이야말로 이제껏 험난하고 각박했던 이 도시에서 이만큼 버티며 살아왔던 힘이라고 생각했던 것이다.

세상을 살면서 산들바람 부는 듯 간지럽게 가슴 두근거릴 일이 있었던가. 인스턴트 같은 커피 맛도 맹물보다는 나은 법. 어느 순간에 인생 속으로 들어와 버린 그녀. 늦바람이 초목을 말리듯 나이 들어 바람나니 세상이 달리 느껴졌다. 하루라도 여자를 안 보면 뭔가 허전하여 안달이 났다. 가끔은 손자 녀석이 생각나련만, 삼태의 머릿속을 점령한 건 여자였다.

아릿아릿 떠도는 그녀의 모습을 도리질하며 몰아내려고 애를 쓸수록 마음이 타 들어갔다.

일요일은 복지관의 식당도 쉬는 날이었고 그녀 역시 가정주부였다. 더구나 혜영의 입장과 식재료 납품업자인 삼태의 공적 관계는 적당히 선 긋기를 해야 했다. 삼태가 얼굴에 철판을 깔지 않는 이상, 남들의 눈을 의식해야 하는 노릇이다. 그 때문에 여자가 가끔은 짐스러울 적도 있었다. 그러나 욕망의 풍선 속에는 늘 가해자와 피해자가 있기 마련이었다. 시간이 갈수록 삼태는 자꾸 키워진 갈망만큼 혜영에게 자기변명역시 더 완벽해야만 했다.

삼태의 뇌리를 건드리는 또 다른 그림자가 다가와 악마처럼 소곤소곤거렸다. 제멋대로 풀려나간 무당의 방언처럼!

그려그려, 발가벗어져 오롯이 이제는 한 몸으로 얽혀진 겨. 아, 그때 이 여자가 음식점 식탁 밑으로 내게 발길로 툭툭 건드린 건 분명히 운명의 장난이었지. 인제 으짤겨? 근디, 이 여자와 즈금부터 살어? 말어? 하이고, 가당찮은 짓이지. 이 여자는 맴이 분명 혀. 절대로 내 마누라가 될 수 없는 겨! 대학꺼정 나온 여자가 미쳤다고 나랑 살겄어. 그것도 그렇지만, 저 여자의 새끼들과 내 새끼들의 관계는 또 어떻게 되는 겨! 아이고 아니지, 아녀. 혹시? 돈 땜시 그렇담 몰라도. 그렇

구말구! 아무리 눈구녁이 멀다 해도, 아프리카 여인마냥 뽀글
뽀글 볶은 여편네의 머리통과 긴 머리를 쌈빡하게 틀어 올린
여자의 머리스타일은 비교 자체가 안 되는 일이여. 머리를 올
려 뒷목덜미가 드러난 모양새는 기냥 조각 작품이여. 고무 끈
이 축 늘어져 드러워진 마누라의 빤스와 거 뭣이냐, 보들보들
하게 실크로 맨들어진 이 여자의 빤스하구는 감촉부텀 워낙
다르긴 혔어. 뿐이겠어. 백화점에 들어서면 콧구멍으로 파고
들어오는 진한 향수냄새 같은 여자와 콧속을 후벼 파는 요런
탱탱한 살갗과 마늘냄새가 배인 아내의 푸석한 몸을 어뜿게
비교를 하것어. 그려, 냄새가 바로 그 사람의 기억인겨벼. 코
를 드르렁드르렁 골며 자는 마누라를 애써 깨워설랑 급허게
지랄허는 짓도 지겨워. 구겨져 형편없다가도 여자 얼굴이 삼
삼허게 떠오르면 그것이 고개를 빳빳허게 쳐드는 걸 내 맘대
로 워떡 혀냐 말여. 아늑하믄서 축축한 그곳으로 들어가는 맛
을 뭣으루 비교를 한디여. 말로 이루 다 말할 수 없지 뭐. 머
리끝에서 발끝까지 온몸의 신경을 짜르르 휘감아 돌아서 소
용돌이치듯 뒷골 때리는 그 기분을 워떻게 말로 다 혀! 진짜
루 황홀한 세상이었나베. 근디 말이여, 냉정허게 생각 좀 해
보자구. 지금 씹질을 하고 있는 이 상태는 과연 뭣이란 말이
여? 지옥 아니믄 천국이겠지 뭐.

그의 머릿속으로 갑자기 한 말씀이, 불쑥 끼어들었다. 안 가겠다는 형수를 교회에 데리고 갔을 적에 목사님이 했던 말. 마음과 육신의 합의 일체가 되어야만 한다고!

쪼끔 전꺼정 콧방울을 벌름벌름 거리며 숨소리를 쌕쌕거렸을 즉에는 간도 씰개도 다 빼줄 듯이 그랬는디. 근디, 지금은 도대체 워떻게 된 심판이여. 너 먹어봐라 허구 주면서도, 금방 픽 돌어서는 변덕쟁이가 아니냔 말여. 도대체 저 맴을 알 수가 없다니께. 여자도 증말 내 맴과 같을까. 금세 꼴까닥 숨넘어갈 것같이 억세게 소리를 내질렀던 이 여자도 나 같은 생각이냐구? 그건 암도 몰러! 내 물건이 여자의 몸속을 수십 번 왔다리 갔다리 했어도, 속마음을 꽉 물어뜯은 것은 아니니께. 그래두 지금꺼정 나를 좋아한 것은 진심이겠제. 아무래도 걸쩍지근한 뭣이 있어. 아녀? 아닐 것이구먼. 말 혀서 뭣 허것어. 비리비리하고 허여멀건 한 지 서방과 새끼가 둘씩이나 있는 여자여. 절대로 내헌테 일생을 맡길 턱이 없지. 암, 그려. 그저 내가 가진 돈허고 야무진 그 넘의 맛에 꼴까닥 간 거 뿐이여. 근디 하다 보니께, 정분이 나긴 났나베. 고놈의 정이 뭣이간? 시간만 났다허면 부지불식간에 눈앞에 아른아른 떠오르면 꼴리는디 으쩔 거여. 빙긋 웃는 모습으로 삼삼허게 나타나면 나도 가운뎃다리가 불끈불끈 부풀어서 환장하겠는디. 텔레비를 보면 제 짝도 아닌 것들이, 서로 사랑이네 뭐네 하믄서 열불나게 미친 짓과 같은 똑같은 거여. 참으루 요상한 일이네. 피도 안 섞인 남인데도 한번 속살을 섞으면 피붙이보다 더 가까워지는 일은 뭣인감? 몇 십 년을 함께 지냈어도 형제는 남남인데, 단 몇 번을 끌어안고서 가까워지다니… 근디 말이여, 앞으루 인자부텀 어뚷게 혀야 좋을 건지 머리가 아픈 게 사실이여. 증말로 사랑이란 게 제정신으로 허는 건 아닌개벼. 그 사랑이란 병에 걸리면 약도 없는가 벼. 미친 귀신이 따로 읎더라고. 저번에도 증말로 큰일 날 뻔 했잖여. 이 여자의 홀딱 벗은 몸뚱이가 내 머릿속을 빙빙 돌며 잠깐 내 정신을 홀렸어. 내가 이래뵈도 운전이라믄 고수인디 스쿨존 앞에서 걸어가는 꼬맹이들을 박칠 뻔 했다니께. 아 씨벌, 내 맴 나도 모르겄어.

그때 어디선가 앵앵~소리가 나더니, 느닷없이 뭔가가 그의 손등을 콕 찔렀다. 모기였다. 순식간에 일격을 당하여 따끔따끔 아프면서 근질근질 가렵고 기분 나쁜 자극이 머릿골을 쑤셨다. 금세 그녀의 속살에 홀려 새콤달콤한 몽롱한 느낌을 도둑맞은 것이다. 이제껏 아리송하게 소곤거렸던 악마의 주둥이를 정체 모를 그림자가 거머쥐고 도망을 쳐버린 것 같았다. 갑자기 삼태의 머릿속은 오만가지 이미지와 생각이 깨지며 시끌벅적 어지러웠다. 곁쇠질이 따로 없다. 제 짝 있는 암컷과 수컷이 따로 만나서 군것질을 하자는 수작에 무슨 구구한 이유가 있으랴.

*

그 소문은 삽시간에 산불처럼 번져나갔다. 낮말은 새나 바퀴벌레가 듣고, 밤말은 쥐나 괭이가 듣는 세상이다. 찰칵—스마트폰과 CC—TV가 있어도, 사람의 입과 귀처럼 소통을 할까. 수시로 만나고 사소한 얘깃거리도 나누어 잡수는 이웃들 아닌가. 그늘이 길어지는 오후에는 몇몇의 여인이 평상에 앉았다. 그녀들은 삼성유통 쪽을 흘깃흘깃 훔쳐보며 조곤조곤 말을 나누었다.

"준규아빠가 그랬대유?"

"아니, 그 집 엄마가 알았다면 그 성질에 난리가 일어났을 텐데."

도대체 무슨 말이람. 고개를 끄덕거리는 여편네가 있는가 하면, 무슨 뚱딴지같은 소리야? 라는 듯 좌우를 살피며 감을 잡아보려고 머리를 굴리는 여인들도 있었겠다. 이때, 거제댁이 거침없이 속사포를 쏘았다.

"그러니까이, 준규아빠가 거래하는 복지관 경리담당 여자라는강? 업무가 됐든 뭣이 됐든, 자주 만나다보이 그렇고 그랬다는 거 아니가? 여자와 남자가 만나다 보면 세상일이 다 그렇고 그런 기라, 그래도 내사 마 참말로 알다가도 모르겠네."

그 말을 시작으로 여인네들은 수런거렸다.

"자기는 뭐 아는 거 있어?"

"아, 그걸 나한테 왜 물어?"

연립주택 키다리아줌마가 업었던 애를 앞으로 돌려 안으며 대꾸했다. 세탁소 여자는 아무래도 이해가 안 간다는 듯 고개를 갸웃거렸다.

"눈코 뜰 새 없이 바쁜 사람이 언제 여자와 친할 시간이라도 있었나? 준규아빠 말이야."

"나는 니가 더 우습다마. 바로 저 집 앞 턱밑에서 날마다 들락날락하는 사람들을 살펴보면서도 그것도 몰랐드나? 하이고."

"진짜로 웃겨! 남녀가 은밀하게 만나는데, 내가 무슨 재주로 그걸 다 알겠어요."

평소답지 않게 이제까지 듣고만 있던 방소란이 결국은 구원투수로 나섰다. 눈을 내리깔며 꽉 다문 입이, 왜? 안 열리나 했다.

"나도 잘은 모르지만유, 동사무소 직원한테 들은 것이 있슈. 준규아빠가 주민자치위원회 회장이잖유? 한 달에 한 번씩 회원들이 모이는데, 그 여자가 복지회관 대표자 대신에 참석한다는 거유. 그래서 알게 됐다는디, 덕분에 예전에 끊겼던 복지회관 식재료 납품까지 다시 뚫었대유. 처음에는 준규엄마도 동생처럼 친하게 지냈다는구먼. 근디 참말로 알다가도 모를 일이… 그 엄마가 보통 여자유? 눈이 읎어 발이 읎어! 증말 그런 낌새를 몰랐겠슈? 남녀가 만나다 보면 정드는 건 당연한디 으짤 거여?"

모두 갑자기 꿀 먹은 벙어리마냥 소란이 주절거리는 입만 쳐다보았다. 그녀는 한 박자 뜸을 들인 다음 주위를 살피며 멀리까지 휘휘 둘러봤다.

"근데 준규엄마는 어떻게 알았을까? 맨날 가게만 지키고 앉았을 텐데…"

빨리 다음을 진행하라고 채근하는 표정으로 키다리아줌마가 무질렀다. 다시 처음과 똑같은 리듬으로 소란은 시침을 떼듯 지껄였다.

"당신도 여자 아녀? 여자라는 게 직감이 있잖유. 몇십 년을 넘게 살을 맞대고 살았는데, 남편이 하는 행동거지며 짓거리가 어딘가 쬐끔은 이상한 걸 느꼈겠쥬."

"맞다 맞고요, 그러겠네."

거제댁이 엉너리 치며 그녀에게 살짝 힘을 보태주었다. 소란은 무슨 생각이 들었는지 저쪽 삼성유통 쪽을 힐긋 살펴보았다. 이어서 침을 꿀꺽 삼키며 비장의 무기를 꺼내듯 말을 꺼냈다.

"이건 말유, 내가 준규엄니한테 특별히 들은 건디, 작은아들 효규에게 그랬다는구먼. 야아? 아빠 몰래 핸드폰 좀 열어봐봐 하니까, 속없는 작은 아들 녀석이 지 아빠와 그 여자가 메시지 나눈거며 전화 오고간 것까지 다 알려주더라는 거유."

"아이고 효자 났네."

"그래서?"

"큰일이 터졌나, 뭐여?"

모두 한꺼번에 궁금한 표정으로 악다귀처럼 달려들었다. 방소란은 어금니가 보이게 살짝 웃더니 손을 휘휘 내저었다.

"아~우, 자꾸 내 말을 끊을텨? 시방 그냥 욕 나올라 그랴! 나, 그냥 집으로 들어가?"

거제댁에게 눈총을 쏘아주고 나서 방소란은 헤벌쭉 웃었다. 그러더니 다시 작은 목소리로 계속했다.

"안 되겠다싶어 성질난 김에 준규엄니가 복지관으로 쫓아 올라갔다느먼. 그래서 사무실의 직원들이 있는 데서 그 여자에게 망신을 줄려고 냅다 소리를 질렀대유. 너 이년! 남의 남편하고 무슨 짓을 했느냐고! 그런데, 되레 그 여자가 차분한 목소리로 그르드래유. 사모님이 뭘 오해하여 그런 줄은 모르 겠지만, 그렇게 추측하여 말씀하시면 큰코다칩니다. 저는 우 리 아빠 밖에 모르는 여자예요. 함부로 말씀하시면 법에 걸립 니다. 내가 이번에 한 번은 같은 여자끼리니까 그럴 수 있겠 다 싶어 봐 드리겠지만, 더 이상 이러시면 명예훼손죄로 고발 하겠어요, 라며 눈을 똥그랗게 뜨고 늘어지더라는구먼유. 원 시상에! 그래서 맥이 탁 풀려갖고 일단 집으로 오긴 왔는디, 준규엄니도 은근히 고민은 생기더래유. 화풀이는 했지만 막 상 생각해보니께, 둘이 찰떡처럼 붙은 확실한 증거를 아직 잡 은 것도 없고, 다달이 복지관에 납품하는 물량도 적은 액수는 아니라는 겨. 주먹구구로 쳐도 돈 천만 원 쯤은 되더라는 거 유."

"아무리 그래도 준규엄마가 한 성깔 하는 여잔데, 거기서 물러설 리 없지."

"그럼 그럼, 그 여편네가 앙큼하게 주뎅이를 놀리는디 가 만히 있겠슈."

여기저기서 여인들이 심각한 얼굴로 고개를 끄덕였다. 소 란은 뜸을 들인 다음 바로 이었다.

"나중에 준규아빠한테 자꾸 캐물어 보니까, 수목원에 놀러 갔다는 둥 극장에 한 번 밖에 안 갔다는 둥 핑계만 대더래요.

그러면서 사업을 하자면 그런 일보다 더한 꼴도 보는 거라고, 더 이상 아무 소리도 못 하게 딱 자르더라는 거여."

"그럼 뭐야?"

"그걸로 끝이지 뭐. 하기는 더 지켜봐야 나올 것이 뭐 있남."

"준규엄니도 첨에는 독이 올라서, '이 개쌍노무새끼! 집에 들어오기만 혀 봐. 아주 기냥 모가지를 비틀어버릴라니께' 그러더니, 쪼끔 가라앉았나 봐."

"아! 씨발, 내라도 미치게 성질은 나겠다마."

거제댁이 한마디를 거들자, 가만히 듣고 있던 세탁소 여자도 입을 열었다. 모두 그녀에게 죄다 시선이 집중되었다. 단답형으로 말하는 그녀의 말은 평소 가까웠던 이해실의 입장이다.

"여편네는 새벽부터 밤늦게까지 구부정한 허리도 못 펴고 병신이 다 되었는디. 몸이 아프도록 물건을 팔고 하다못해 몇 푼 더 벌자고 김치 나부랭이까지 담가 파는디, 남편이란 작자가 그런 짓을 했다믄 나 같아도 몸에서 천불이 나지!"

"아이고, 그런 말은 하지도 마슈. 준규아빠 더 일찍 일어나서 정신없이 도매시장이며 학교급식센터를 돌아다니는 사람 아녀유?"

소란이 삼태를 은근히 두둔하며 말을 잘랐다. 화제를 자부락자부락 키웠다가도 어느 시점에서는 슬그머니 발을 빼는 그녀다. 아리송한 결말로 매듭을 지어주는 그녀만의 기술이다. 그늘아래라도 열기가 가시지 않아 후텁지근한 기운이 감돌았다. 거제댁이 생뚱맞게 내질렀다.

"아이고마 올해도 무척 더울라나."

"요새는 그눔의 재개발 어떻게 된다는 소문 못 들었지?"

소란이 무 자르듯 재개발 얘기로 급선회했다. 거제댁은 할 말을 잃었다. 보증금 5백만 원을 넣고 월세 10만 원에 사는 그녀를 닦아세우는 데는 원자폭탄급이다. 거제댁의 얼굴이 모래 씹는 표정으로 이지러졌다. 아는지 모르는지 세탁소 여자가 방소란의 그물에 걸려들었다.

"고층아파트가 동네에 들어서면 중국집 하고 세탁소는 잘 된다는데, 개발이 되는 거야 마는 거야."

"벌써 몇 년 째유! 되어야 되는 거유."

"이 눈치 저 눈치 보면서 집도 못 고치고 세월아 네월아 가버리는데, 선거철에는 금방 해줄 것처럼 하다가 당선되면 나 몰라라 하니… 뭐."

눈치 빠른 키다리아줌마가 그쯤에서 브레이크를 걸었다. 거제댁은 슬그머니 자리에서 일어났다. 여기저기서 깨질깨질한 목소리들이 나올 무렵이면 화제는 동력을 잃고 말았다. 여인네들은 그쯤에서 게임을 멈추었다. 언제나 그랬다. 그리고 서로 눈꺼풀을 내리깔며 딴청을 부렸다. 오래된 이웃이라도 할 말이 있고 안 할 말이 있다. 서로를 견제하면서 어려운 지경에 이르면 슬쩍 눙치는 생리를 터득했다. 도시 사람의 행태를 지니면서 시골 사람 같은 이곳의 삶은 걸러지지 않았다.

*

며칠 째 빗줄기가 줄곧 내렸다. 천둥번개가 번쩍번쩍거리며 집들을 뒤흔들었다. 밤과 낮의 온도 틈에서 만들어진 구름 덩어리들이 질식사하면서 빗줄기는 폭포수로 변했다. 온통 물에 푹 담겨놓은 것 마냥 동네는 후줄근하게 젖었다. 간간히 구름이 걷어지다말다 한 틈으로 햇빛이 헛바닥 내밀 듯 사라졌다. 땡볕으로 달궈진 동네는 후텁지근했다.

어디선가 젓갈 썩은 것 마냥 구릿한 냄새가 떠돌았다. 시궁창을 막아놓은 하수구가 진원일시 분명했다. 비가 쏟아지는 틈을 타서 누군가 똥물을 똬르르 퍼부었을 것이다. 언덕배기로 올라갈수록 정화조를 제때 청소하지 않았거나 아예 정화조조차 안 묻은 집이 태반이었다.

삼성유통 차양 아래 햇마늘 다발들이 수북하게 쌓였다. 휴일임에도 퍼붓는 비바람이 사람들의 발을 묶었다. 궂은 날의 가게에는 평소보다 더 많은 고객들이 들끓었다. 전삼태 내외가 함께 나와 있다. 출입구에 서 있는 해실은 챙이 긴 모자를 썼던 터. 빠글빠글 볶은 머리의 그녀 특유의 스타일이 생뚱맞다. 해실은 평소에는 거의 모자를 쓰지 않았었다. 모자챙 밑으로 드러난 그녀의 얼굴은 광대뼈와 눈퉁이가 온통 얼룩진 피멍 자국이다.

소란과 미용실의 이명자가 함께 가게로 들어왔다. 고개를 푹 수그린 삼태는 계산대 앞에 있다. 그녀들은 가게 구석에서 라면을 몇 개 골라 들고 나왔다. 어럽쇼? 이명자가 돈을 내밀며 갑자기 놀라는 표정이다.

"사모님? 그 얼굴모양이 왜 그래요?"

삼태가 모르쇠로 카드단말기를 만지작거렸다. 평소와는 달리 무뚝뚝한 모습을 얼른 훑어본 소란이 꿀 먹은 벙어리처럼 입을 다물었다. 그리고 눈을 흘기며 손가락으로 이명자의 옆구리를 툭 쳤다. 눈치 빠른 이명자도 밖으로 재빨리 나갔다. 그녀들은 미용실로 들어갔다. 소란은 라면봉지를 빠사삭거리며 뜯었다. 냄비를 휴대용가스레인지 위에 올려 스위치를 틀던 이명자가 물었다.

"왜 저런대요?"

"나도 몰러. 그걸 시방 나한테 물어보면 어떻게 혀!"

"저, 혹시 그 일로 그런 거 아닐까요, 언니?"

이명자는 자신 없이 말꼬리를 흐리며 방소란의 눈치를 살폈다. 그러더니 종이컵에 커피믹스를 털어 넣고 정수기통에서 뜨거운 물을 뽑았다. 종이컵을 소란에게 건넸다.

"으슬으슬 하는데 커피 한잔하세요."

"라면 먹은 담에 마시려고 혔는디."

"삼성유통 사모님, 준규아빠와 싸웠나 봐요."

"얼라 뭔 소리여? 누가 그런 말을 혀?"

"아니에요, 언니!"

"허기사, 부부간의 일은 아무도 몰러. 저 여자가 눈이 읎써, 손모가지가 읎써. 냄한테 함부로 호락호락 쳐맞고 댕길 여자는 아니고… 그려, 내가 뭘 알겠어. 아무래도 자기 말처럼 그럴지도 모르겠네."

비가 그친 그날 밤이다. 사람들의 발걸음이 드문드문했다. 남편에게 저녁밥을 차려준 소란은 삼성유통으로 건너갔다. 훤하게 불 켜진 가게에는 모자를 쓴 해실이 혼자서 앉아있다. 거리에는 쥐새끼 한 마리도 안 보였다. 그새를 놓칠세라 소란은 가게 주변을 휘휘 살펴보고 들어갔다. 가게 안을 곁눈질하던 그녀는 슬그머니 해실이 옆으로 자박거리며 다가가 말을 꺼냈다.

"준규엄니, 저녁 먹었남? 우리 집 양반 밥 차려주고 갑갑해서 나왔어유."

아무 말 없는 해실이 고개를 끄덕였다. 이때라 싶어 소란은 넉살 좋게 모자챙을 들추었다. 느닷없이 당한 해실은 본능적으로 머리를 뒤로 뺐다. 얼굴을 찬찬히 뜯어보던 소란이 말을 이었다.

"이거 뭐유? 어디 좀 봐. 엄마야! 세상에나!"

"별거 아녀."

"별거 아니라니! 이 여자가 미쳤남? 난 말이유, 넘보기 챙피한 건 둘째 치구 세상이 두 쪽 나도 이런 건 절대로 못 참아유."

소란은 얼굴까지 붉어지며 마치 자기 자신이 당한 것처럼 열을 냈다. 이해실은 입을 꾹 다물었다. 이제껏 이런 개코망신도 없다. 내친 김에 호락호락 물러설 방소란이 아니다.

"우리 서울 사는 사촌언니도 형부가 바람을 피웠는디, 그냥 끝날 일이 아니라고 거품을 물었대유. 내가 어떻게 했냐고 언니한테 물었더니, 말할 것 뭐 있어. 나이가 들어 자식들 보기에도 창피해서 웬만하면 참으려고 했는디, 아무리 참으려고 해도 너무나 분하더라는 거유. 자꾸만 원통한 생각이 들어서, 자다가도 심장이 벌떡벌떡 뛰더래유. 그래서 거 있잖유? 잠자는 우리 형부 불알을 확 잡아당겨 버렸다는 거유. 평소에는 을매나 점잖은지 있는 듯 없는 듯 조용한 우리 언니유. 그래서 내가 언니더러 그럼 형부가 죽을 텐데, 괜찮았어유? 허니까, 날 보고 시익 웃더니, 병원에 며칠 다니긴 했는데 뭐 말짱하더라. 그러질 않겠어유. 참 내. 크윽크윽크."

듣고만 있던 해실은 고개를 빳빳하게 들었다. 남의 말을 덧거리로 꾸며댄 것 같은 느낌이 들어서일까. 소란을 빤히 바라보던 그녀는 뒷눈질하다가 한 자락을 깔고 대꾸했다.

"그건 너무했구먼 그려. 그런다고 뭐 일이 해결되남."

"아이구 그럼, 준규엄니는 뭐? 겉하고 속하고 다르게 생각하는 거여? 뭐유?"

소란은 되레 어이가 없어 픽 웃었다. 자신의 말에 몽짜를 부린다 싶어 다그치듯 물었다. 눈이 휘둥그레지며 해실은 손사래를 저었다.

"아녀, 아녀! 그런 것은 증말 아녀."

"아이구 걱정 마! 나도 그냥 한번 해본 소리유."

그런 일이 일어난 지 보름이 지났건만 표면적으로 조용했다. 삼성유통이 시끄러워지면 온 동네의 입방아가 떠들썩거렸다. 계산대 아래에서 내외가 밥상을 사이에 두고 먹는 것도 여전했다. 그런가 하면, 손님들이 우르르 몰려오는 저녁참에도 겨끔내기로 물건을 팔았다. 그들 부부에게 있어 돈을 버는 일은 어떤 것보다 우선이었다.

적어도 겉으로는 그랬다. 이해실도 여자다. 잊으려고 할수
록 뭔가가 자꾸만 머리끄덩이를 잡아당기는 느낌이었다. 오
히려 시일이 지날수록 연놈이 미워져서 환장할 노릇이다. 밑
는 도끼에 가슴팍을 찍힌 배신감은 불쏘시개가 되어 서서히
타오르기 시작했다. 세상의 일들은 언제나 남의 일이 내 일로
바뀔 수 있다. 서방질로 이혼한 여자들. 바람을 피워 쫓겨난
남자들. 여태껏 그녀는 혹여 그런 말을 들을라치면 함께 입방
아를 찧고 욕을 지껄이며 남의 집 일마냥 흘려버렸던 것이다.

하늘이 두 쪽 나도 자신의 남편은, 그런 류의 남정네들과
는 전혀 다르다고 자신만만했던 것이다. 시골에서 연애를 할
적에는 얼마나 진실했던 남편이었던가.

"보기만 해도 증말 이쁘구먼. 우리 동네 여자들 중에서 해
실이만헌 여자 있음 나와보라구 그려. 젤루다 이뻐."

그런데, 이렇게 억울할 일이 세상천지에 어디 있단 말인
가. 늦바람이 휘몰아쳐 온 집안이 풍비박산 날 판이다. 지지
리 복도 없지. 남편 복이 없으면 새끼들 복이라도 있어야 할
게 아닌가. 그녀는 속으로 타오르는 분노의 불길을 도저히 끄
지 못했다. 오죽했으면 얼굴이 야금야금 초췌해졌을까. 그러
나 밤잠을 못 이루어도 새벽이면 셔터를 열었다. 해실을 이끈
것은, 엄밀히 따져 아들 녀석들이다. 그렇다! 남남인 서방보

다는 자식새끼들이 있질 않던가. 그녀는 살아야 한다고 입을
악물었다.

딱딱한 꿈

둘째 딸이 맡겨놓은 아기는 엄마를 찾다가 스르르 잠이 들었다. 키다리아줌마는 엄지를 입에 문 아기손가락을 슬그머니 뺐다. 아기는 가끔 엄마를 부르며 울어댔다. 그렇게 나대고 울다가 몸부림쳤으니 한숨 푹 자리라며 뉘었다. 따는 주말이면 바람처럼 왔다가 사라진 어미가 늘 함께 지낸 할미의 냄새보다 더 그리운 모양이다.

선풍기는 도리도리 꺼덕꺼덕 돌아갔지만, 그녀는 왠지 가슴이 갑갑하여 계단을 내려왔다. 밖으로 나와 서 있지만 무료하고 심심했다. 골목 감나무 그늘아래 전동차를 탄 채 사내가 멈춰있다. 보나 마나 이발관 뒷골목에 사는 순종이다. 사내가 안은 아기의 이마에 땀방울이 송골송골 맺혀있다. 아이가 안

쓰러워 보였다. 선택은 아이들의 몫이 아니다. 어떤 아이도 엄마의 허락 없이는 세상에 나오지 않았으니까.

"애가 잠들었나?"

"예, 지금 막 자려고 합니다."

"애 엄마는?"

"식당에요. 지금은 한참 일 할걸요."

순종은 다시 안고 있는 아기를 내려다보았다. 중천에 올라온 햇덩이는 벌건 연탄불마냥 점점 활활 타올랐다. 키다리아줌마는 순종의 부모를 알고 있었다. 신혼 적에 이곳으로 이사를 와서 처음 둥지를 틀었을 때였다. 그때 그녀의 작달막한 남편은 섬유공장을 상대로 납품사업을 했다. 그때 신혼살림을 그 집의 사글세에서 시작했다.

"애들도 꽤 컸을걸?"

"모두 객지로 나가 있어요."

"객지의 아들들은 어떻게, 가끔 집에 오기는 해?"

"그럼요, 아주머니! 작은 녀석은 갓난아이가 크면 지가 공부를 시킨다고 돈 벌러 다녀요."

"쯧쯧쯧, 기특하기도 해라."

"큰아들은?"

"아! 모르셨구나. 참치 잡는 원양어선을 탔어요. 지금은 아프리카 어디쯤 있을 겁니다. 제 엄마가 외국으로 가버린 다음부터 우리 식구들이 너무너무 힘들었거든요."

"알고말고 그럼. 순종이 자네는, 또 외국여자를 맞이했으니, 이쪽저쪽 다 어려운 일이겠다. 그래그래, 사람 사는 일이 그렇지 뭐. 애기엄마가 식당 일을 다닌다고? 쉬운 일이 아닐 텐데? 여자들이 식당 일을 하다 보면 손님들이 주는 술도 받아 마셔야 할 거고, 그리고 또 애기엄마가 아직 한국 실정도 잘 모르는 형편이니 아무 사내들의 꾐에도 빠질지도 몰라. 조심해야 되는데…"

"더러 그런 말을 해주는 사람들도 있더라고요. 지금 같아서는 안 그럴 것 같은데… 지 할 탓이겠지요 뭐."

순종은 정색을 했으나 대화가 길어지자 남의 얘기처럼 심드렁하게 늘어놓았다. 오토바이를 탈탈거리며 세탁소주인이 지나갔다. 가까운 초등학교 담장 너머로 솟아난 향나무가 짙푸르게 빛났다. 키다리아줌마가 잠든 아기를 내려다보며 혀를 끌끌 찼다.

"누구나 처음에는 다 그렇기를 바라겠지만, 아무튼 잘해야지. 그나저나 재개발도 어영부영하다가 물 건너간 모양인데, 순종이네 집은 이제 어떻게 할 거야?"

백 수십 평의 땅에 시멘트블록으로 지어진 사내의 낡은 집을 말함이다. 섬유공장의 종업원들만도 수천 명이 바글바글할 적에는 월세방 구하기가 하늘의 별 따기보다 어려웠던 시절이었다. 그의 부모가 살았을 때는 쪽방의 임대수입만으로도 제법 풍족했다. 고개를 수그리며 순종은 대답했다.

"돈 좀 모아지거나 재개발이 되면 보상금을 받아가지고 여기를 떠나려고 했는데, 아직은 확실하게 결정이 난 거 아니니까요."

"뭐? 어디로 떠난다고?"

"한국에서는 별 볼 일 없어서, 애 엄마 친정이 있는 캄보디아로요."

"아니! 거길 가서 뭘 해 먹고 살려고 그래. 우리나라보다 더 못사는 나라라면서?"

눈을 휘둥그레 뜨며 질색한 키다리아줌마가 순종을 내려다보았다. 차분한 어투로 사내가 말을 막았다.

"아녀요! 아주머니. 제가요, 캄보디아 처가에 몇 번 다녀와서 아는데요. 우리가 생각한 것처럼 그렇게 후진 나라도 아니고, 사람들이 얼마나 착한데요. 제가 그쪽에 갈 때마다 알아보는 게 있어요."

"무얼 알아본다고? 애들하고 해 먹고 살만한 일이라도 있어?"

"여기서 재개발보상금만 나오면 떠날 작정입니다. 식구들 모두 데리고 완전히 그쪽으로 떠날 겁니다. 아무리 머리를 써도 살기 힘든 여기보다야 그쪽이 훨씬 낫겠지요. 웬만한 한국 돈을 가져가면 거기서는 큰돈이에요. 그리고요, 거기는 부동산을 아주 싸게 살 수 있으니까, 조그마한 섬 하나를 사가지고 개발할 겁니다. 그쪽은 인건비가 아주 싸니까 한번 해 볼 만 해요. 진짜로 내 왕국을 하나 건설하게 되는 거지요. 그래서 왕국을 만들어서 우리 아이에게는 세상을 제 맘대로 할 수 있는 왕국 하나를 남겨주려고요."

"세상에나! 왕국? 그렇다면 나라 하나를 통째로 만들어 왕이 되겠다는 말이여? 뭐여? 난 순종이가 무슨 말을 하는지 통 모르겠구먼."

"아주머니께서 잘 모르시는 거야 당연하죠. 아직은 아무도 절대로 몰라요, 누구한테도 말씀하지 마시고 아주머니만 알고 계세요. 저 혼자만 비밀리에 계획 중이니까. 머지않아서 금방 실현될 겁니다요."

사내는 눈을 지그시 감으며 꿈꾸는 표정으로 대꾸했다. 갑자기 안고 있던 아기가 울며 보챘다. 순종은 아기를 안은 채 전동차를 움직이며 이발관 쪽으로 멀어졌다. 키다리아줌마는 고개를 절레절레 흔들었다. 그리고 혀를 끌끌 차면서 다시 연립주택 입구로 들어갔다. 한낮의 햇볕은 후끈 달아올라 훅훅 열기를 내뿜었다.

*

순종은 아이를 안아서 방바닥에 뉘었다. 아이는 세상모르 게 새근새근 잠이 들었다. 그는 아이 옆에 누워서 쥐새끼들의 오줌으로 번져 얼룩진 빛바랜 천장을 쳐다보았다. 벽에는 앙 코르와트 사원이 찍힌 여행사의 달력이 삐딱하게 걸려있다. 자기 자신도 모르게 한숨이 터져 나왔다. 모든 문제는 어디에 서부터 꼬였던 것일까.

횅뎅그렁한 집들은 진즉에 폐가가 되어있었다. 아버지가 살았을 적에 그는 중학생이었다. 집 앞 골목은 등굣길의 학생 들과 공장에 다니는 젊은이들로 가득했다. 와자지껄한 사람 들의 말소리와 희망을 품은 사람들의 맑은 눈들이 아침햇살 에 빛났다. 바로 엊그제 같았던 옛날이었다. 생각해보니 이제 까지 모든 일은 한순간이다.

일본으로 가버린 애들 엄마를 포기해버린 뒤에 찾아온 욕 망을 서슴없이 받아들인 것이 잘못이었을까. 결혼을 알선해 준 여행사를 비난할 생각은 없다.

"순종 형? 필리핀 쪽보다는, 베트남이나 캄보디아가 훨씬 나을 거야. 그쪽 사람들은 우리나라에 오면, 우리 옛날처럼 대가족적이고 풍습이 비슷해서 빨리 적응한다는 거야."

여행사에 근무하는 육촌동생도 그랬다. 인천공항에서 프놈펜으로 가는 여객기를 탔을 때, 그는 하얀 구름보다 더 들떴다. 5시간도 넘게 호기심과 희망을 안고 내렸던 캄보디아. 우거진 숲속에서 새들이 지저귀고 뙤약볕 그늘아래 맑은 영혼들이 숨 쉬는, 시퍼런 바다가 남지나 해안에서 끝나고 뭍이 시작되는 곳. 캄캄한 밤하늘은 무수한 별들이 금방이라도 쏟아져 내릴 것 같은 곳이었다. 뜨거운 바람에 흔들리는 야자수들이 있는 작은 항구도시 콤퐁솜이었다. 그의 아내는 야자수들을 뒤로하고 칙칙한 정글이 시작되는 가난한 마을에서 도피하려 했다. 몇십 년 전 동족끼리 잘못된 정의의 미명하에 서로를 죽였던 역사를 지닌 나라. 폴 포트 치하에서 살아남았던 부모는 마을의 수많은 주검을 헤치고 그녀를 낳았다. 살려달라고 울부짖었던 아비규환의 그 시기를 넘겨 그녀는 태어났다.

사진으로 봤을 때보다 그녀는 훨씬 더 예뻤다. 까맣고 자그마한 체구였지만, 까만 속눈썹 속을 헤집고 싶은 욕망이 그를 꼬드겼다. 사랑의 밀어로 시작된 부부는 아니었다. 결혼은 인간끼리 얽혀지는 감정을 계약으로 얽는 일이다. 여자는 태어난 나라에서 탈출하려는 목표를 국제결혼이라는 수단을 이용했을까. 그건 모를 일이다. 여성을 보는 순간, 그 자신이 후끈 달아올랐으니까.

"어꾼 쭈란(매우 감사합니다)."

"뿐만 달러?(달러로 얼마?)"

남성과 여성이 맺어지는 일이 거래다. 국적과 나이의 차이는 문제가 되지 않았다. 어쩌면 전생이 겹쳤을지도 모르는 여자. 마누라가 좋으면 처갓집 말뚝조차 좋게 보인다고 했던가. 상실감에서 벗어나고 싶었다. 외로움 채워줄 새로운 짝이라고 여겼다. 여자는 그를 빤히 쳐다보며 미소를 지었다. 생소한 미지의 땅이 자신에게 선물을 주었다는 생각이 들었다. 지긋지긋한 고통의 나날을 잊게 해줄지도 모른다는 희망이 스쳤던 것이다. 책임감 속에서 자신의 고통을 숨겼던 두려움은 무엇이었을까. 지난날의 후회와 감정이 뒤범벅되어 주눅이 들었던 세월. 일본으로 도망간 아내의 배신으로 벼랑 끝에서 죽음이라는 낱말을 수없이 되새기며 밤을 지새웠던 일. 아이들 때문에 인생을 포기하지 않고 살았던 보답이려니 했다. 그래서 그녀와 함께 인천공항을 도착했고 지금까지였다.

아직 인생은, 한번 기대해볼 만 하다는 게 그의 카드다. 낡은 건물을 빼고 땅값만 후려쳐도 얼마쯤인가. 재개발구역 고시 전에도 평당 300만 원은 넘었으니까, 180평×300만 원=5

억4천만 원이다. 캄보디아의 환율은 의미가 없어. 1달러가 4천 리엘이니, 환산이 복잡해. 어떤 나라든 집 1채의 기준이 빨라. 프놈펜의 고급아파트 1채 값이 12만 달러 정도이니, 한국 돈으로 1억 몇천만 원밖에 안 된다. 남은 돈으로 뭐든지, 어떤 사업이나 해보는 거다. 재개발계획의 족쇄가 풀리기만 하면 이 지겨운 나라는 굿바이다. 민간 건설회사에서 땅을 수용하고 보상해주면 7~8억은 너끈하다. 그다음은 그다음의 일이다. 인생의 계획은 아무리 빈틈없어도 변수가 있다. 그 변수는 요물 같아서 대박일 수도, 쪽박일 수도 있겠지? 그러나 부처님이나 예수님도 이제는 나를 더 이상 버려두지 않으실 거다. 그렇지, 오랜 세월을 내게 얼마나 고통을 주었냐고!

*

바깥은 어두웠지만 가끔 산들바람이 지나갔다. 선인식은 가게 문을 닫고 삼성유통 쪽으로 천천히 내려왔다. 하늘에 걸린 달은 뜯어먹다 만 햄버거 같았다. 평상에는 누군가 우두커니 앉아있다. 가로등 불빛이 고개를 수그린 늙은 여인을 비췄다. 삼태의 형수였다. 비쩍 마른 그녀는 고개를 들어 인식을 바라보았다.

"뭐하고 계셔요?"

"나 속이 상해서 죽겠시유."

그녀가 하소연하듯 대꾸했다. 인식이 평소에 지부럭거리며 말동무를 해준 탓이다. 가끔은 이발관에 놀러 와서 평상에서 보고 들은 웬만한 일들을 늘어놓았다. 어눌한 그녀 사투리를 알아듣자면 어떤 상황이었는지를 알아야 했다. 온종일 구부정한 몸으로 시동생의 허드렛일이며 평상에서 보고 들은 일이 무엇인지를. 인식은 다가앉으며 평소처럼 장난기가 섞인 말로 되물었다.

"누가 같이 도망가자고 그래요?"

"우리 집이 불에 타서 속이 상해 죽겠어유. 사람도 불에 타서 죽었시유."

무슨 귀신 씨나락 까먹는 소리인가. 깜냥으로는 삼태의 집안에 관한 일처럼 느껴졌다. 몇십 년을 동네에서 살았건만, 삼태는 양파 같은 사람이다. 껍질 한 겹을 깐다고 까발려지는 일은 없다. 가깝다는 인식에게도 형들이 자신을 힘들게 했다는 말 외에는 입도 뻥긋하지 않았다. 그의 집안일에 관하여는 알 필요도 없지만 별로 아는 바도 없다. 인식은 심상치 않게 입을 뻥긋한 늙은이의 표정에서 자신의 눈길을 거두며 안도했다. 몸이 비틀린 사람들만의 공감대가 있다. 정신적으로 장애가 있건 몸에 장애가 있건 동병상련의 아픔은 있게 마련이다. 인식은 자애로운 눈빛으로 그녀를 바라보며 조곤조곤 물었다.

"준규 큰엄마? 아니, 사람이 죽는 거는 뭐고, 집이 불에 타 버린 일은 뭐에요? 뭐가 달라요? 집안에 무신 복잡한 이야기가 있는 모양이네."

오히려 자신이 답답하다는 듯 흐트러진 발음으로 그녀가 천천히 말했다. 선문답처럼 쿡 찌르면 엉뚱한 물음에 뜬금없는 대답이라니. 그러나 미루어 짐작된 사연은 어설프게라도 연결되었다.

"시골에 있는 우리 집에 살던 그 사람이유, 가스가 터져서 불이 나서 죽었다니께 그러네."

"누가 가봤대요?"

"아무도 안 갔으니께 내 속이 상해서 그래유"라고 그래놓고는,

"미워 죽겠어유."

갑자기 생뚱맞은 말을 불쑥 꺼냈다. 불이 난 일과는 상관도 없을 것 같은 말꼬리였다. 인식은 눈을 지릅뜨며 동조하듯 부추겼다.

"누가요? 여기 준규 네가유?"

"아니유! 서울에 사는 사람들이유."

어쩌면 서울에 사는 삼태의 다른 형제들을 지칭한 게 아닐

까. 그 사람들은 늙은 여인을 이곳에 맡겨두고 발걸음을 끊은 지가 꽤 되었다.

"왜요?"

"부조금을 걷어서 다 먹어버렸시유. 즈이들이 애비 명을 단축 해놓았는디, 애비 제삿날도 안 왔어유. 나쁜 년놈덜."

즈이 애비란 자신의 시아버지, 즉 삼태의 선친을 말함이 다. 3남 2녀 중 장남인 그녀의 남편이 죽은 다음에는, 셋째인 전삼태가 기일을 지내고 있었다.

"봐유, 얼마나 멀다고 불 난 데도 안 가보고설랑…"

뇌리속의 영상들이 뒤죽박죽 섞였는지 늙은이는 자신을 휘감는 불안을 떨치지 못했다. 인식은 그녀가 바룻바룻 꿈틀 거리는 무엇엔가 쫓기고 있을 거라는 생각이 들었다. 그래서 자근덕거리며 물었다.

"아하! 그러니까 살던 집이 불이 나서 타버렸는데, 아무도 가보지 않아서 속이 상한다는 그 말씀이세요?"

그녀는 그제야 고개를 끄덕였다. 멋모르는 자신에게 남의 식구가 하소연을 하다니. 인식은 삼태의 집안에 흐르는 비밀 과 그의 내면을 몰래 훔쳐보는 것 같은 느낌이 들었다. 외로 움도 사람마다 제각각이다.

*

늙은 여인은 온종일 가게의 허드렛일을 했다. 해실은 손윗 동서에게 직설적으로 이걸 해라, 저걸 하세요, 라고 말하지 않았다. 다만, 동서가 멀뚱히 먼 곳 바라기를 하고 있으면,

"아이구 허리야! 이걸 은제 혼자서 다 하남?" 하며 은근슬쩍 몇 뭉텅이의 대파를 쏟아놓았다. 그리고 대파를 다듬고 있으면 늙은 여인은 그 옆으로 다가와 앉아서 일을 했다. 그걸 시시콜콜하게 보는 이 없어도 방소란이 곁눈질로 보았다면 금세 드러나기 십상이었다.

늙은 그녀의 요즘은 마늘을 까거나 채소를 다듬었다. 삼태가 농수산센터에서 도매로 떼어 온 물건들을 깔끔하게 손질하는 게 그녀의 몫이었다. 그녀의 노동으로 농산품은 비싼 가격으로 둔갑했다. 졸지에 남편을 잃고 목숨을 부지하는 일이 늙은 여인의 현실이다. 열아홉에 시집와서는 시어미의 닦달과 농사일로 고되게 보낸 인생이었다. 핏덩이 하나를 빠트렸으나 일찍 보내버려 소생이라곤 없었다. 지지리 복도 없어 그나마 노름질과 술주정뱅이 남편마저 위암으로 일찍 떠나버렸다. 가버린 남편을 원망할 시간도 없이 시동생을 따라 온 지 벌써 2년이나 되었다. 밤이 고무줄처럼 늘어지지 않은 담에야 날빛이 돋으면 또 하루가 지났다. 권태롭기조차 하는 이 평안은 얼마나 갈까.

욕심 많은 해실이 손윗동서와 함께 산다는 건 얼른 수긍이 안 갔다. 평소 그녀의 성질머리와 행태로서는 납득되지 않은 일이었다. 그렇게 했다는 게 도무지 동네 여인들에게는 수수께끼와 같았다. 누군가의 입에서 그럴싸한 소문이 나돌았다. 삼태가 형수를 데려오면서 전답을 자신의 명의로 돌려놓았다고. 그래서 다른 형제들과 앙숙이 되었노라고.

예전에 삼태의 형수는 절이나 무당집에 다녔다. 이곳에서는 일요일에 교회에 나갔다. 글씨는 몰라도 찬송가를 부르는 일이 낙이다. 시골에 살다가 이곳에 오니 사람들과 적응하기가 힘들었다. 더구나 도회지의 어설픈 물이 든 또래의 여자들은 여간 깐죽거리는 게 아닌가. 나이로 치자면 이제 예순 중반이언만 팔순 가까운 늙은이들이 겨우 상대를 해주었다. 바싹 늙게 보이는 모습이며 어눌한 말씨가 누구에게나 그녀를 정신장애로 짐작하게 했다.

야산 아래 옹기종기 모여 있는 마을 앞으로 질편하게 펼쳐진 들판. 가운데로 뻗은 철로 끝이 가끔 그녀의 상상을 자극했다. 이제 그녀에게 아물아물한 기억들은 그나마 툭툭 끊겨버렸던 터. 남편이 죽을 무렵, 시누이가 포악하며 갈가리 날뛰던 기억은 늘 그 자리에서 맴돌았다.

몸의 모든 조건이 망가지는 게 늙어가는 속도다. 어떤 모습으로 망가지는 거냐가 문제였다.

*

바야흐로 파란가을이 쳐들어왔다. 한낮의 햇볕은 따가웠으나 그늘 속으로 서늘한 바람이 건듯 불었다. 해질녘에는 회색 구름 떼 사이로 햇덩이가 충혈된 빛을 거두었다. 하늘의 어스름은 거미줄처럼 처진 많은 가닥의 전깃줄을 삼켜버렸다. 한가위 보름달도 이울었다. 삼태의 추석 대목은 그다지 신통치 않았다. 대부분 늙은이들이 살고 있는 동네는 찾아오는 이들이 중요하다. 객지에서 살던 자식들마저 부모에게 명절인사를 꺼려했던 때문일까. 어쩌면 거의 날마다 비가 계속 내렸고 물가가 엄청 많이 올랐던 탓도 있을 것이다. 그나마 작년보다 추석선물세트와 과일을 덜 준비했기에 망정이지, 아내의 말을 곧이들었다면 낭패를 볼 뻔했다. 스스로 장삿속의 흐름을 꿰뚫어 본 자신이 대견스러웠다. 그러나 그는 장사에 관한 한 안도의 숨소리조차 감추며 절대로 우쭐하지 않았다.

해실은 푸르죽죽한 낯빛으로 가게 바깥에 앉아있다. 대파의 큰 묶음들을 풀고 다듬어서 작은 묶음으로 만들었다. 텐가슴을 몸으로 풀어가는 게 그녀의 습성이다. 삼태는 계산대 아래서 끙끙대며 뭔가를 고치고 있다. 한 시간이 지나는 동안 부부는 입도 뻥긋하지 않았다. 해실은 일을 끝내고 바깥 수돗물 호스에서 손을 씻었다. 그녀는 뭔가를 골똘히 생각에 잠기더니 이내 가게로 들어왔다. 그러더니 갑자기 험악한 표정으로 남편을 힐끗 내려다보았다. 바깥을 휘휘 둘러보던 그녀는 주변에 다른 사람이 없음을 확인했다. 그리고 울화가 치미는 듯 남편에게 짜증 나는 말투로 뱉었다.

"으응, 으응, 그려, 그년이 코웃음으로 아양을 떠니까, 기분이 붕 뜨는 것 같았쥬? 말 좀 해봐유!"

"얼라! 또 지랄이여, 이 사람이…"

"또 지랄이여! 나쁜 넘의 새끼! 니가 저지른 일이 얼매나 사람을 힘들게 한 줄 알기나 혀!"

"거 으째 조용하다 했구먼. 거 자꾸 함부로 또 주뎅이 놀릴 껴? 내 당신한티 다 말 했잖여."

"내가 모를 줄 알어. 시벌 눔! 니 승질에 퍽이나 다 말했것다. 맘속에 꿍쳐 둔 그년을 아즉 못 잊고 있는 거, 다 알고 있다구!"

"아으, 아으 내가 진짜 당신 때매 미치고 팔짝 뛰것다, 증말. 몇 번이나 말한 그대로라고. 물건을 납품 허자면 경리책임자인 그 여자헌티 허는 수없이 접촉을 혀야 한다고. 밥 한 번 같이 먹고 저어기 오케이호프집에서 생맥주 한 잔 밖에 대접한 일밖에 없다고 말 허잖여. 거짓말인지 참말인지, 치킨집 주인헌티 물어봐봐."

"웃기지 마유! 뭐 납품, 시방 납품이라고 했슈? 납품 같은 개소리를 하고 자빠졌네. 그눔의 납품 더 했다가는 그년하고 인제 살림을 차리겠구먼. 으떠유? 내 한번 두고 볼 테니께 나가서 살림을 채려 보든가."

"무신 소리여! 나처럼만 혀 봐. 내가 이발관매냥 옷 하나 제대로 걸친 적 있나구!"

"나두 여자구먼, 이 시키야! 이 동네 츰 왔을 적에 새끼덜 올망졸망 데리구 집 한 칸 읎이 아등바등 개우 입에 풀칠하믄서 살았잖여. 내 손톱 문질러진 거 봐봐. 영칠이 엄니는 말할 것두 없구, 물건 사러 온 하찮은 여편네덜두 매니큐어 칠한 거 보믄 몰러! 내가 그년덜 손구락 보면, 을매나 부러운 줄 알기나 혀? 눈깔 있으믄 이 팔 좀 보드라고."

가맣게 그을린 팔뚝의 주근깨를 들여다보며 해실이 바락바락 악을 써댔다.

"얼라? 그것이 왜, 내 탓이여. 진즉부텀 토시를 끼고 허라구 얼매나 말 했었남. 귓구녁에 말뚝을 박었는지, 여편네가 도대체 내 말이라믄 들어를 묵어야지."

"그걸 시방 말이라구 갖다 붙이는 겨!"

"잔소리 허덜 말고 조용히 못 혀. 울퉁불퉁 혀봐야 당신만 손해니께."

삼태는 이를 윽물며 붉으락푸르락 이맛살을 찌푸렸다. 아내가 다그치더라도 절대 말려들면 손해라는 생각이 들었다. 그래서 얼굴로 번지려 한 감정을 애써 아랫입술로 질끈 물었던 것이다. 그렇지만 어떤 두려움과 불안이 엄습할 때면 그는 더욱 움츠러들었다. 습성처럼 손가락으로 허벅지를 긁는 것도 마찬가지다. 그때였다. 열려있는 문 안으로 동네아이가 들어왔다. 부부는 서로 얼굴을 마주 보며 멈칫거렸다. 아이는 해실에게 천 원짜리 한 장을 내밀었다.

"아줌마? 죠스바 주세요."

"니가 꺼내 묵어."

해실은 평소와 달리 시큰둥하게 받았다. 아이는 쪼르르 달려가 바깥에 있는 진열냉장고의 뚜껑을 열었다. 어찌 된 일인지, 해실이 남편에게 앙탈 부리는 행태는 갈수록 더했다. 찾아오는 동네의 여인들에게 남편이 바람을 피웠다는 둥 그녀의 머리채를 잡고야 말겠다는 둥 별별소리를 해댔다. 동네 장사라 말조심이 첫째라는 그녀가 흔들리는 꼴이다. 웬만한 일이라면 잘 참아내는 그녀답지 않게 평상심을 잃었다. 동네사람들은 여전히 뒤에서 수군거렸다. 막상 앞에서는 부부의 눈치를 흘끔흘끔 살피는 형편이었다. 이해실이 혼자서 멍하니 앉아있다. 가게로 들어오던 방소란이 구석의 냉장고에서 환타오렌지 병을 꺼내왔다.

"날씨가 왜 이려? 추석 지난 지가 언젠디, 증말 날씨가 미쳤나 벼."

유리 알갱이들이 다닥다닥 붙은 초록색 얇은 스웨터를 걸친 그녀가 지껄였다. 병을 들고 계산대 안쪽으로 들어가 이해실의 옆에 앉았다. 아무런 대꾸가 없자, 그녀는 은근히 좀이 쑤셨다.

"아이고, 준규엄니? 죽 먹은 사람마냥 그러지 말고 힘 좀 내어봐유."

"내가 지금 무슨 맘으로 힘이 나겠슈?"

힐끗 소란을 돌아보던 해실은 고개를 떨궜다. 손금고서랍을 열더니 지폐들을 가지런하게 펴서 넣고 닫았다. 소란은 떠날 생각이 없는지 엉덩이를 바짝 옆으로 가져갔다.

"내 맘을 몰러서 그런 말을 하는 겨."

"준규엄니 속을 모르기는 내가 왜 몰러."

"지들은 내 맴 속의 불길이 어뜨께 훨훨 타는지도 몰러. 동네 년들은 냄의 일이라고 그저 주뎅이에서 나오는 대로 놀리며 씨부리는 거여. 몸이 빠졌다느니, 얼굴이 핼쑥하다느니 지랄들 허는디, 그게 뭣이간? 그 말이 그 말 아닌감?"

"준규엄니가 시간이 갈수록 더 속상해하니까 모두 그럴껴."

"아녀! 나도 결심이 섰어, 섰슈. 내 얼릉 시방이라도 쫓아가서 그년을 잡아다가 주리를 틀고 싶지만, 그렇게는 안 할껴! 내가 복지회관 관장한테 직접 전화를 헐껴. 빨리 그년 모가지를 안 자르면 내가 절대루 기냥 가만두지 않을 거라고."

"아이고! 그래도 그러면 쓰남! 그년도 목구멍이 포도청인디, 남의 숨통을 그렇게 막 자르는 일이 좋을 게 없슈. 그렇게 허면 가게도 크덜 못하는 거유."

"무신 소리여! 남의 가정에 평지풍파를 일으켰으면, 지 눈에서도 피눈물을 흘려야 하는 벱이지."

"차분허게 잘 생각혀봐유. 준규엄니가 그렇게 나오면, 복지회관에서도 식자재 납품을 끊어버릴 수 있을 텐디…"

"뭣이여! 누가 납품을 끊어! 절대루 못 끊어! 우리가 그걸 어떻게 따온 것인디, 한두 푼도 아니고… 한 달에 천만 원이나 되는 큰 껀이라구."

"그럼 납품은 납품대로 하고, 그 여자 모가지는 모가지대루 짜를 수 있남. 시상 일이 준규엄니 맘대로 일사천리로 될 수 있겠냐구유."

"되지! 암만, 되고말고. 그란디 말이여! 증말로 욕 나올라고 그러네. 영칠이 엄마는 왜 그년 편을 드남. 누구 편이여?"

방소란이 불난 집에 기름을 붓듯 은근히 부아가 난 까닭이
있다. 동네 가까운 이웃이다 보니 세월만큼 정이 든 이유 말
고도 또 있다. 언젠가 늦은 아침나절이었다. 남편은 새벽 일
찍 전기공사 일을 나갔던 터라, 할 일이 없어서 얼굴 화장을
하고 가게로 훌쩍 들렀다. 반바지를 입은 그녀는 둘레둘레 가
게 안을 눈으로 저어보았다. 해실은 어디를 갔는지 안 보였
다. 삼태도 별일이 없는지 계산대 앞에 앉아 텔레비전을 보
고 있었다. 여느 때처럼 소란이 그 옆으로 펄썩 주저앉았다.
그건 해실이 혼자 있을 적에도 그랬으니 이상할 일도 아니었
다. 둘 다 멍청하니 화면에 눈을 꼬나 박았다. 그 시간대에는
손님은커녕 개미새끼 한 마리도 얼씬거리지 않았다. 종아리
를 톡톡 건드리는 느낌에 그녀는 삼태 얼굴을 슬그머니 돌아
봤다. 삼태가 눈웃음을 살살 치고 있질 않는가! 그녀는 잠시
얼굴이 화끈거렸지만 그다지 싫지 않았다. 오랜 시일동안 이
웃으로 살가운 정이 들었을 법했던 터. 얼굴을 마주 보면서도
삼태의 장난기는 멈추지 않았다. 그녀의 마음도 자꾸 간지럽
고 이상스러워졌다. 남녀가 함께 계속 오래 있다는 것은 소문
이 금방 퍼질 것은 자명했다. 그녀는 안 되겠다 싶어 시익 웃
어주고 그 자리를 빠져나왔던 것이다. 지금까지 아무도 모르

는 단둘만 묻어 둘만한 일이었다.

거미줄과 모기

골목길에서 더 들어간 좁은 샛골목이었다. 캄캄할수록 창문의 불빛이 밝았다. 창문 안까지 훤히 보였다. 허스키한 여성목소리의 험한 욕설이 밖으로 튀어나왔다.

"이 새끼야! 난 이제 니하고 끝이데이!"

"그러니 어떡하라고?"

사내의 목소리는 체념과 빈정거림을 머금고 능청스럽게 저지했다. 차분한 대꾸가 불길에 기름을 끼얹은 탓인지 여성의 목소리는 더 길길이 뛰었다.

"이게 사는 거가? 이 개새끼야, 이게 사는 기냐고!"

어기찬 여성의 고함으로 위압에 눌려 사내는 말이 없다.

조금 침묵이더니 다시 한 음정 낮게 여성이 내질렀다.

"이제 난 죽는 수밖에 없다카이. 죽는다꼬!"

"죽긴 왜 죽어?"

"니가 노름빚으로 가져간 돈 대출이자를 못 냈으이 그렇제."

"아 쓰발, 이나저나 죽기밖에 더 하겠어."

"야! 그러면 정말로 내깡 뒈지라는 거야! 뭐야?"

여성은 자기 자신이 뱉은 말을 뒤집으며 다시 악다구니를 퍼부었다. 바깥은 더 캄캄하고 조용해서 이들의 언쟁은 골목길을 휘돌아 퍼졌다. 이들의 목소리에 놀랐는지, 담장에 엎딘 얼룩빼기 고양이 한 마리가 깜짝 놀라 휙 도망을 쳤다.

작달막한 여인의 상대방은 그녀의 남편이다. 불쾌한 얼굴로 서 있는 사내는 아무 거리낌이 없었다. 여인은 욕지거리를 퍼부으면서도 남이 볼까 두려워 두리번거렸다. 이발관에서 한참 떨어진 뒷골목이다. 문이 열리는 소리가 났고 누군가 밖을 엿보더니 다시 들어갔다. 인기척이 난 때문인지 그들의 승강이는 그쳤다. 키 낮은 지붕 아래에 웃자란 수국화분이 잎들로 촘촘했다. 어깨 넓은 남자는 여자의 손을 뿌리치며 성큼성큼 가버렸다. 조금 후에 여인도 좁은 골목을 지나 이발관 앞쪽으로 나갔다. 그들은 남이 부끄러워 집에서 떨어진 골목에서 다툼을 했던 것이다. 거제댁과 그녀의 남편이었다.

정말순은 이곳으로 이사 오기 전만 해도 식당의 허드렛일을 나다녔다. 이 식당 저 식당을 옮겨 다니며 온종일 그릇을 닦거나 주방에서 잔일을 했다. 오래전에 그들은 어설프게 만났다. 같은 또래의 예순 후반의 남편은 건축공사장의 노동일을 하면서 식당을 드나들었다. 그들은 한 번씩 결혼에 실패했던 인생이었다. 그러다가 인생의 맨 밑바닥에서 황혼 길에 만나 이곳으로 밀려왔다. 갱년기의 남녀가 희망을 떠올리며 만난 것은 잠시일 뿐이다. 희망은 아직 보이지도 잡히지도 않았다. 희망은 도대체 어디로 갔을까. 희망마저 신기루처럼 사라져버렸다면 남아있는 건 절망뿐이다. 도대체 늙은이들의 때늦은 짝짓기에 무슨 의미를 부여한단 말인가.

*

"씨팔놈의 새끼! 내사 마 미치겠데이."

이발관 출입문을 열고 거제댁이 들어왔다. 그녀의 들뜬 얼굴이 예사롭지 않았다. 누가 왔나 싶어 안에서 인식의 아내가 삐죽이 고개를 내밀었다. 뺨과 목 언저리가 붉은 게 아무래도 심상치 않았다. 그녀는 거제댁의 표정을 보며 의아한 듯 입을 열었다.

"어젯밤에 안 들어왔어요?"

그 말에 얼굴조차 벌겋게 달아오른 거제댁은 안절부절못했다. 그리고 신발을 벗고 불쑥 안으로 들어왔다. 마침 손님이 없던 터라 내외는 아침밥을 먹는 중이었다. 인식은 밥숟갈을 들다 말고 동작 그만이다.

"어제가 뭐야, 이틀이나 외박을 하고 전화조차 안 받네, 나쁜 시키가!"

"그럼 일도 안 나갔겠네요. 일도 안 나가고 어딜 가셨나?"

"어저께 비가 왔잖아요. 그런데 점심 무렵에 집에 들어왔더라꼬. 그래서 내가, 오늘은 당신이 공치는 날이라 일 몬 하겠네 그랬더니 시무룩해갖고 다시 어딘지 나가뿌더니 안 기어들어 오는 기야."

밥상 앞의 인식이 빨간 국물 속에 젓가락을 집어넣었다. 그는 깍두기를 우걱우걱 씹으며 그녀를 흘깃 쳐다보았다. 거제댁은 냅다 밥상 위에 놓인 컵을 들어 물을 벌컥벌컥 마셔버렸다. 잠시 침묵이 흘렀다. 인식이 밥숟갈을 내려놓으며 말문을 열었다.

"혹시 또 도박하러 간 게 아닐까요?"

"아이고야! 내가 그러면 아침부터 이리 흥분하겠십니꺼?"

조금 전보다 착 가라앉은 목소리로 그녀가 대꾸했다. 아무래도 무슨 사연이 있는 듯싶었다. 그녀는 무슨 말을 털어놓으려는 듯 바닥에 폴싹 주저앉았다. 빤한 내용이 아닌 것 같았다. 인식 내외는 말없이 그녀의 입술만을 주시했다. 뱁새눈을 이리저리 굴리던 거제댁은 확신이 서지 않는 목소리로 말문을 열었다.

"아무리 생각캐도…"

입을 쩝쩝 다시던 그녀는 다시 물컵으로 손이 가더니,

"여자인 듯싶지"라며 맺고 물을 마셨다.

"언제 적 알았던 그 여자는 진즉에 끝이 났다면서요?"

인식의 아내가 부옇게 김이 서린 안경을 벗어들고 반문했다. 거제댁은 대뜸 단호한 어조로 무질렀다.

"개 같은 놈이, 언제 끝난 일이 있었나! 끝나도 제 버릇 개 못 주고 또 어디선가 기집 년을 붙어오지!"

거제댁은 늘 불안했다. 예순을 훨씬 넘었어도 남편은 아직 팔팔한 몸이다. 아직 건축공사판에 다녀서 그런지, 팔뚝이며 종아리에 박힌 근육은 단단했다. 잡부나 철근보조공으로 일당 십만 원은 거뜬히 벌었다. 십만 원을 벌어와 거제댁과 반반씩 나누었다. 그러니까, 그녀는 오만 원을 모아 생활비를 썼다. 오래전부터 내외가 불문율로 정하여 왔던 것이다. 알고 보니, 오로지 반평생을 도박은 물론 술과 계집질로 살아온 사내였다. 딸자식이 하나였기에 망정이지, 줄줄이 딸렸더라면

원수가 따로 없다. 거제댁은 단호한 표정으로 꼭 집어 말했다.

"그년이 틀림없어융!"

"에이, 아무리 그래도, 그건 좀…"

인식이 조심스레 손사래를 쳤다.

"사장님이 잘 몰라서 안 캅니꺼. 시장에서 가게를 할 때도 들락날락캐서 동네에 소문이 이상하게 돌았다카이. 기억 안 납니꺼?"

말인즉, 시장 길목에서 신발가게를 하던 여인이었다. 소아마비의 불편한 몸으로 딸 하나를 키우며 다소곳하게 살았던 터. 일 년 전에 다른 곳으로 이사를 갔다. 그런데 온 동네가 시끄럽도록 소란을 떨며 헤어진 그 여자와 다시 만났다니! 다만, 거제댁의 예리한 직감을 믿어야 할지 말지는, 이발관 내외로서 안타까운 노릇이다. 인식은 분명 뭔가 심상치 않은 일이 벌어지고 있다는 조짐을 느꼈다.

거제댁은 이발관에서 힘없이 집으로 돌아왔다. 머리가 빠개질 듯 아팠다. 분명히 그년일 거야. 확 스치는 느낌으로 집혀 떠오르는 암컷의 본능 같은 것. 확증은 없지만 심증은 그랬다. 남편의 못된 짓거리가 새로운 여자를 꼬셔대기에는 한계가 있다는 생각에 미쳤다. 그녀는 무슨 생각이 들었는지,

고개를 들어 문짝 위를 쳐다봤다. 단칸방의 현관문이다. 천장과 맞닿아있는 벽에 빨강 글씨의 부적이 붙어있다.

작년엔가 웬 스님이 탁발을 왔다며 문을 두드렸다. 천 원짜리 한 장을 받은 스님이 부적 한 장을 꺼내놓고 갔었다. 거제댁은 그걸 장롱서랍 속에 넣어두었다. 한 달 전 장롱을 정리하다가 부적을 발견했다. 절에 다니던 키다리아줌마가 마침 놀러 왔던 터라 물었다. 연립주택 3층에 사는 그 집 안방에도 부적이 붙어있었다. 아니, 그전에 정육점 가게 안에도 부적이 붙어있었다.

"이거 붙이면 재수가 좋나?"

"그런 건 잘 모르지만, 나쁠 일도 없겠지요. 마음이 든든한 건 있어, 언니."

"하기사, 마음이 평안해지기만 해도 본전은 되겠다마."

밥풀을 짓이겨 의자에 올라서서 부적을 붙였다. 거제댁은 허공에 흩어진 잡다한 생각을 잡아 모았다. 부적? 그것이 효험이 있어 복을 얻었다면, 정육점 남자가 죽었을 리도 없었겠지. 그래, 그 젊고 팔팔한 남자가 갑자기 죽은 것은 복 대신에 화가 왔음이야. 부적이 오히려 화를 끌어온 거 아닐까. 쓸데없는 생각이 자꾸만 생각의 꼬리를 물었다. 생각의 꼬리란 참으로 치사하고 엉뚱했다. 좋은 일은 좋게만, 나쁜 일은 나쁘게만 작용하지 않았던가. 그렇다면! 저 부적을 장롱에서 꺼내 붙일 때부터 문제가 하나둘 생겼던 것은 아닐까? 한 달 전에도 아침 일찍 일을 나갔던 남편이 점심때도 안 되어 돌아왔었다. 다리를 절뚝거리며 마른기침을 하면서.

"왜 그래요?"

"다쳤어. 철근을 조립하다가 큰일 날 뻔했지. 옆에 있던 중국 놈이 놔둔 망치가 내 발등에 떨어진 거야."

재수가 없으면 접시 물에도 빠져 죽는다더니 별일이었다. 방소란과 말다툼을 했을 때만 해도 그랬다. 밤낮으로 언니, 언니 하며 붙어 휘감길 적에는 무슨 바람이 불어서 그랬을까. 시장을 갈 적에도 늘 붙어 다녔고, 하다못해 다단계 사람들이 사람을 많이 모아오라고 했을 때도 거제댁이 총대를 멨다.

"언니이? 그래도 노인들은 언니 말을 잘 들을 거 아니유?"

"영칠 엄마 말이라카이 맞을 끼야. 그럴까아?"

옆집 늙은이들은 물론 노인당을 들락날락거리며 은근슬쩍 접근해서 꼬드긴 일도 그녀가 다 했다. 그러나 정작 다단계 사람들은 스테인 냄비며 그릇 세트를 몽땅 방소란에게 줘버린 게 아닌가. 그녀는 겨우 보온병과 두루마리 화장지 차지였다. 못마땅했지만 그동안 언니동생 하며 정이 든 일로 입을 다물었다. 언제부턴가 방소란은 까닭 모르게 몽니를 부리며 뇌꼴스런 짓을 해댔다. 거제댁은 나잇살 더 먹은 년이 참아야지 하면서 짐짓 모른 척했다.

서먹서먹하게 며칠이 지났는데, 미용실 앞에서 만나게 되었다. 방소란이 여전히 새침한 표정이어서 웬일인가 싶어서 괜히 한마디 건넸다.

"영칠 엄마, 니는 집에 무신 일이 있드나?"

"일은 무슨 일이 있어유. 왜? 넘의 집에 무슨 일이 있으믄 좋겠어유! 춤이라도 추고 싶어유!"

"아니, 니는 무신 말을 그리 하나? 내는 니가 얼굴이 안 좋길래 괜히 해본 말인데."

"쓸데없이 남에게 신경 끄고 집안일이나 잘 챙기셔유."

하도 변덕스런 여편네의 성깔머리라니. 원래 성질머리가 그런 여자려니 했다. 변덕이 죽 끓듯 언제 그랬느냐는 듯 생글생글 웃으며 고구마나 과자나부랭이라도 들고 나타났던 터였다. 이제까지 몇 년을 자매처럼 가깝다고 자존심도 없이 속마음까지 털어놓고 지냈던 것. 그 집에 무슨 기분이 나쁜 일이라도 생겼거니 하고, 더 이상 대꾸 없이 지났다. 그날은 일진이 사나웠던 모양이리라.

"내사 마 과거에 저 인간하고 생긴 일을 다 말하면 뭐하나. 정말 얼척도 없는 기라. 이년의 팔자는 어느 누구하고도 비교가 안 되는 기라. 그냥 진즉에 갈라섰어야 하는 긴데, 딸아이 저거 때매 그러지도 저러지도 몬한 사이에 세월이 저만큼 가버린 기라. 다른 사람들은 늙었어도 연금입네 보험입네 해 갖고 다 노후를 준비한다꼬 하는데, 우리는 정말 그런기 없다 아니가. 그냥 하루 벌어 하루 먹고 운이 없으면 인생살이 끝나는 기라예. 노가다라는 기 별 거 있어! 일 없으믄 거지새끼가 따로 없제."

그렁그렁한 눈물을 주르륵 흘러내릴 적에도 옆에 방소란이 있었다. 함께 울고 맞장구를 쳐가며 고개를 주억거렸던 그녀였다. 그런데? 세상에나! 이 무슨 말을. 집안일이나 잘 챙기라니? 이건 무슨 자다가 봉창 두드리는 소리인가. 느닷없이 안면 몰수하는 그 말본새로 보아 뭔가가 똬리를 틀고 있음이다. 소란의 말투에는 어떤 저의가 숨어있을 듯싶었다. 화면으로 돌아가는 녹화필름을 되돌려 딱, 멈춤에서 화면을 확대시켜보아야 했다. 분명 무슨 뜻이 숨어있을 것만 같았다. 그러나 알량한 자존심 때문에 못 물어보았다. 아니, 오히려 알아봐야 무슨 일이 생길 것만 같은 두려움을 내포했다고 하리라.

*

부부가 따로따로 이불을 쓴지 꽤 오래되었다. 거제댁은 잠결에도 뭔가가 젖가슴으로 스멀거리는 감촉을 느꼈다. 꿈인가 싶게 야릇함이 지나갔다. 화들짝 정신이 들어 깼다. 그녀는 감았던 눈을 살짝 떴다. 옆에 누워있던 남편은 고개를 모로 돌린 채 그녀의 시들어 빠진 젖무덤을 움켜쥐고 있었다. 순간, 역겨움이 왈칵 치밀었다. 방안의 어둠을 바깥 가로등 불빛이 천장에 어슴푸레하게 어른거렸다. 움찔거리던 그녀를 남편은 모르쇠로 자는 척하는 것 같았다. 이렇게 지근덕지근덕한 짓거리가 한두 번이던가? 슬며시 다가와 철근 같은 굵은 손가락으로 젖가슴을 더듬었음이 분명했다. 앵돌아진 거제댁은 송충이가 스멀스멀 기어온 것 마냥 몸서리가 쳐졌다. 이 짐승만도 못한 놈 같으니라고! 그녀는 큰소리가 튀어나올 걸 가까스로 참았다. 수십 년을 한 이불속에서 지냈건만, 가면 갈수록 정나미가 떨어졌다. 더욱이 그년의 얼굴만 떠오르면 부아가 치밀었다. 순간적으로 번뜩이는 생각을 따랐다. 그대로 자세를 유지하고 누운 채 왼손을 뻗쳐 더듬었다. 화장대 옆에 놓인 이쑤시개 통이 손에 잡혔다. 뾰족하게 날이 선 감촉이 손가락으로 전이되었다. 이쑤시개를 집어 남편의 손등 위로 가져갔다. 그리고 숨을 죽이며 힘껏 남편의 손등을 찔렀다. 느닷없는 그녀의 공격에 놀란 소리가 방안을 울렸다.

"아얏! 이년이, 이거 무슨 짓이야?"

"당신이야말로 이 무슨 짓거리고! 술 퍼 묵었으면 곱게 퍼져 잠이나 잘 노릇이지, 그 더러븐 손으로 어딜 만지나!"

"내 참, 좀 친해 보려니까, 별꼴이네. 에이 참."

"뭣라꼬? 니가 그 더러븐 년하고 하던 짓을 내게 하몬, 그래 내가 퍼그나 좋아할 줄 알았드나? 진짜로 나쁜 새끼 아이가! 참말로 내사 구역질 나고 더러버서 몬 살겠다, 시팔 놈아!"

거제댁은 자리를 박차고 벌떡 일어나 전등 스위치를 켰다. 눈 부신 불빛이 어둠을 쫓아내며 방안을 드러냈다. 남편은 눈을 감고 여전히 모로 누워있다. 도대체 머릿속에 어떻게 생긴 괴물이 들었기에 나잇값을 못 할까. 알 수 없는 인간이었다. 안 산다고 하면 모를까, 뻔죽거리며 느물거리는 성격을 그녀로서는 도저히 어찌해볼 도리가 없다. 가끔은 별별 생각이 다 들었다. 어머니, 아버지는 왜 나를 나셨나? 세상살이가 힘들 때마다 부모를 원망했던 적이 한두 번이 아니었다. 이제 갈 날이 점점 다가오는 마당에 그런 생각조차 하나 마나다. 오히려 자기 자신을 경멸하는 의미만 더 키웠다. 눈이 말똥말똥하여 정신만 혼란스러웠다. 마음이 심란하여 도저히 이대로는 다시 잠이 올 것 같지 않았다. 그녀는 뒤척여본들 속만 갑갑하고 울적하여 깊은숨을 토했다.

*

뱃속에서 꼬르륵 소리가 났다. 거제댁은 도둑질하다 들킨 사람마냥 깜짝 놀라 주변을 두리번거렸다. 이른 시간이라 사람들은 드문드문 시장을 오고 갔다. 우선 물건을 처분하는 일이 급선무다. 속이 쓰리다는 남편에게는 딱 하나 남은 신라면을 끓여주었다. 계란을 안 넣었다고 툴툴거리는 남편에게 퍼부어본들 속만 상할 것 같아 꾹 참았다. 정작 자기 자신은 미숫가루를 물컵에 저어 마시는 둥 마는 둥했다. 계란과 우유를 냉장고에 채워야겠으나 삼성유통을 가기에는 왠지 찜찜했다. 가게에 감도는 분위기가 냉동고에 쑤셔 박아놓은 삼겹살 같았고, 외상까지 달아놓았으니 엄두가 안 났다.

요즘에 남편은 일거리가 없다며 방에서 뒹굴었다. 일거리가 없다는데 더 이상 언쟁할 이유가 없었다. 생활이 나아지기는커녕 하루하루가 위태로웠다. 낫살이 들수록 목숨을 부지하는 일이 어려워졌다.

그렇지만 밤늦게라도 당장 고향인 거제도에 가야 했다. 세상에 단하나 뿐인 언니가 죽었다는 부음을 들었다. 조실부모하고 언니와 함께 고생을 하며 세상의 파도를 탔다. 소중한 언니를 생활고 때문에 먼발치에서만 그리워했다. 그녀는 걷잡을 수 없이 흐르는 눈물을 손으로 훔치고 또 훔쳤다. 조카들은 밥술이나마 먹고 살지만 차마 빈손으로 갈 수는 없다.

자존심 따위를 접어두고라도 누군가에게 손을 벌릴 데가 마땅치 않았다. 가끔 어려울 적에는 방소란에게 아쉬운 부탁을 했던 적도 있었다. 그럴 때마다 그만한 돈도 없냐는 둥 잔소리와 생색을 한 귀로 듣고 흘렸던 터. 돈을 빌려주면서 남의 자존심 따위는 아랑곳없이 팍팍 짓밟는 그녀에게라도 손을 벌리고 싶은 심정이다.

역전시장 근처에는 크고 작은 귀금속가게들이 열 군데쯤 되었다. 거제댁은 괜히 창피한 표정을 억지로 감추며 바깥에서 이 가게 저 가게를 훑어보았다. 어떤 가게는 손님으로 뵈는 여인 서넛이 흥정을 하는 듯했고, 다른 가게는 주인과 손님이 서로 삿대질을 했으며, 그 옆의 가게 안에는 경찰관 두 명이 주인에게 무엇을 추궁하는 모습 같았다. 가게마다 주인만 달랑 혼자 있는 데는 안 보였다. 그래서 그녀는 도저히 아무 가게나 불쑥 들어갈 엄두를 못 냈던 것이다. 한 집 지나 망설이고 두 집 건너서 처음 왔던 데로 다시 돌았다.

물건을 흥정할 가게가 마땅찮았다. 벌써 몇 바퀴를 빙빙 돌았다. 버스를 타는 시간이 촉박하자 마음이 조급해졌다. 이제는 동네사람들 누군가에게 들켜 망신을 당하는 일 따위는 머릿속에서 차츰 사라져갔다. 그녀는 속으로 마음을 다졌다. 다른 손님이 있거나 말거나 그게 나와 무슨 상관이람. 세

315

상에 누가 나를 알기나 알 것인가. 동네사람을 마주치기라도 하면? 하! 또 알면 어때. 지들이 나한테 밥을 줬나, 돈을 줬나. 그런 생각으로 마음을 추스르자, 이번에는 오로지 물건을 흥정할 분위기에만 생각이 미쳤다. 오히려 18K 금반지의 함량이 어떤지, 얼마나 받을 수 있을지가 궁금했다.

그 금반지는 남편을 건축공사장 식당에서 만났을 적에 얻은 거였다. 결혼식도 올리지 않고 얻은 징표였다. 처음에는 진짜 순금인 줄 알았다. 순금이 아닌 18K의 쌍가락지였다.

"당신 손가락에 잘 맞구먼. 요 다음에 더 큰놈으로 끼워줄게."

뭉툭한 코를 벌름거리며 남편은 말했었다. 그때만 해도 생애에 두 번째로 만난 남편의 존재는 희망이었다. 비록 가난했어도 존재의 가치를 가슴에 깊이 담았다. 순금 반지라도 좋았다. 다이어 반지가 무슨 대수이랴. 그런데 지금은 모든 희망이 절망으로 곤두박질치고 있지 않는가. 그녀는 낡은 반지보다 자기 자신이 더 초라한 것임을 느꼈다.

아까부터 눈여겨 보아두었던 가게의 문을 열고 들어갔다. 가게 안을 둘러봤다. 유리진열장 안에는 목걸이, 시계, 반지 따위가 조명에 빛났다. 진열장 너머 구석진 의자에 누가 앉아 있다. 대머리 남자가 안경 너머로 이쪽을 흘깃 쳐다보았다.

남자는 주인인 듯 세공품을 만지작거렸다. 그녀는 주뼛거리며 가까이 다가가 작은 목소리를 냈다. 핸드백에서 투명비닐봉지를 꺼냈다.

"저어, 이거 좀 봐주이소."

"팔아달라는 겁니까?"

"그기 아니고예, 집에 있는 거 가져 왔심더."

남자는 비닐봉지에 든 반지를 꺼내 들었다. 그리고 안경을 벗고 돋보기를 눈에 끼웠다. 한참을 들여다보던 남자가 판결문을 읽듯 말했다.

"아무래도 잘 모르겠네요. 다른 데로 가져가 보세요."

"와요? 금이 아닙니꺼?"

부지불식간에 그녀의 대답이 용수철마냥 튀어나왔다. 바로 그때, 누군가 휘파람을 불면서 들어왔다. 검정운동복차림의 마흔 줄의 사내다. 그는 가게주인과 잘 아는 듯 한눈을 찡긋하며 불쑥 말을 꺼냈다.

"왜? 무슨 일 있어요?"

"아, 손님이 가져온 건데 잘 모르겠어."

"이리 줘 봐요. 시험해보면 알 것을 뭐 그래요."

검정운동복의 사내는 자신이 가지고 있는 쇳돌에다 반지를 슬쩍 문질렀다. 그리고 쇳돌에 묻은 금빛 흔적에다 작은

병에든 물방울을 떨어뜨렸다. 사내는 씨익 웃더니,

"맞구먼. 십팔 케이에요."

"아주머니, 주민증 줘 봐요."

주인은 주민등록증을 보며 볼펜으로 적었다. 오만 원 짜리 석 장을 지갑에 넣은 거제댁은 가게를 나섰다. 그리고 부랴부랴 고속버스터미널로 갔다.

*

재개발 소문으로 들뜬 동네가 차분해졌다. 어디로 또 거처를 옮길까 했던 거제댁의 고민도 한시름을 놓았다. 요즈음 거제댁은 밖으로 나다니지 않았다. 한 마디로 왕따가 따로 없었다. 점쟁이할멈 점괘처럼 구설수가 문제였다. 원인 없는 결과가 없다던가. 이쪽에서 저쪽 이야기를, 저쪽에다 이쪽 이야기를 옮긴다는 소문이 나돌았다. 특히 짬짬이 함께 돌아다녔던 방소란은 그녀를 불러주지 않았다. 아무래도 방소란이 여기저기에 덫을 놓아 염장을 지르는 눈치였다. 함께 붙어 다니며 그녀가 했던 짓거리를 본 게 한두 번인가. 친척마냥 하루에도 몇 번이나 들락날락거리던 이발관과도 아예 발을 뚝 끊었다. 선인식의 아내가 대놓고 그랬질 않던가.

"나이깨나 든 사람이 생각 없이 아무에게나 말을 퍼 나르면 누가 믿고 속엣 말을 하겠어요."

"아니? 내가 무슨 말을 했다고 그러니꺼?"

"아이고! 여러 말 할 것 없어요. 그것도 그대로만 전하면 괜찮기나 하지, 마구 부풀려서 소설을 쓰니까, 감당이 되겠느냐구요."

말수가 적은 선인식의 아내였는지라 그 정도에서 그쳤다. 얼굴이 붉으락푸르락하던 거제댁은 더 이상 대꾸를 못 했다. 잘 삐끗하고 토라지는 소란의 비위까지 맞췄는데, 여기까지가 한계인 것 같았다. 동네의 미운오리 새끼마냥 집에만 박혀 있다. 유일한 탈출구가 시장보기다. 혼자서 다니려니 여간 쑥스러웠다. 예전의 생활의 리듬이 깨져버렸다. 그녀는 이발관 내외는 물론 방소란들과 낄낄거리며 쏘다니던 일들이 무척 그리웠다. 그래서 은결든 마음은 더욱 늦가을의 쓸쓸함에 젖었다. 몸은 마른 잎으로 타들어 갔다.

깨어진 밥그릇

　　　　　　　　　　　언제나 뜨거운 돈바람은 서
울에서부터 지방으로 불었다. 변덕스런 바람이 그치면 지방
은 그야말로 춥다. 한동안 재개발이니 뉴타운이니 온 나라를
휘저었던 폭풍은 잠잠해졌다. 요란하게 춤추던 바람이 쑥 들
어가 버리니 기죽은 이들도 있다. 그동안의 공들인 시간마저
아깝고 좀이 쑤셔 견딜 수 없는 쪽은 송달수다. 거만을 떨면
서 인생은 마지막 한방이라고 떠벌린 지 어제였다. 생각다 못
해 인쇄소에서 만든 안내문을 다시금 돌렸다.

　―주민 여러분, 다시 한번 머리 숙여 감사의 말씀을 올립
니다. 그간 추진위원회에서 불철주야 노력한 결과 인감과 주
민동의서를 400여 통 이상을 받았습니다. 모두가 뒤에서 묵

묵히 도와주신 우리 주민님들의 덕분입니다. 어떤 주민께서는 왜? 빨리 추진하지 않느냐고 독촉하십니다. 물론 아직까지 동의서를 제출하지 않은 분들이 계시기 때문에 작업이 늦어지고 있습니다. 그러나 무엇보다 이 미래 희망적인 사업에 불순한 동기를 가지고 훼방을 놓은 세력이 있다는 것쯤은 주민께서도 아시리라 믿습니다. 이곳에 오래 살았다는 것만으로 자기들의 욕심을 채우기 위해 주민들을 볼모로 잡은 자들이 누구라는 것을 아실 것입니다.

국가지원금이 나온다고 하니까, 이제는 한물간 공공개발 방식으로 하겠다고 막가파식 억지 주장을 합니다. 여러분들도 아시다시피 정부의 부채가 100조 원을 넘은 지가 오래되었습니다. 기존에 추진 중인 주택공사의 공공사업들도 접는 마당에 정부에서 무슨 수로 새로운 사업을 지원하겠습니까. 이 시대 부동산의 흐름을 모르는 무식한 태도입니다. 서울을 보십시오. 같은 시기에 건축한 주공아파트와 유명 건설회사가 지은 아파트값은 시일이 지날수록 차이가 납니다. 집 한 채가 모든 재산이라고 생각하시는 우리 주민 여러분께서는 신중하게 생각하셔야 합니다. 그리고 주민들을 선동하여 깽판을 치는 불량한 업자들은, 한 동네에서 살고 있는 양심이라도 있다면 지금 즉시 주민들을 속이려는 작태를 멈추어야 합니다.

　지금까지 우리 동네를 위해 많은 성원을 보내주신 주민 여러분께서는 빠른 시일 안에 동의서를 제출해주시기 바랍니다.

*

　송달수 측에서 안내서를 돌리기 무섭게 잇따라 또 한 장의 반박문이 금방 나돌았다. 사인펜으로 정성스럽게 쓴 큼직한 글자들이 채워진 신문지크기다. 마치 송달수의 안내서를 기다리기라도 했듯 조목조목 반박했다. 뿐이랴, 송달수의 꼬드김에 속지 말고 이쪽과 함께하자는 저의를 드러냈다.

　―중앙동을 사랑하시는 주민들께서는 사기꾼 같은 세력에게 흔들리지 마시기 바랍니다. 이들이 주민들을 또다시 혼란시키고 있습니다. 여러분은 그간 밤낮으로 많이 시달렸지요? 누구를 위하여 저렇게 돈과 시간을 들여 주민들을 꼬드기려고 애를 쓰겠습니까? 무등록 재개발정비업체는 도시정비촉진법에 따라 2년 이하의 징역형입니다. 그들은 조합구성의 승인도 받지 않은 상태에서 추진위원회를 만들었습니다. 따라서 행정관서에서도 이런 불법 업자를 절대로 용납하지 않을 것입니다. 지금까지 여성 안내 도우미들을 고용하여 상품권과 선물 등을 집집마다 돌리는 일이 허다한 실정입니다. 또

한 어떤 주민들께서는 분명히 거절을 했음에도 불구하고 밤 늦게 찾아와 회유와 공갈로 협박을 하고 있다 하니 대명천지에 이 무슨 일입니까? 이분들은 불안해서 못 살겠다고 아우성입니다. 저희는 모든 증거를 확보하고 있습니다. 법이고 무엇이고 상관없이 동의서와 인감증명서를 받아내는 데 혈안이 된 업자는 마땅히 구속될 일입니다. 주민들께서는 어떻게 해야 재산을 지킬 것입니까? 이제는 중앙동 지킴이들의 공영개발에 힘을 실어주시기 바랍니다.

*

멀리 신개발지가 불씨를 뿌린 듯 어둠 속에서 빛났다. 이쪽은 캄캄한 뒷골목을 가로등 불빛이 띄엄띄엄 졸았다. 이발관 뒤쪽을 한참 돌아 시유지에 들어찬 무허가집들이 다닥다닥 붙어있는 곳이다. 인기척과는 동떨어지고 후미져서 몰래카메라도 없는 사각지대였다.

조금 전부터 커다란 사내와 작달막한 사내의 실루엣이 서로 삿대질을 했다. 으스대던 작은 사내는 소리만 버럭버럭 지를 뿐 굼떴다. 둘의 체격이나 움직임을 보아 어린애와 어른의 몸짓이다. 싸움은 팽팽할 것 같지 않았다. 그들 뒤로 허물어진 집과 블록 담이 흉물스럽게 버티고 있다. 우연치고는 너무 느닷없었다. 서로 주고받는 말들은 처음부터 거칠다. 몇 마디가 오가면서 대화는 점점 원초적인 감정으로 치달았다.

"애초에 함께했으면 지금처럼 일이 지지부진 했겠어?"

"어쩌라고! 시간을 도둑질할 수는 없고, 다 당신 때문이지."

"누구한테 핑계야!"

"민간업체에서 손을 내밀 때 혼자 다 처먹으려고 나를 내팽개친 게 누군데? 문제는 당신이라고!"

황금돈의 말에 손가락질을 하며 송달수가 토를 달았다. 그러자 황금돈은 헛웃음을 치며 큰소리로 내받았다.

"길 닦아놓으니까 똥차가 지나간다더니, 어디서 굴러와 지랄이야."

"보자 보자 하니 너구리 같은 놈이 아주 발악을 하는구먼."

"뭐? 이 개새끼야, 넌 애비 에미도 없냐?"

"당신은 이제까지 동네를 위한다는 거짓말로 너무 너무해먹었어. 내가 다 까봐?"

"임마! 나처럼 이 동네를 위해 일을 한 놈 있으면 나와 보라고 해."

"조까튼 새끼가 웃기고 자빠졌네. 씨파알! 당신이 동네를 위했다고? 이곳에서 해먹은 게 얼만데. 땅이며 돈이며 수십 억이나 꿍쳐놓은 거 내가 모를 줄 알아. 이 동네 지나다니는 개새끼들도 다 안다고!"

"어디서 굴러먹다가 왔는지 몰라도 네가 뭘 알아! 판잣집 다닥다닥 붙어있는 데를 이 만큼 만들 때까지 내 젊음을 바쳤어, 이놈아."

"그래서 알량한 보상비 몇 푼 던져주고 판자촌 때려 부숴 내쫓아 저런 싸구려 임대아파트를 지었나? 양심이 있으면 가슴에 손을 얹고 생각해봐, 이 늙은 영감탱이야."

"그럼 너는, 무료봉사하려고 용역회사 차렸냐? 이 깡패새끼야! 서울에서 착수금은 몇 차례나 받아서 야금야금 다 발라처먹고, 일이 지지부진하니까 하루하루가 지긋지긋하고 미치겠지? 내가 네놈 머리 꼭대기에 앉아있다 새끼야."

"우와, 씨팔 미치고 환장하겠네, 정말! 이거 나이 처먹었다고 봐줬더니 정말 세상 무서운 줄 모르네. 야, 너 이 새꺄! 너 진짜로 죽고 싶어?"

송달수는 체크무늬 남방셔츠의 긴소매를 걷어붙였다. 그의 얼굴은 분을 못 삭여 우거지상이다. 갑자기 목소리를 한 옥타브 내리깔며 황금돈이 이죽거렸다.

"나는 살 만큼 산 놈이야, 그래, 젊은 놈이 힘깨나 쓴다고 나 죽이고 죽을 때까지 빵에서 살아볼 테냐!"

"이 늙은 새끼가! 욕심도 죽음처럼 언젠가는 끝이 있는 법이지."

"법이라고? 그래 너, 말 잘했다 이놈. 내가 또 한 번 빵에 갔다 오게 말해줘?"

"지금 깜방이라고 했어? 그래 여기서 크게 소리 한번 질러보시지. 누가 널 구하러 오나 보게. 대낮에나 법이고, 안정된 세상에서나 법이지, 밤이나 나사가 풀린 시절에는 주먹이 법인 거는 너도 잘 알잖아?"

"나한테 공갈협박하면 겁날 줄 알아!"

"죽으면 다 끝이야! 뭘 더 처먹으려고 지랄이여!"

약이 바짝 오른 송달수가 냅다 소리를 질렀다. 그러자 황금돈이 그에게 갑자기 따귀를 올려붙였다. 어슴푸레한 빛에 들킨 송달수의 얼굴은 분노와 낭패에 뒤섞였다.

"앗! 이 씨팔노무새끼가!"

송달수는 우악스런 손아귀로 늙은이의 멱살을 꽉 틀어쥐었다. 할근거리던 늙은이의 작은 체구가 둥둥 들려졌다. 몸으로 들어오는 가격을 몇 번은 요리조리 피했다. 용을 쓰며 울부짖었지만 맘대로 되지 않았다. 젊은 사내는 개 패듯 늙은이의 등짝을 사정없이 주먹으로 후려쳤다. 두 팔을 감아 옹송그리며 무방비상태인 늙은이의 비명이 터졌다. 거의 죽어가던 순간에 이 무슨 조화란 말인가! 늙은이는 순간, 이마를 들어 올리더니 젊은 사내의 코에 힘껏 들이박았다. 악! 소리를 내지르며 커다란 허우대가 휘청거리더니 주춤 뒤로 물러섰다. 오히려 맞은 사내가 후들거리며 숨소리마저 가빠졌다. 줄무늬 와이셔츠에 검붉은 액체가 줄줄 흘러서 얼룩졌다. 송달수는 자기 자신도 모르게 손등으로 코를 문질렀다.

"앗! 피! 씨팔!

사내는 뒷주머니에서 손수건을 꺼내서 코피를 닦았다. 자신의 피를 본 사내는 분노와 위기가 동시에 치밀어서 도저히 참지 못했다. 본능적으로 돌변하여 얼빠져 엉거주춤 서 있는 늙은이의 머리를 긴 발로 돌려 차버렸다. 늙은이의 몸은 순식간에 저만치 붕 뜨더니 나가떨어졌다. 길바닥에 나뒹군 늙은이는 쓰러져 움쭉 못했다. 그제야 사내는 훤칠한 몸을 수그리며 마뜩잖은 눈길로 늙은이를 내려다보았다.

사내는 부들부들 떨리는 가슴을 다독이며 쫓기듯 사방을 둘러보았다. 몸을 구부려 늙은이의 얼굴에 귀를 갖다 댔다. 할래발딱했던 숨소리의 기척이 그쳤다. 아무런 반응조차 없다. 손을 내밀어 늙은이의 코와 가슴에 대보았다. 심장이 멎은 게 확실했다. 그는 몸을 옴찔거렸다. 불과 몇 분 사이에 끔찍한 일이 벌어졌다.

아아, 이건 누군가가 덫을 만든 게 분명하다. 그렇지 않고서, 저런 하찮은 늙은이를 내가 죽일 이유가 없질 않은가. 죽일 마음이 있었다면 진즉에 싹을 잘라 지금까지 속 썩을 일조차 없겠지. 그런데 내가 과연 저 늙은이를 죽이고 죽일 만큼 증오심이 복받쳤던가. 자잘한 감정을 억누르지 못하고 기어이 똥을 밟았구나. 그냥 아무렇게 놔둬도 뒈져버릴 늙은이를 죽이다니! 이럴 줄 알았더라면 진즉에 후배들을 시켜 끝내버릴걸. 아, 시팔! 재수 옴 붙었어. 스멀스멀 기어들어 온 공포가 머리를 짓누르며 그를 사로잡았다. 그는 주변을 휘휘 둘러보았다. 인기척을 못 느꼈다. 그러자, 조금의 안도와 허탈함이 온몸에 가득 차더니 제정신으로 돌아와 다리가 휘뚝거렸다.

우연히 맞닥뜨린 일이다. 쪽방들이 밀집된 무허가 집들은 재개발계획의 걸림돌이었다. 다시 한번 현장을 살펴보려고 나왔다. 황금돈 역시 그랬음이 분명했다. 이제까지 서로 가급적 마주치지 않으려고 피해왔던 터. 원수는 외나무다리에서 만난다고 했던가. 아무리 그렇다고 하더라도, 우연치고는 너무했다. 이제껏 모아 둔 재산도 넉넉할진대 탐욕으로 매진한 대가를 톡톡 치른 그 결과는 지독했다. 연착륙을 해야 할 시점에 경착륙을 시도한 무모함의 결과는 참혹한 화를 불러들였다. 황혼길이 바로 황천길이 된 것이다.

송달수는 스스로를 다그치며 침착해지려고 애를 썼다. 차라리 주검을 그대로 놔두는 것이 좋겠다는 생각이 설핏 들었다. 살인과 과실치사는 형량이 다르지. 그렇고말고! 아니, 그보다 더 이 자리에 없음의 알리바이가 중요했다. 근처에는 CC-TV 눈깔이 없어 다행이었다. 더구나 하루 종일 다니는 사람이 별로 없는 골목길이다. 그는 늙은이를 한쪽으로 놔두고 허겁지겁 반대편으로 돌아나갔다.

송달수는 자책과 두려움이 머릿속으로 물밀 듯 밀려왔다. 예전처럼 혼자라는 홀가분함이 사라진 지 오래다. 이제는 딸린 여인까지 있다. 결혼으로 맺어진 여자는 남자를 복잡하게 만든다. 노모를 모시고 살아야 하는 절박감마저 지닌 현실의 삶이 어깨를 짓누르고 있다. 아무 거리낌 없이 하늘로 솟구치거나 땅 밑으로 꺼져버릴 수 있는 젊은 시절도 진즉에 지났다.

절망과 후회의 그림자가 꼬리를 물었다. 벽돌로 쌓은 담벼락이 한꺼번에 와르르 무너져 밑에 깔린 느낌이다. 하얀 연기가 꽉 들어찬 공간에 갇힌 상태였다. 그렇다, 단순한 희망도 맹목적인 용기조차도 떠오르지 않았다. 밥이었을까. 돈이었을까. 욕심이었을까. 욕망은 탐욕을 불러왔고, 탐욕은 적을 만들었으며 이제 적은 죽었다. 이제 어쩔 것인가! 그 무엇이 이토록 자신을 귀신처럼 유혹하여 사람을 죽이게 했을까. 무엇을 얻었던가? 그토록 발버둥을 쳤건만 아무것도 손에 쥔 것이 없다. 밀물처럼 들어온 깨어진 잔상들은 그의 머릿속을 바룻바룻 떠돌았다.

황금돈은 죽었다. 이제 죽은 늙은이를 어쩔 수는 없다 치자. 그렇다면? 나는? 나도 얻을 일이 없다. 누구를 위한 것이었던가. 그는 허탈했다. 자꾸만 헛웃음을 쳤다. 머릿속에는 도무지 생각조차 해보지도 않았던 물음들이 떠올랐다. 참으로 운수가 고약했어. 우선 이곳을 떠나야 해. 일단은 가급적 멀리 떠나야 해. 누구한테 갈까. 재개발사업을 하면서부터 껄렁껄렁한 패거리들과 담을 쌓은 지도 꽤 되었다. 설혹 찾아간다 하더라도 더 복잡하게 엮일 게 빤하다. 날 잡아 잡수하고 짭새들의 아가리로 바로 처넣게 될 거야. 그래서 사람의 일이란 한 치 앞을 내다보지 못하는군. 나는 무엇인가? 겉으로 웃고 악한 마음을 품으며 손을 마주 잡는 사악한 직립동물. 두 발로 걷건, 네발로 기어가건, 날아가건, 헤엄쳐가건, 비루하게 종말을 맞을 뿐인데. 어디서부터 좆같이 일이 꼬인 거람. 에이 씨팔! 인생살이에 옴 붙었어.

빡센 목구멍

　　　　　　　　　　　여러 달이 지나고 해가 바뀌
었다. 한동안 구한술은 전혀 다른 사람마냥 변했다. 늘 웃음
기를 머금고 의기양양한 표정은 시무룩했다. 왠지 어깨가 축
처진 모습이다. 한 달에 몇십만 원이라도 챙겨갔던 수입이 딱
끊긴 거였다. 은행에서 현금서비스를 받아 이리저리 돌려막
았다. 하루하루 겨우 생활을 하며 위태롭게 버텨나갔다. 삶의
궁핍은 갈수록 그를 치욕스럽게 내몰았다. 불경기로 땡땡 얼
어붙은 부동산사무실에는 개미새끼 한 마리도 얼씬거리지 않
았다. 결국은 주인조차 손발을 다 들고 진퇴를 결심해야 했
다. 강 여사는 하는 수없이 구한술이 계속 머물러있는 조건으
로 부동산을 새로운 주인에게 넘겼다.

업소를 인수받은 이는 중앙동 토박이인 박 선생이다. 희끗한 머리에 눈빛이 맑은 그는 일흔이 가까웠다. 오래전에 고등학교 수학선생으로 정년퇴직을 했다. 선친이 동네에서 서점과 문구점을 하며 뿌리를 내린 집안이었다. 선친은 서점이 헐린 자리와 옆집까지 사들여 3층 빌딩을 지었던 터. 그는 정년퇴직을 하여 연금까지 받고 있어서 꽤 넉넉했다. 아직 몸이 팔팔한지라 독실한 교인으로 열심히 돌아다녔다. 그가 부동산업소를 인수하게 된 속내로는 천주교교우회 및 교감동우회, 밀양박씨 종친회 등 여러 모임을 주도해야 하니, 사무실이 필요했다. 돈 냄새가 나는 그를 주위에서 가만히 놔둘 리만무했다. 누군가로부터 귀띔을 받았다. 부동산중개업소에서 이득까지 생기면 그야말로 금상첨화라고. 막상 인수를 해보니 매매는커녕 월세손님조차 뜸했다. 두어 달 동안은 사무실 임대료와 관리비조차 만들지 못했다. 우선 자신의 돈으로 메꿨다. 그런데 별소리를 다 들었다. 만나는 사람마다 쓸데없는 짓을 했다고 타박하는 거였다. 그렇다면 왜? 인수하기 전에는 아무 말을 하지 않았느냐고! 박 선생은 속으로 은근히 부아가 치밀었다. 자기 자신이 저지른 일이다. 어느 시기부터 사람들은 이제 그의 하소연을 들어야 했다. 평소 조용한 성격의 박 선생은 시뻘겋게 달아오른 얼굴로 핏대를 세웠다. 구한

술이 쏘삭거려 걸려들었다며,

"순 날강도 같은 사람이우. 어떻게 나를 꼬셔서 이걸 인수하게 만들었으면 함께 책임을 져야지. 슬쩍 자기는 뒤로 빠져서 그만 자리로 가서 돈을 챙긴답니까. 그야 먹고사는 일이니 그렇다 치더라도, 입은 제대로 놀려야지요. 미리서 그만 둔다고 말을 해줬으면 내가 사람을 구해보지만, 아무것도 모른 나를 팽개치고 나갔다니까요. 하루 전에 일방적으로 통보까지 했어요. 당분간 주차장 일과 병행해서 양다리를 걸치겠다는데, 말이 됩니까? 피가 거꾸로 돌아버리겠어요. 내가 일주일동안 잠을 설칠 정도로 한숨을 못 잤어요. 사람의 탈을 쓰고는 그런 짓을 못하지요. 구 씨, 그 사람 아주 나쁜 사람입디다. 내게 꿩 먹고 알 먹을 수 있다고 제의를 한 겁니다. 부동산경기가 예전만은 못해도 사무실 경비는 충분히 나온다고 바람을 넣었어요. 하기야 속은 내가 바보가 아니고 무어겠어요. 어허허허~ 내 참."

*

시간과 날들이 흘렀다. 선인식은 동사무소의 월례모임을 마치고 부동산사무실에 들렀다. 박 선생은 종이커피를 내놓았다. 구한술이 그만둔 창대부동산 사무실에는 웬 낯선 사내가 앉았다. 창문 옆 책상은 한술의 자리다. 사내는 몸이 우람

했다. 컴퓨터의 화면을 보며 마우스를 움직이는 손가락도 굵었다. 더구나 주먹을 쥔 정권은 단련한 듯 굳은살이 박였다. 어디선가 전화가 오자 사내는 쏜살처럼 밖으로 뛰어나갔다. 그가 나가자 기다리고 있었다는 듯 박 선생은 맑은 눈빛을 반짝이며 인식에게 말문을 텄다.

"저 사람은 참 부지런해서 좋아요."

"구 씨 후임으로 왔나요?"

"원래 보험회사에 있었고 세상일을 안 해본 것 없는 사람이라는데, 통도 크고 시원시원합디다."

"송달수 사장 밑에서 일했다고들 그러던데…"

"누가 그런 소릴 해요?"

"좁은 동네에서 얼굴 팔리면 다 아는 거지요 뭐."

굳이 말하지 않더라도, 박 선생의 의도를 인식은 모를 리 없었다. 사람의 기준이란 보는 사람의 눈대중, 그 이상도 그 이하도 아닌 것이다. 이제 겨우 며칠 남짓 사내를 겪어본 박 선생의 말이 맞아떨어질지는 두고 보면 알 일. 구한술에게도 꼬드김을 당한 일이 바로 몇 달 전이다.

사무실 유리창에는 빛바랜 매물광고가 수십 장이나 붙어 있었다. 구한술이 일일이 프린트로 뽑은 것들이다. 아직 사무실의 환경은 그대로였다. 책상배치도 놓여 진 사무기기 역시

강 여사와 한술이 운영했던 대로다. 부동산경기가 깊은 잠에서 깨어나지 못하고 있다. 이를 몰랐다는 것은 박 선생의 구차한 변명일 뿐이다.

재개발을 한답시고 토지거래구역으로 묶어놓은 지 벌써 5년이 넘었다. 재개발을 하려면 주민들의 동의를 70% 얻어야 했다. 주민들의 허파에 바람만 잔뜩 부풀어놓은 상태 그대로였다. 용역업자들의 싸움으로 오히려 주민들의 혼선과 갈등만 부추기는 꼴이었다. 인식의 눈치를 슬슬 보던 박 선생이 그들의 문제로 치달았다.

"서울에서는 재개발이 안 되어 모두 해제한다고 난리던데, 이 동네는 한다는 거야, 안 한다는 거야. 구청 놈들이나 동사무소나 계속 꿀 먹은 벙어리니 도대체 어떻게 되는지 모르겠네. 아무리 사람이 하는 일이라고는 하지만, 어떻게 된 셈인지 정책이 아침저녁으로 수시로 변하니 원, 참! 정부에서 한마디 소리를 지른다 치면 지자체에서는 아무 소리도 못 하고 설설 기는 통에 할 말이 없겠지 뭐."

박 선생이 종이커피를 뽑으며 제법 늘어놓았다. 인식은 빨리 이곳에서 나갈 속셈으로 한마디 뱉었다.

"하기야 뭐든지 서울에서 해보고 아래로 내려왔으니, 재개발도 여기 지방은 좀 더 있어 봐야 기별이 오겠지요. 주민들은 유일한 재산이 집 한 채인데, 이걸 오랜 세월 동안 팔지도 사지도 못하게 묶어놓은 다는 게 말이 됩니까."

"그러게요. 송달수라는 사람은 군산에서 잡혔다고 하지요?"

"그렇다고 들었습니다."

"밀항선 타고 중국으로 도망치려고요?"

"그렇다나 봐요."

"그 사람들 너무했어요. 사람이 정도껏 해야지, 세상을 그렇게 만만하게 보면 안 되는데…"

"교도소에서 콩밥을 먹고 있는 남의 얘기해서 뭐합니까."

박 선생은 인식의 눈치를 보며 입을 꾹 다물었다. 그쯤에서 인식은 고개를 끄덕이며 밖으로 나왔다. 정작 송달수가 활개를 치고 다닐 적에는 뒤에서 고양이 개밥그릇 쳐다보듯 했던 이들이다. 점잖은 박 선생이 출썩거리며 나대는 꼴을 처음 보았다. 밥그릇 앞에서는 별도리가 없다는 생각이 인식의 뇌리를 스쳤다. 봄바람이 살랑거릴 무렵에 송달수의 사무실도 주방기구 대리점으로 바뀌었다.

*

한낮의 햇볕이 따가웠다. 하늘의 오존층이 사그리 걷어져 버린 모양이다. 동사무소를 한참 지나면 얼마 전에 만든 공영주차장이다. 입구에는 초소처럼 가건물이 달랑 서 있다. 승용차 한 대가 들어가자마자 웬 사내가 튀어나왔다. 가무잡잡한 얼굴이 더 그을린 구한술이다. 승용차 문을 닫고 다리를 절름거리며 선인식이 걸어왔다. 엉거주춤 서 있던 한술이 다시 건물 안으로 들어갔다.

"여긴 어쩐 일로?"

"쉬는 날이라 한 바퀴 돌아봤어요. 그래, 부동산을 그만두고 취직한 게 여기요?"

한술은 머리를 극적이며 겸연쩍은 표정으로 웃기만 했다. 가건물 안을 책상과 의자가 좁은 공간을 꽉 채웠다.

"아이고 눕지도 못하겠구먼."

"누울 시간도 없어요."

"월급제로 해요?"

"그런가 봐요. 아직 첫 월급을 못 받았으니까."

한술은 구의원 박병동이 힘을 쓴 것 같다는 말만 되풀이했다. 기초의원 선거 때 운동을 열심히 해준 건 다 아는 일이었다. 주차료가 1시간당 500원이니까, 여느 민영주차장에 비하면 거의 공짜수준이다. 무료로 방치하면 관리가 안 되어 주차료를 받았다. 주차장의 수입은 고작 한술의 월급 정도다. 선인식이 책상에 놓인 주차기록장을 보며 혼잣말로 읊조렸다.

"돈 백만 원은 될까?"

한술은 고개를 끄덕였다. 엔진소리가 나자마자 구 씨가 용수철마냥 튀어 나갔다. 출구로 나가는 승용차의 운전자에게 오백 원짜리 한 잎을 받아서 기록부에 적었다. 짤랑 소리가 났다. 동전이 원통형의 비타민 약통 속으로 들어갔다. 구 씨는 금방 뛰쳐나가더니 들어왔다. 그리고 어디서 가져왔는지 요구르트를 인식에게 내밀었다. 빨대를 꽂아 입에 문 인식에게 한술은 묻지도 않은 말을 꺼냈다.

"내년 지방선거가 끝나면 이 자리에 계속 붙어 있을라나 몰라요."

그건 구의원 박병동의 배경으로 그때까지만 유효하다는 뜻이다. 인식이 무슨 의미냐는 듯 빤히 쳐다보았다.

"저번에 도둑을 맞았어요."

"도둑을 맞다니요?"

"동전으로 모은 게 한 오만 원쯤 되었나? 놔두고 그냥 집에 갔는데, 아침에 와보니 문짝이 비틀려졌고 돈 통이 통째로 없어졌지 뭐요. 뭐, 신고할 일도 아닌 것 같고 해서 그냥 두었는데, 아직도 그 생각만 하면 속상하다니까."

인식은 어이가 없어 고개만 주억거렸다. 구 씨가 자장면을 시켜준다는 걸 마다하고 집으로 돌아왔다. 안되는 사람은 자빠져도 코가 깨진다더니, 이는 구한술에게 맞는 말 같았다.

그렇지만 아무리 작은 일이라도 원인이 있으니까 결과가 있는 거라고 그는 생각했다.

*

허겁지겁 이발관 안으로 뛰어 들어오는 여자는 방소란이다. 그녀는 무슨 말인가 하려다 입을 다물었다. 이발의자를 뒤로 제치고 누워있는 손님과 면도하는 인식을 바라보며 긴 의자에 앉았다. 할 말이 있으면 해도 괜찮다는 투로 선인식이 눈빛을 보냈다. 소란은 일어선 채로 누워있는 손님의 얼굴을 힐끗 훔쳐보았다. 전혀 모르는 사람이다. 안심하는 표정으로 그녀가 운을 띠었다.

"사장님? 들었는감요?"

"무슨 좋은 소식이라도 가지고 오셨어요?"

"아까 동사무소에 일 볼라니께, 직원들끼리 말 하는디 인자, 재개발이 물 건너 갔다유. 그래서 내가 얼라? 거 무신 소리냐구 사무장에게 물었걸랑요. 그랬드니, 재정비촉진지역에서 해제가 됐대유. 법적으로 완전히 그렇게 돼번졌나 봐유, 원 시상에."

"아이고, 우리 동네가 십년공부 나무아미타불이네."

"으떠유? 인자?"

"처음대로 돌아가는 거지요, 뭐."

"그르니까, 차라리 그대로 내번져 뒀으면 차근차근 발전되었을 동네를, 괜시리 긁어 부스럼 만들어 놓구 지랄들 혔구먼 그랴."

"우리처럼 그날그날 벌어 먹고사는 사람들이야 무슨 걱정입니까. 투기하려고 은행대출 받어 두서너 채씩 사가지구설랑 로또복권 맞은 것 마냥 펄펄 날뛰었던 사람들이 힘 좀 빠지겠지 뭐."

해저물녘

　　　　　　　　　　"들었는감유? 쓰러졌다는
디. 텃밭에서 일하다가 그랬다나 뭐래나."

"누가요?"

"배동산 씨네 아줌니가 응급실에 실려 갔대유. 시방 중환
자실에 있대는디 결과를 기다리는 중이래유."

이발관에서 손님의 머리를 감겨주던 인식에게 소란이 뛰
어왔다. 체구가 자그마한 여인이 무리하게 일을 한 게 틀림없
었다. 손님이 이어지니 이발관을 비울 수가 없어서 아내에게
알아보라고만 했다. 다행히 응급실에서 입원실로 옮겼다는
것이다.

해저물녘에 배 씨는 집으로 들어가는 골목을 지나쳐서 이

발관의 문을 열었다. 약간 비틀거리며 들어오는 폼이 예사롭지 않았다. 눈의 초점을 잃은 듯 평소의 표정은 아니다. 아무리 말술을 마셔도 갈지자로 걷지 않았던 그다. 다행히 손님이 없던 터라 의자에 앉아서 꾸벅꾸벅 졸던 인식은 엉겁결에 눈을 크게 떴다. 하품을 막더니 엄지손가락으로 바깥을 가리켰다. 배동산은 무슨 뜻인지 금방 알아챘다. 병원 결과를 묻는 의미였다.

"동맥에서 피가 샜다는 의사의 말인즉, 검사결과 상태가 많이 안 좋으니께 수술을 했다는 거여. 내가 뭘 알겠슈, 우선 수술을 했으니께 더 두고 보자는 말밖에 없구먼."

아흔이 넘은 시부모가 아직 살아있고 딸은 결혼을 했다. 아들은 서른이 넘도록 빈둥빈둥 놀면서 게임에 빠져있다. 배동산의 아내는 늘 얼굴이 어두웠다. 원래 그는 중앙시장에서 건자재 가게를 했었다. 부지런해서 보일러와 웬만한 집수리를 부업으로 하며 그만그만한 돈은 벌었다. 하여 지금 살고 있는 이층 집도 그 무렵에 샀다. 그러든 것이 IMF 사태로 꼼짝없이 가게를 팔고 정리했다. 배 씨는 집수리 일조차 뜸하여 아파트 경비원으로 나섰다. 아내는 간병인 일로 다녀 맞벌이로 다녔다. 그의 아내는 말수가 적어서 어디서나 존재감이 없었다. 작달막한 몸으로 말수가 적으니 있는지 없는지도 모를 지경이다. 오죽했으면 방소란이 그녀에게 보살님이라고 별명까지 붙였을까.

배 씨의 아내가 뇌동맥의 혈관이 막히면서 출혈된 것이다. 그녀는 종합병원에 입원한 내내 어눌한 말씨와 몸은 굼떴다. 출가한 딸과 번갈아 간병을 했지만 그녀도 저녁이면 돌아갔다. 배동산은 아파트의 경비근무가 끝나면 곧바로 병원으로 가서 날밤을 새웠다. 아내가 집으로 돌아온 것은 거의 한 달만이다. 그녀의 얼굴은 핼쑥하여 더욱 어두운 그림자가 드리워졌다.

그녀는 퇴원을 하고 나서도 집안에서 밖으로 나오지 않았다. 시골에 있는 시아버지는 가끔 며느리를 찾았다. 아흔을 넘은 늙은 시부모는 서로를 간병하는 격이다. 시어머니는 척추가 망가져 전혀 거동을 못 했다. 그래도 하얀 얼굴로 눈만 말똥말똥 떴다. 반대로 시아버지는 어기적어기적 움직였다. 치매인지 건망증인지 가끔 헛소리를 하는 것만 빼면 무탈했다. 배 씨 내외가 일주일이 멀다 않고 찾아왔던지라 시아비의 궁금증은 당연할밖에. 그럴 때마다 배동산은 아버지에게 거짓말로 둘러댔다.

"어멈은 아직도 병원에 입원하고 있어유."

집에서 쉬고 있다고 하면 예전처럼 또 시댁에 들락날락거려야 할 거니까. 누워있는 시어머니의 병수발은 물론 집안일까지 도맡았다. 그의 아내 역시 몸을 혹사하더라도 책임감이 앞섰다. 벌써 한번 쓰러진 적이 있다. 만약에 또다시 쓰러지면 영영 답이 없을 게 빤했다. 일주일이 지나서 배 씨 아내는 퇴원했다. 모처럼 배동산 내외는 이발관 집에서 저녁을 먹었다. 선인식이 다짐하듯 말을 에둘렀다.

"말하자면, 지금도 아주머니는 계속 병원에 입원 중입니다. 맞지요?"

"그럼, 아 그럼!"

"누구한테나 당분간은 그렇게 말해야 합니다."

"이러지 마시랑께. 그런디 말여, 아버지한테 까놓고 말 못하고 거짓말을 허는디 증말 미치겠더라니께."

"아이고! 그래도 마누라 죽는 꼴 보지 않으려면 그 수밖엔 없어요."

선인식의 아내가 정색을 하며 다시 못을 박았다. 배 씨의 아내가 집에 박혀있으면서 몰라보게 달라졌다. 헌 잡동사니가 너절했던 마당이며 방들이 말끔하게 반들반들해졌다. 불편한 몸으로 눈에 보이는 족족 일했기 때문이다.

*

모처럼 신예진이 이발관에 들렀다. 그녀는 초췌한 얼굴로 이발관 안을 두리번거렸다. 젖은 수건들을 건조대에 널던 선인식의 아내가 눈을 마주치며 아는 체했다.

"얼굴이 반쪽 되었구먼?"

"저야 뭐… 어머님이 불쌍하죠."

"병원에서는 뭐래요?"

"마음의 준비를 단단히 하래요. 간호사들끼리 하는 말을 들었는데, 산소마스크만 벗기면 바로 간대나 봐요."

선인식의 아내는 방에 들어가 찐빵 두 개를 내왔다. 찐빵을 물어뜯으며 신예진은 신세 한탄을 했다. 아흔의 시어머니가 입원한 지는 한 달이 넘었다. 남편은 베트남에서 일을 하고 있으니 금방 오지 못했다. 아들은 군대에 있고 딸아이는 가끔 집에 다녀갔다. 한 다리 건너 할머니의 병석에 나름대로 바쁜 손자들이 자주 방문할 수는 없는 일이었다.

그녀는 겨울 새벽에도 손을 호호 불며 출근을 했다. 쓰레기를 치우고 물걸레로 빌딩 바닥청소를 했다. 예전 같았으면 오후 4시가 되면 퇴근을 하고 쉬었다. 이제는 출근할 데가 두 군데나 생겨버렸다. 그래도 출근길에 앞서 먼저 병원으로 곧장 들렀다.

찐빵을 물어뜯는 모습이 안쓰러운 듯 신인식의 아내가 그녀를 쳐다보았다. 그러자, 그녀는 곧장 말이 튀어나왔다.

"이년의 팔자야 언제나 그렇지요 뭐."

체념 섞인 말이 말수가 적은 신인식의 아내를 무질렀다. 생활고에 짐이 되어버린 시어미가 미웠다. 어떤 때는 시어머니가 빨리 죽었으면 하는 생각조차 들었다. 그렇지만 시골에 혼자 있는 친정엄마를 떠올리면 측은지심으로 변했다. 이십여 년간 함께 살아왔으니 미운 정 고운 정이 담뿍 들었던 것이다. 남들은 애완견조차 식구로 치는데 젊었을 적부터 아이들을 업어 키운 시어미는 내 살붙이가 아닌가.

요양병원에 입원한 지 보름 만에 시어머니는 중환자실로 옮겨졌다. 사흘 후 새벽이었다. 신예진은 물에 빠져 허우적거리던 꿈에서 겨우 깼다. 무거운 머리를 도리질하며 씻고 출근을 하려고 준비를 했다. 그때 병원에서 전화가 울렸던 것이다. 시어미가 죽었다고.

유품들을 찾아보니 너절한 옷가지와 약봉지들만 눈에 들어왔다. 가끔 시어미는 비닐장판 밑에서 뭔가를 꺼낸 적이 있었다. 아 그래, 그렇다. 그녀는 퍼뜩 생각난 김에 장판을 들치었다. 신문지로 둘둘 말아진 통장에는 3천만 원이 들어있다. 동네 노인당에 가서도 절대로 남에게 야쿠르트 한 병 건네는 법이 없는 늙은이였다. 남편은 베트남에서 돌아왔고 장례식을 치렀다. 동네사람들은 시어미를 가리켜 자식 복 있는 늙은이라고 부러워했다. 일주일 뒤 남편과 아이들도 떠났다.

퇴근을 하고 집에 들어서면 낯선 느낌이다. 몇십 년을 살았던 집인데 왜 그러는 걸까. 시어미가 안방에서 잔기침을 하며 저녁밥상을 재촉할 것만 같았다. 죽은 시어미에 대한 허우룩한 마음이 밀려들었다. 아이들도 남편도 멀리 떨어져있는 현실이다. 바로 옆집들이 다닥다닥 붙었지만 외로웠다. 그녀는 혼자만 있는 집이라 생각하니 왠지 서먹서먹했다. 호젓하여 자다가도 왈칵 무섬증이 들었다. 그녀는 처음으로 자기 자신도 시어미처럼 늙어간다는 사실을 느꼈다. 몸뚱이는 쓰임새가 다하면 망가진다는 사실까지도. 그럴수록 죽은 시어미가 금방이라도 나타날 것만 같았다.

*

"별 탈 없이 잘살고 있지?"

인식은 손님이 없던 차라 수건을 건조대에 말리고 있다. 순종이 전동차를 멈추었다. 힘없이 앉아있는 모습은 아무래도 심상찮았다. 대꾸 없이 손으로 머리만 긁적거리는 짓은 더욱 수상쩍다. 인식은 조바심이 나서 거푸 물었다.

"왜 그래? 집에 무슨 일이 생겼어?"

눈치 하면 9단이라 상대방의 중동무니를 치고 들어가는 인식이다. 웬만해서는 안 걸려드는 사람이 없다. 동네사람들은 이런 그를 빗대어 '선 형사'라고 놀렸다.

"혀엉님?"

"왜 그랴? 틀림없이 무슨 일이 있구먼? 말을 해봐. 나한테 솔직하게 말을 해보라고!"

다그치며 돌직구를 날리는 그에게 순종은 심각한 눈빛을 허물었다. 이내 울먹거리는 말투로 입을 열었다.

"애 엄마가요… 도망갔어요. 지금 집에 없다고요."

"그럼 아이는?"

"방에 재워두고 나왔어요."

"애를 놔두고 도망갔단 말이야? 아이고! 내가 그런 낌새를 알고 너한테 몇 번이나 조심해야 한다고 말했냐. 인마!"

"형님이 말씀 한 거야 알죠. 그렇고말고요. 그렇지만, 그런데 이걸 어쩐대요?"

"어휴! 어쩌긴 뭘 어째! 이게 현실이라고! 쯧쯧~아이고, 내 머리야."

인식은 마치 자기 자신이 당한 듯 낭패감으로 우거지상이다. 그렇지만 전후 사정을 알아야 해서 다그치듯 물었다.

"언제 그랬냐? 언제쯤 그랬어?"

"며칠 되었어요. 일 마치면 바로바로 들어왔는데 밤늦게 안 들어 오길래, 무슨 일이 생겼나 했어요. 그전에도 가끔 손님들과 싸우거나 주인하고 틀어진 일들이 있으면 집에 안 오고 찜질방에 있었거든요. 캄보디아에서 한국에 온 몇몇 또래들하고 거기서 만나는가 봐요. 아무리 전화를 했는데도 통화가 안 되는 거예요. 그래서 애를 안고 일하는 식당으로 갔었지요. 그런데 식당 문이 닫혀있었지 뭐에요. 쉬는 날이었대요. 식당 주인도 전화를 안 받고 해서 그다음 날 아침 일찍 식당에 가서 주인을 만났는데 안 나온 지가 이틀 되었다고 그럽디다. 나는 그런 줄도 모르고 하늘이 두 쪽 나더라도 믿었지요. 그런데 씨발, 집에 안 들어온 날 바로 도망간 거라고요, 씨발."

"캄보디아 친정에 무슨 일이라도 생겼나? 그래도 그렇지, 애가 있는데 늦어도 집에는 들어올 거 아니냐? 잘 생각해봐."

"나야 늘 그러겠거니 하고 그랬지요. 그래서 그 쌍년을 별 의심 안 했지요. 이상한 생각이 자꾸만 들어서 집안 구석구석을 뒤져보니, 소지품들하고 옷가지들을 꾸려 날라버린 것 같아요."

"자식아! 같아요, 가 뭐냐! 같아요, 가! 더 확실하게 알아봐야지."

붉어진 얼굴로 눈을 부릅뜨며 선인식이 소리를 질렀다. 일그러진 표정으로 바람 빠진 풍선처럼 순종이 토를 달았다.

"바퀴 달린 여행용 큰 가방이, 작은방에 있었는데, 그게 없어진 거요."

옹골차게 남아있다고 믿었던 행복은 꿈으로 날아갔다. 눈빛으로 소통하고 자식까지 낳았던 여자가 도망을 친 것이다. 인식은 마치 자기 자신이 당한 느낌이었지만, 혀만 끌끌 찰 수밖에. 법무부 출입국에 조회를 하고 법석을 떨었지만 여지껏 감감무소식이다. 세월이 지났어도 사내의 형편은 후회만 되풀이되곤 했다.

텅 빈자리

전삼태의 형수가 통 보이지
않았다. 덩그렇게 놓인 평상만 썰렁했다. 뭔가 있었던 자리에
텅 비어버린 공간은 더욱 그렇다. 늙은이를 놓고 자부락거렸
던 생각이 떠올랐는지 키다리아줌마가 소란에게 물었다.

"어디가 많이 편찮으신가?"

"얼라 뭔 소리유? 누구? 준규 큰엄니? 언니는 소식이 깡통
이네유. 벌써 일주일 전에 요양원으로 들어갔대나 봐유."

"왜 갑자기 아팠나?"

"몰러유. 기냥 내번져두시라구유. 언니, 나 또 승질나게 욕
나올라고 그랴. 언제는 저 집이서 하는 일들치고 우리 맘에
들게 한 적이 있슈. 땅마지기 다 들고 와설랑 그 꼴이 뭐유?

실컷 부려만 먹고 이리저리 쫓겨 댕긴 속없는 늙은이만 불쌍하쥬."

키다리아줌마는 멍하니 소란의 얼굴만 바라보았다. 남의 집 일에 감 놔라 배 놔라 할 수 없는 노릇이다. 나이가 들수록 남의 일도 내가 겪는 것처럼 뭔가 허전했다. 언제부터인가 있어야 할 뭐든지 눈에 익은 사물이 안 보이면 불안했다. 평상이 있는 그 자리가 갑자기 허전하게 느껴졌다. 그 늙은 여인이 마른고추를 다듬거나 말없이 실실거리는 모습이 떠올랐다. 금방이라도 빨간 고추꼭지를 무디어진 손가락으로 따면서 푼수 어린 말대꾸를 할 것 같았다. 그녀에게 남의 일 같지 않게 오소소 하게 스며드는 까닭이 무얼까. 두 사람은 스치듯 헤어졌다.

가게 안에는 정적이 흘렀다. 집안일도 바깥일도 엉킨 실타래처럼 꼬여서 실마리가 보이지 않았다. 삼태는 손톱깎이로 톡톡 엄지손톱부터 잘랐다. 벨소리가 계속 들리는데 이맛살을 찌푸리며 모른 척하는 표정이 예사롭지 않다. 아홉 번이나 울려서야 그는 마지못해 손에 든 스마트폰의 통화버튼을 눌렀다.

"왜?"

다짜고짜 퉁명스런 대답이다. 불쾌한 얼굴빛이 목 언저리까지 번졌다. 그때 가게로 통하는 계단을 밟고 그의 아내가 슬며시 내려왔다. 그녀는 이미 전화벨소리를 듣고서 남편의 반응까지 살펴 들었다. 가게 안에는 그들 말고 아무도 없다. 요즘 부부는 서로 말을 삼가고 있는 처지였다. 주로 말을 거는 건 해실이다.

"또 전화유?"

누구한테 온 것인지 무슨 내용인지, 내외는 다 알고 있었다. 하도 오랫동안 가게며 집안일까지 함께 하다 보니 척이면 삼천리였다. 그는 심란한 표정의 아내를 가재미눈으로 흘겨보더니 불퉁불퉁 소리를 질렀다.

"지금 바쁘니까, 이따 전화 혀!"

"뭐래유?"

"보험적금을 깨겠다고 물어보는 거여. 이따가 이야기 해봐야 그 말이 그 말이지 뭐."

그가 볼멘소리를 흘렸다. 전화를 건 저쪽은 큰아들이다. 도박 빚으로 부모의 마음을 온통 뒤집어놓은 것도 모자라 수시로 전화질이었다. 더구나 음력설에도 어린애만 보내고 며느리와 아들은 코빼기도 내밀지 않았다. 삼태는 그런 일까지 운수가 사납다는 투로 입을 부루퉁하게 내밀었다. 빚쟁이들이 자신을 찾아와 은근히 겁박하고 큰소리를 질렀어도 눈 하나 깜빡거리지 않았다. 아들이 못난 짓을 했지만, 자기 자신과는 하등 상관없다는 게 그의 생각이다. 아들의 그런 짓을 부추겨놓고 이제 와서 나 몰라라 하는 며느리 역시 얄미웠다. 도박으로 돈을 땄을 적에는 백화점쇼핑이다 뭐다, 흥청망청 쓰고 다니며 돈지랄을 한 게 누군가. 이제 와서 제 남편이 궁지에 몰리자, 언제 그랬냐는 듯 별거선언을 하고 말았다. 아이는 친정부모에게 맡기고 며느리 저 혼자 산다고 했다. 그게 한없이 괘씸하고 분했다. 그러나 해실은 은근히 손자아이를 데려왔으면 하는 눈치였다. 남편에게 바람을 피웠다고 큰소리로 나불대며 한동안 의기양양하던 기세가 많이 수그러들었다. 그렇지만, 삼태는 그런 수작에 홀라당 넘어갈 위인이 아니다. 그는 모든 게 남의 탓이다. 가족이란 게 뭔가. 기쁜 일도 어려운 일도 함께 나누어야 하거늘, 콩가루 집안이다. 그러나 정작 자신의 불찰은 거기에 포함되지 않았다.

애들이 어렸을 적 생각이 퍼뜩 떠올랐다. 부부는 그 무렵 오로지 돈을 벌 궁리에만 미쳐있었다. 아이들끼리 자랐다. 뙤약볕에서 길 가는 사람들에게 창피를 무릅쓰고 호객하는 일까지도 아이들을 위해서였다, 라며 보냈던 시절이다. 초등학생 시절, 가게의 금고에서 돈을 훔친 아이. 야금야금 훔쳐도 몰랐던 부모. 가게에 풍선껌과 사탕이 있어도 훔친 돈으로 다른 가게에서 껌과 사탕을 산 아이. 한 무더기 잔뜩 사가지고 동네 아이들에게 다 나눠줘 버린 아이였다. 아이의 일탈에 부모의 책임은 없었던가. 지척인 학교에 등교하는지 안 하는지도 몰랐던 아비. 어려서부터 돈 무서운 줄 모르고 제 맘대로 돈을 써버릇하는 아들에게 무어라 할 것인가.

여태까지 돈, 돈하며 떼돈을 찾아 세월을 보낸 터였다. 동네사람들한테 제대로 술 한번 사준 적이 없었다. 구두쇠라는 손가락질을 받았다. 제 인생 제가 사는데, 남을 의식하는 따위가 무슨 소용이랴. 돈만 있으면 언젠가는 치욕스런 일들조차 묻힐 거라고 스스로를 위안하고 살아왔다. 그런데 어디서부터 희망이 슬슬 무너져 내렸는가.

아들의 빚쟁이들은 허구한 날 가게에 찾아왔다. 소재를 대라며 협박과 회유로 떼를 썼다. 해실도 남편에게 닦달하며 빨리 해결해보라고 으름장을 놓았다. 그러나 차츰 상황파악이 되었는지 아무 소리 못 했다. 속으로는 달달 떨면서도 눈 하나 까딱할 삼태가 아니다. 그는 아내에게 혼잣말처럼 뇌까렸다.

"이넘들이 사람을 핫바지로 보는 거 뭐여. 아니, 법적으루 시방 그눔과 나는 남남이여. 막말로 내가 지 늠덜 돈을 빌린 것도 아닌디, 왜 모두덜 나헌테 지랄들이여. 빚쟁이 한 넘이 찾아와 어렵게 돌려보내 놓으면 또 다른 넘이 와서 공갈을 치는디, 아이구 씨벌 이제는 나도 몰러."

*

머리빗들과 이발기구들을 솔로 털고 정리하는 동안에도 누구 하나 얼씬거리지 않았다. 그러나 손님이 없을 적에도 동네 안에서 빙글빙글 돌아야 하는 처지다. 그나마 말벗으로는 전삼태였다. 청색 조끼를 입은 인식은 물수건을 불끈 짜서 고무나무 잎들을 닦아냈다. 이태 전에 길거리의 노점상에게 산 한 뼘 크기의 연필만 한 모종이었다. 어느새 넓적한 이파리들을 달고 한구석을 차지했다. 식물도 정성을 쏟은 만큼 잘 자랐다.

선인식은 곧잘 찾아가던 삼성유통에 발을 끊은 지 꽤 지났다. 지난겨울의 말다툼이 발단이었다. 그런 일만 없었어도 심심하면 자연스럽게 발걸음을 향했던 곳이다. 사람의 감정은 변화무쌍한지라, 서로를 배려해야 했다. 담배꽁초의 불씨가 큰 산을 태우는 법이다.

원인 없는 결과가 어디에 있으랴! 가끔 전화질이나 하던 고향 친구가 느닷없이 찾아왔다. 트럭에 김장배추를 잔뜩 싣고 온 것이다. 어렸을 적부터 지금까지 간간이 연락하던 터였다. 친구는 작년처럼 배춧값이 좋을 줄 알고 많이 심었다. 막상 김장철이 되자, 배추생산은 과잉으로 넘쳐나 하루가 다르게 가격은 폭락을 거듭했다.

"배춧값이 이렇게 똥값이 될 줄 누가 알았나. 그렇다고 저걸 내팽개칠 수도 없어 친구에게 부탁하네. 이곳에서 오래 살았으니, 아는 사람도 많을 테고 김장철이니 어떻게 좀 해주면 안 될까?"

"일단 앞에 놔둬 봐. 얼지 않게 비닐로 덮어놓으면 오가는 사람들이 구경이라도 할 거니까."

인식은 모처럼 친구가 부탁한 일이라 거절하기 어려웠다. 그랬던 것이, 긁어서 일거리를 만든 셈이다. 그런 마음을 읽듯 친구는 배추들을 마구잡이로 이발관 앞에 내려놓고 떠나 버렸다. 쌓아놓은 배추포기는 단단하고 굵었다. 동네 여인들은 물건을 보며 발걸음을 멈췄다. 그녀들에게 한 마디씩 대꾸하는 일이 머리를 깎는 일보다 바빴다.

"얼마래유?"

"한 포기에 천원인데, 열 포기에는 구천 원, 오십 포기에는 사만 원에 드립니다."

입소문은 바람처럼 골목길을 휘저었다. 직거래장터가 따로 없다느니, 속이 여물어 가격으로나 물건으로나 삼성유통의 배추보다 훨씬 낫다는 거였다. 이틀 만에 가져온 한 트럭

분의 배추는 금세 팍 줄어들었다. 이쪽의 형편을 친구에게 전화로 자랑삼아 귀띔을 했다. 배추를 더 가져오겠다는 것을 극구 만류했다. 아무래도 아래쪽이 신경 쓰였다. 삼성유통의 삼태에게 눈치가 보였다. 마지막으로 남은 열 포기만 곧 치우면 임무는 끝날 참이었다.

바로 그때였다. 아니나 다를까, 길 아래쪽에서 누군가 황소마냥 시근벌떡 숨을 몰아쉬며 올라왔다. 여느 때 같았으면 소매를 걷어붙인 그의 아낙이 쫓아 올라왔을 노릇이다. 그러나 그녀는 코빼기도 안 보였다. 약이 바싹 오른 얼굴로 시뻘게진 전삼태는 대뜸 첫마디부터 심상치 않았다.

"형! 씨바알, 중말 이럴 거유!"

"왜? 뭘 그래?"

"시방 뭐 하는 짓이여! 씨발, 기냥 확 엎어버릴라."

"뭐하다니? 흥분하지 말고 내 말 좀 들어봐, 전 사장."

애써 냉정한 척 선인식의 얼굴이 고까웠는지 반응이 의외였다.

"뭘 그러냐고?"

반말 대꾸와 동시 삼태는 운동화발로 배추를 걷어찼다. 전혀 예기치 않은 일이 벌어졌다. 이제까지 웬만한 말다툼은 상승곡선을 그리며 씨근벌떡 거리다가 헤헤거렸던 것이다. 배추 두 포기가 축구공처럼 데굴데굴 굴러서 하수구에 툭 떨어졌다. 선인식은 예기치 않은 상황에 빠져들어 속으로 당황했다. 아니꼽지만 금세 침착하게 마음을 잡았다. 어떻든 이쪽의 잘못을 설명한다면 이해하리라는 생각이 들었다. 그래서 미워도 다시 한번 다그쳤다.

"너, 왜 이러냐?"

"너, 왜 그러냐고? 생각해 보면 알 거 아녀! 이게 다 뭣이간 유! 눈이 읊서 귀가 읊서. 김장철 한 대목이 나헌티는 을매나 큰 장산디, 으째 아는 냥반이 초를 쳐도 유분수지. 봐유, 냄의 가게에서 서너 발짝 떨어진 곳에 장마당을 펴 늘어놓구설랑 배추를 팔어? 그게 냄도 아니구 한동네사람이 할 짓이유? 그럼 시방 나는 거지가 되란 말이냐구!"

"가만, 가만! 내 말 좀 들어봐, 전 사장."

"듣긴 뭘 들어유."

삼태는 벌건 낯빛으로 소리를 높이며 막무가내였다. 사정을 토막토막 흘려들은 이웃들 또한 물론 모른 바 아니었다. 그러나 정작 이웃에 불이 났을 때는 모두가 구경꾼이다. 마지못해 선인식의 아내가 나섰다.

"준규아빠, 우리 집 양반 친구가 배추를 많이 심어놓고 죽게 생겼대요. 조금만 도와달라고 신신당부를 해서 맘 약한 저

양반이 그랬으니까, 좀 이해 해줘요."

웬만해서는 남의 일에 나서지 않는 아내가 거들었다. 삼태는 씨근거리던 화를 못 삭이며 내뱉었다.

"얼라 뭔 말이유? 나도 죽게 생겼어유. 동네 길을 막아놓고 아무한테나 물어 봐봐유! 배추꺼정 팔아주는 건 이해한다 치자구유. 근디 그따위루 헐값에 팔아버리면 나더러 죽으라는 것이지! 씨바알, 진짜루 욕 나올라구 그러네. 이발해서 돈 벌고 부업으로 배추 장사꺼정 해버리면 내가 속이 안 터져유? 증말 이런 개 같은 짓이 어디 있나 몰러."

삼태의 말에 일리가 있다지만, 몰려든 사람들 앞에서 이건 아니다. 치가 떨렸어도 성깔을 꾹꾹 누르며 참았던 선인식이 드디어 폭발했다.

"너, 지금 뭐라고 했어! 씨바알? 나한테 개 같은 짓이라고 했냐? 지금!"

이제 싸움의 불길은 걷잡을 수 없이 번졌다. 이발을 하던 손님들까지 밖으로 뛰어나오고 배동산이 가까스로 말렸다.

"아이구, 왜들 이려. 진정햐, 진정! 절친한 사람들끼리 이게 뭔 일이여. 동네사람들헌티 구경거리 났구먼."

씨근덕거리던 전삼태도 무르춤하여 되돌아갔다. 그러나 두 사람에게 분이 풀리는 시간은 너무 길었다. 애증이란 마술

같은 것이어서 우연한 일조차 인간끼리 맺히고 쌓이면 폭발시켰다. 낯모르는 타인이라면 속을 썩지도 않았으련만. 모든 일은 타이밍이 문제다! 바로 소주잔이나 나누며 풀어졌으면 유야무야 끝날 일이었다. 하루하루 시일이 흘러가면서 서로 쑥스럽고 굳어졌다. 자존심 아닌 자존심이 도토리키재기마냥 되어버린 듯싶었다. 믿음과 배신조차 치욕스런 몸뚱이의 본능이다. 냉전이었다.

언제까지 모르쇠로 지내는 건 피차 손해였다. 인식은 물건을 사러 갈 심부름을 아내나 다른 사람에게 부탁했다. 예전 같았으면 핑계 삼아 후딱 삼성유통에 오고 갈 그였다. 또한 삼태 역시 한 달에 한 번은 머리를 깎으러 이발관에 들어왔다. 다른 곳에 가봐야 비싸고 머리스타일을 마음에 들도록 깎아주지도 않았다.

*

밍밍한 햇빛으로 시들한 아침나절이다. 해실은 가게 앞에서 쭈그려 앉아서 행복이발관 쪽을 흘깃 쳐다보았다. 얼굴에 기미가 낀 그녀는 간종간종 파를 다듬고 있었다. 시르죽어 붕어 눈처럼 툭 튀어나온 눈이 때꾼했다. 남편과 냉랭한 사이에 축난 몸은 비영비영했다. 찬바람이 몰아친 후유증에서 못 벗어났다. 속 끓인 혼자만의 짝사랑으로 몸져누울 일이던가?

애증은 병처럼 깊고 남편과 자식도 멀어져간 느낌이다. 무정한 세월 탓이고 자신의 욕심과 남편 탓이었다. 왜 그랬을까, 착하디착한 남편이. 욕망을 버린다고 다 잃는 것도 아닌데. 남자의 마음을 모른다고? 사람이면 사람이지, 똑같은 사람인데 남자와 여자의 마음이 다를 바 무엇인가. 그녀는 마음고생으로 모든 것이 아득하게만 여겨졌다. 갑자기 시간이 느려졌고, 끼니에 대한 욕구조차 사라졌다.

삼성유통은 점점 활기를 잃었다. 근래에 이르러 대형유통점인 홈플러스와 두 개의 편의점이 동네 근처에 더 생겼다. 단골손님이었던 늙은이들조차 저세상으로 가는 수효가 자꾸만 늘어났다. 동네에 새로 이사 온 사람들은 대부분 살림이 거덜 난 자들이었다. 그들은 거의 가정파탄 난 사람들이거나 신용불량자였다. 가게에 들어와 기껏 소주 한두 병 아니면 봉지라면을 사갔다. 손님들의 구매력이 점점 떨어지는 일은 다반사. 그렇다 보니, 가게의 야채나 과일들의 신선도조차 떨어졌다. 비싸고 좋은 과일을 갖다 놔봐야 찾는 손님이 없다. 안 팔리는 일용품의 유효기간이 지나기가 일쑤였다. 그럴수록 단골손님조차 발길을 돌려버렸다.

이해실은 이곳에 처음 왔을 적 생각이 가끔 났다. 그땐 몸도 마음도 여리고 젊었었다. 내일의 희망이 뭉게구름처럼 피어올랐다. 숨 돌릴 틈도 없이 바빴지만 힘든지 몰랐던 시절이었다. 사방팔방으로 난 좁다란 길들은 사람들로 가득 찼었다. 동네는 북적거렸고 생기가 돌았다. 방직공장에 다니는 수천 명의 여공들이며 장사치들이 들끓었다. 거기다 아가씨들을 유혹하려는 놈팡이들까지 몰려와 죽치며 시끌벅적했다.

농촌에 살다가 저질러 훌쩍 떠나온 일이 얼마나 대견스러웠던가. 맨주먹으로 사글셋방에서 밤잠을 설쳤어도 힘들지 않았다. 전세로 살았어도 자신감이 넘쳤다. 그리하여 마침내 자신의 가게를 가졌다. 뿐인가, 옆 빈터를 사들여 이층으로 또 다른 건물까지 일구었던 추억이 가물가물했다. 아들 둘을 낳으니 더할 나위가 없었다. 그들이 처음 이곳을 터 잡아 온 비참함은 한낱 추억일 거니 여겼다. 그 모든 힘의 원천은 남편이고, 남편은 당연히 가족의 울타리이며 자신은 수호자였다. 하여, 떵떵거리며 살날이 머잖아 이루어지리라는 희망이 부풀었던 것인데…

*

인식은 연탄화로의 뚜껑을 걸쇠로 열고 들여다보았다. 연탄의 밑불은 위로 옮겨붙어 불꽃이 이글거렸다. 휴일이 지난 첫날은 손님이 별로 없다. 내과의원으로 약을 타러 간 아내는 아직 돌아오지 않았다. 그녀는 오래전부터 혈압이 높아서 당뇨약을 먹었다. 새삼 생각하니 미안한 마음이 들었다. 그는 바쁠 때 아내가 의원에 간다 치라면 퉁명스럽게 면박을 준 일이 미안했다. 내성적이고 말수가 별로 없는 아내라고 왜 할 말이 없으리오. 몸으로 때워 돈을 버는 사람은 잘 먹어야 한다고 끼니때마다 반찬에 신경을 써준 여자였다.

간밤에는 느닷없이 배동산이 찾아왔다. 심상치 않은 표정이어서 아내는 술상을 차렸다. 가무잡잡한 얼굴이 수척하여 메마른 듯했다. 서로 말이 없는 무거운 분위기에서 배동산은 따라놓은 소주잔을 단숨에 입속으로 털어 넣었다.

"사람 모가지 잘리는 게 닭 모가지 비트는 것보다 쉬운 가베."

천장을 쳐다보며 배동산이 말문을 텄다. 아파트경비원에서 잘렸다는 것이다. 가끔 관리사무소의 분위기가 냉랭했지만 설마, 설마 했다는 것이다. 남의 슬픔이 내 슬픔이었을까. 인식은 불안한 마음으로 하루하루를 견디며 넘어왔을 배 씨가 너무 불쌍했다. 젊은 사람에게 일자리를 넘겨주는 것은 당연했다. 생계는 목숨 줄인데 아직은 나갈 준비가 안 되었다. 물론 선인식으로서는 남의 일이다. 여태껏 벌이가 시원찮아도 크게 걱정하지 않았다, 그는. 타고난 부지런함으로 그는 판둥거리지는 않을 것이니까. 어쨌든 육신이 멀쩡할 때까지는 일을 할 수 있는 기술자이고 자영업자였다.

"왜? 갑자기 그랬대요?"

"늙은 넘들은 일자리가 모자라는디… 언제나 자리는 위태롭지 뭐."

"남의 말처럼 하지 말고 진짜로 얘기 좀 해봐요. 그래도 몇 년을 착실하게 근무했는데, 그렇게 무 자르듯 하는 법이 어딨어요! 일을 잘했던 사람을 내보는 핑계라도 있을 거 아뇨."

"요새 경비원은 쉴 틈도 없슈. 맡은 일이 늘어가지구 설랑 밤부터 새벽꺼정 경비초소허고 지하주차장 순찰을 마치면 쓰레기통이 기다리고 있질 않남. 재활용품을 분리수거하는 거는 하루에 몇 번이나 혀야 되고 음식물 쓰레기통이 넘치지 않게 수시로 봐야 혀. 아파트 입주민들이 하도 많으니께 사람들 하는 짓거리도 구구각색이지. 가끔 버리는 전기밥통이나 고물컴퓨터 같은 걸 주워 왔는디, 어떤 넘이 관리소장헌테 고자질을 헌거여. 얘기인즉슨, 워떻게 된 심판인지 몰라도 내가 아파트 물건들을 뒤로 빼돌린 것 마냥 눈치가 그려."

"그럼 사실대로 말을 하지 그랬어요?"

"얼라 뭔 소리여? 그래 봤자지. 그게 다 뭣이간? 용역회사 지네들 각본에 다 나와 있는 것은 둘째 치고 입 벌리며 기다리는 일꾼덜이 쌔고 쌨는디. 속이 터져도 뭔 수로 대들어. 퇴

직금 몇 푼이라도 챙기려면 기냥 조용히 입 다물고 내번지는
게 내가 사는 겨.”

“당장이라도 무슨 소일거리를 찾아봐야지요?”

“그럴껴. 대출받은 이자도 갚아야 허고…”

“나도 한번 알아볼게요.”

“말씸이래도 고맙구면유. 허기사 인생이 뭐 별거 있간디!
생각해보면 싸게 싸게 살어 왔는디, 넘덜 만치도 못 사는 인
생이여.”

술잔이 비어있기 무섭게 채워주고 받아마셨다. 인식은 아
내가 눈짓으로 말렸지만 소주를 다섯 병이나 비웠다. 뱃속에
들어간 먹을거리가 무슨 죄가 있단 말인가. 두 사람은 나쁜
인간들을 토하고 세상을 토했다. 이웃 사람의 불행이 나의 불
행과 다르지 않다는 것을 익히 아는 성격 때문에.

마셨다 하면 술 귀신에 끌려 몸뚱어리를 혹사하는 짓도 어
지간했다. 술도 몸의 힘이 받쳐주었다. 젊어서는 아무리 마셔
도 실수하거나 토한 적이 별로 없었다. 이제는 술도 몸까지도
자기 자신의 의지와 상관없이 따로따로 놀았다. 영혼을 살포
시 감춰둔 주인을, 걸레 같은 몸뚱어리가 잘못 만난 탓이다.

남의 일들이 자기 자신의 일처럼 다가와 뒷골을 잡아당겼
다. 선인식은 머릿속이 어지럽고 무거웠다. 뱃속이 뜨거운 느

낌이다. 이런 날에는 어쩌면 눈치 빠른 아내가 시장에 들러올지도 몰랐다. 술 마신다고 가끔 잔소리를 했어도 해장국을 드민 아내였다. 속을 풀어줄 요량으로 돼지고기 앞다릿살 한 근이라도 사와서 김치를 숭숭 썰어 찌개라도 끓일지? 무를 싹둑싹둑 썰어 깔고 생태탕이라도 끓여줄지? 그는 얼큰한 찌개국물에 밥을 말아 먹었던 생각이 떠오르자 침을 꼴깍 삼켰다.

문을 열고 바깥으로 나갔다. 차가운 기운이 불쑥 스며들어 온몸을 더듬었다. 인식은 뒤를 돌아보았다. 건물 모서리에 붙은 길고 둥근 표시등은 계절에 상관없이 빙글빙글 돌았다. 켜져 돌아가는 표시등은 고객들에게 그가 있음을 알려주었다. 지금껏 오로지 온전치 못한 몸뚱이 하나만으로 가족을 먹여살렸다. 젊고 성한 몸으로도 살기 어려워 자살한 사람들은 얼마나 많은가. 이토록 삶은 아리송하고 애매모호했다. 마음 깊이 생각할수록 지극히 행복했다. 속을 썩이는 새끼도, 아웅다웅 싸울 일 없는 아내가 있을 뿐. 아직 몸뚱이가 헐겁지 않으니 배운 기술로 끼니 걱정 없다. 예까지는 무턱대고 터벅터벅걸어왔다. 사람들이 가는 길은 모두 같은데, 길바닥은 제각각달랐다. 울퉁불퉁하거나 반지르르하거나 늪으로 푹푹 빠지는길도 있다. 이제 이 동네에서 머물러있을 나날이 얼마쯤 남았을까.

시간이 지나면 은근슬쩍 풀어질 일이겠지만, 삼태와의 다툼도 솔직히 점직하다. 이 동네에서 함께 사는 동안 안 보는 게 더 어려운 노릇이다. 날마다 마주치게 되는데, 쟁글쟁글하게 서로 영영 낯짝을 안 볼 수 없는 것. 움츠리고, 소심하고, 자가당착하고, 숨기려다 들키고, 들키면 겸연쩍게 슬며시 웃는 얼굴들도 양파껍질처럼 조금씩 벗겨졌다. 누가 먼저 아쉽고, 누가 먼저 머리를 조아리는 모양새가 중요한 것은 아니다. 혹시 오래 살았던 이 동네를 떠난다면 모를까, 함께 머리를 맞대며 살아야 할 곳 아닌가. 동태찌개에다 소주 두서너 병을 걸치면 실실 웃는 전삼태의 얼굴을 다시 보리라.

시간이 약이겠지. 인식은 입술을 지그시 물었다. 세상의 이치를 소리만 지른다고 다 해결되는 것은 아니다. 모두들 결산의 시간은 생각보다 훨씬 빠르게 달려오고 있다. 그들도 차츰 몸이 시들어가는 시기였다. 누구나 다 불안하고 위태로운 순간은 다가오기 마련이다. 전쟁이 터지고 천재지변이 일어날지라도 모든 사람이 한꺼번에 죽지는 않았다. 궂은 날도 있고 맑은 날도 있으므로 덧없음을 생각해본들 부질없는 짓이었다. 그저 몸뚱이가 살아있음으로 사람이다.

선인식은 천천히 삼성유통 쪽으로 걸어갔다. 길 가는 사람들이 뜸했다. 자전거를 타고 가던 부동산의 박 선생이 무표정한 모습으로 인식과 엇갈리며 지나갔다. 평상은 그 자리에 그대로 있었다. 희끗희끗하게 먼지가 내려앉은 평상은 휑뎅그렁했다. 무더운 날에 와자지껄했던 아낙네들의 모습이 어른거렸다. 삼성유통 바깥으로 길게 드리워졌던 차양이 걷어지고 가게 앞에 놓여졌을 물건들은 치워졌다.

끄무레하던 하늘이 무거워지더니 심상치 않았다. 희끗희끗 눈발이 비치며 굵어졌다. 그는 멍하니 사락사락 내리는 눈송이들을 바라보았다. 암암하게 떠도는 생각들이 못내 선인식의 머릿속을 어지럽혔다. 지나간 것들에게 그리움이 일었다. 헤아릴 수 없이 내리는 것들은 무심하게 그의 마음을 끌어당겼다. 그것은 마치 욕망의 발톱들이 서로 엉키고 떨어지는 소리 없는 아우성이었다. 하얀 것들은 영혼의 파편처럼 하늘하늘 끊임없이 떨어져 소복소복 쌓여갔다. 이제 눈송이들은 거뭇한 길바닥과 낮은 슬레이트지붕들을 덮고 시공을 차단시켰다. 스스로 자연의 질서를 만든 눈송이들은 자연 속으로 갈앉았다. 땅에 더부살이하는 생물의 숙명이 간단치 않은 것처럼.★

덧붙인 말

K형!

까악 까우악~ 내지르는 검은 텃새들은 시도 때도 없이 며칠째 저 지랄입니다. 햇살비친 역 광장에 내려앉아 푸드득거리는 비둘기들도 마찬가지.

생물은 본능을 위하여 발버둥칩니다. 그 진화의 끝은 어디일까요? 아등바등하는 슬픔조차 살아있는 몸뚱이 안팎에서만 가능할 뿐입니다.

이 소설의 인물들은 이리저리 얽히고설켜갑니다. 이들의 숨소리는 생애의 기억과 학습 속에서 작용했을 터. 아무렇게나 떠도는 피사체를 잡기가 어지러웠고, 나의 시선으로 타인을 들여다보는 일조차 두려웠습니다. 늠렬凜烈한 시기에 비루한 소설 따위가 무엇이겠습니까. 그럼에도 어설픈 일에 또다시 손을 대고 말았군요.

언젠가, K형이 술주정하듯 넌지시 흘린 그 한 마디. 낡고 병들어 간 생멸生滅이 인간의 끈으로 이어져왔을 거라고! 결국 나는 어느 한 시기에 사라지는 존재가 아니겠습니까. 시계가 고장 나도 우주의 시간은 흐르겠지요.

세상을 깊이 들여다보지 못하고 졸작을 내보여 부끄럽습니다.

그 이웃들

초판 1쇄인쇄 2018년 7월 23일
초판 1쇄발행 2018년 7월 25일

저 자 최성배
발행인 박지연
발행처 도서출판 도화
등 록 2013년 11월 19일 제2013−000124호

주 소 서울시 송파구 중대로34길 9−3
전 화 02) 3012−1030
팩 스 02) 3012−1031
전자우편 dohwa1030@daum.net
인 쇄 (주)현문

ISBN Ⅰ 979−11−86644−61−4*03810
정가 14,000원

도화道化, fool는
고정적인 질서에 대한 익살맞은 비판자,
고정화된 사고의 틀을 해체한다는 뜻입니다.